の勇者のやり直し
4
アネコユサギ
Aneko Yusagi
イラスト:
弥南せいら

キャラクター紹介担当のラフタリアです。

だんだん堂に入ってきたな。
では早速説明していくか。

北村元康

主人公。21歳。槍の勇者。

槍の勇者として日本から召喚された男性。度を越した一途さと愛情深さを持つ、自称・愛の狩人。戦いの最中一度死んでしまったのだが、『時間遡行』の能力を持つ槍の効果で、召喚されたところから『強くてニューゲーム』を繰り返している。フィーロとフィロリアルに対して異常なほどの愛を見せる。

岩谷尚文

20歳。盾の勇者。

盾の勇者として召喚された男性。元康が初めて召喚された周回はフィーロの主だった。元は比較的穏やかで、好奇心旺盛な性格だったが、異世界で辛い経験をすると性格がネジ曲がってしまう。『お義父さんが辛い思いをするイベント』は回避出来ないものもあるのだが、元康の支えもあり現在はピュア度が高め。

フィーロ

尚文の配下の魔物。

フィロリアルの女の子。天真爛漫で、素直。元康は初めて召喚された周回で彼女に完全に惚れてしまったのだが、ループしてからは、まだ出会えていない。彼女の主になることがループしてからの元康の目標である。

フレオン
元康の配下の魔物。

初めて召喚された世界で最初に育てようとしたが、上手く育成できなかったフィロリアル。今回の周回では見事にクイーン化もできるようになった。正義感が強くヒーロー願望が強い。

ガエリオン
最弱の竜帝の成れの果て。

ガエリオン(親)の娘であるドラゴンの幼体。ウィンディアの義理の妹。フィロリアルたちとは種族的にも仲が悪い。

ウィンディア
ドラゴンに育てられた亜人。

育ての親が剣の勇者である錬に討伐されてしまったことで路頭に迷っていた犬系の亜人。冒険者に襲われかけていたところを元康たちに助けられ、行動を共にすることに。

元康がフィロリアルの卵から育てたフィロリアルたち。好奇心旺盛だったり、責任感が強かったりと性格は様々。

コウ、ユキ
元康の配下の魔物たち。

キール
犬の亜人。生物学上は女性。

メルロマルクの廃村出身で、ラフタリアとは幼馴染。自らを「男」と信じる、明るく元気なわんぱくワンコ。初めて召喚された周回では、尚文がつくった村に住み、行商や守りなど村の経営に大いに役立っていた。尚文の作る料理が大好物。

魔物の奴等が多いのが気になるな。

尚文様は魔物にも好かれやすいですからね！
それでは本編始まります！

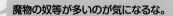

フレオン特集＆解説
新しい仲間、フレオンちゃんの魅力を大解剖していきますぞ!!
天使の姿
元気でお転婆なフィロリアルの女の子ですな。歌うのが大好きで、聞く人によっては魅惑の歌声で魅了されてしまうそうです。
フィロリアルクイーン形態
他のフィロリアル様よりも体は細身で羽と尾羽が大きめ。そしてなんと空を飛ぶこともできるのですぞ!
これでみんなもフレオンちゃんのことを理解できたはず! それでは本編もお楽しみください、ですぞ!!

目　次

プロローグ　ドラゴンの眷属

「ウィンディアちゃんは盾の兄ちゃんの奴隷にしないのかー？」

「本人の自由意志もあるからねー……強くなるにはなった方がいいけど、どうしたい？」

「……」

助手はだんまりですな。

一応は迷ったような顔をしていますが、どうしたものでしょう。

「というか、ウィンディアちゃんに聞きたいことがあるんだけど」

「何？」

「これから俺達はウィンディアちゃんやガエリオンちゃんを強くさせるために魔物と戦ったりするわけだけど、魔物を傷つけるのが嫌とか……言われたら困るんだけど」

「なんで私が言う必要があるの？」

「え？　でも君はドラゴンに育てられたんでしょ？」

「魔物は弱肉強食。お父さんも言ってた。生きるため、強くなるためには必要なことだって」

「そういう認識なわけね。なら安心かな。最悪奴隷にならなくても……方法はいくらでもあるし」

「兄ちゃん優しいから奴隷になった方が安心だぜ？」

「んー……」

「キールくんとは事情が違うしねー……そもそもキールくんも奴隷じゃなくてもいいんだよ？」

「大丈夫だぜ！　むしろ今はこれがあるお陰で兄ちゃんに守ってもらえているって安心できるん

だ！」

キールが自慢げに奴隷紋を見せますぞ。

「誇りにしてくれるのは嬉《うれ》しいけど、普通はなりたがらないものなんだから、強制しちゃダメだよ」

「そっかー？」

「そう。潜在能力を引き上げるとか色々とできることも多いし……奴隷にならなくても大丈夫だよ。少しの間だけ奴隷になってもらって加護だけ掛けることなら、いつだってできるし」

「はい」

「じゃあウィンディアちゃんは奴隷にならずに……そもそも君のお父さんを殺した勇者の知り合いの奴隷なんてイヤでしょ」

「……」

助手は黙り込んで俯《うつむ》きました。

復讐《ふくしゅう》心はまだあるようですな。この場合、おかしなことを仕出かしたりしないようにむしろ奴隷紋で行動を制限することが必要なのではないですかな？

とは思うのですが、お義父《とう》さんのことですからきっと考えがあるのだと考えて、この元康《もとやす》は黙っておりますぞ。

「ガウ！」

「ガエリオンちゃんは魔物紋で縛らないと町とか村に入れないから……ウィンディアちゃんが主人登録でいいね。ちゃんと……一人と一匹で強くなるんだよ」

「ガウ！　ガウガウ！」

「え？　盾の勇者の魔物にもなりたい……の？」

助手が連れている魔物が鳴いて、それを助手がお義父さんに伝えましたぞ。

「え？　ウィンディアちゃんが君の主《あるじ》だって登録した方がいいんじゃ……？」

「ガウ！」

お義父さんが再度尋ねると、魔物はまたも鳴きました。

「強くなりたいって……あと、盾の勇者が私を助けてくれたからそれに応えたいって……」

「ガウ！」

飛び跳ねながら魔物が主張しております。

その様子をサクラちゃんが面白くないように見て、お義父さんの腕をこれ見よがしに抱えますぞ。

「サクラちゃん？」

「ナオフミは渡さない」

「ガウゥウウ！」

何やらバチバチと視線がぶつかり合っているような気がしますな。

お義父さんと助手はその様子を困惑して見ております。

「と、とにかく……ガエリオンちゃんの主登録は俺とウィンディアちゃんとでやろう。いいね？」

「う、うん」

困ったように助手は頷《うなず》きますが、サクラちゃんと魔物の睨《にら》み合いは続きましたぞ。

それから怠け豚の領地で栽培した食料は問題なく処分が終わりました。

再度、食料を積むために怠け豚の親の領地へと戻りますぞ。

「ブー……」

怠け豚のコネで魔物の登録ができる商人を呼び、助手の魔物も正式に人が使役する魔物へと登録されました。

「さてと……とりあえず、当面はウィンディアちゃんとガエリオンちゃんのＬｖ上げをしようか」

ガエリオン

最弱の竜帝。親のガエリオンは錬《れん》に討伐されてしまったが、竜核を通して子のガエリオンに人格が受け継がれている。

そうお義父さんが呟《つぶや》いた瞬間。

「……ドラゴンの眷属《けんぞく》を育てるのはイヤー」

「イヤですわ」

「イヤー」

「ピヨ！」

「俺もドラゴンは嫌ですぞ」

フィロリアル様達と俺が拒みました。

「はぁ……仲が悪いのは知っていたけど……」

「兄ちゃん！　俺はやるぜ！」

「うん。キールくんには協力してもらおうかな。ルナちゃんはー……お留守番する？」

「ピヨー……」

「ブー……」

「露骨に面倒そうにしないでよ……」

お義父さんは困ったようにボリボリと頭を掻《か》きました。

百歩譲って助手のLv上げはやってもいいですが、ドラゴンの眷属のLv上げなど死んでも御免ですぞ。

「とりあえず……今回はサクラちゃんが留守番でシルトヴェルトの秘密のLv上げに行くか」

「え？　留守番になるの？」

「嫌なんでしょ？」

サクラちゃんがとても困ったような表情でポツリと呟き、お義父さんが聞き返しましたぞ。

「じゃあ……嫌だけど我慢する」

「ピヨー……」

「ガウ！　ガウガウ！」

「むー！」

再度サクラちゃんと魔物の睨み合いが始まりましたぞ。

助手はその様子を見て、首を傾《かし》げております。

「シルトヴェルト？」

「ああ、このメルロマルクからは離れた国の名前だよ。ウィンディアちゃんは知らないのかな？」

「お父さんが教えてくれたことくらいしか……人の世の中のことは知らない」

「そっかー……じゃあ少しずつ学んでいこうね？」

「……」

返事をしない助手に、お義父さんはその肩に軽く手を置きます。

「魔物の世界のことだけを考えるのは簡単だし、楽かもしれない。だけど……君はこれから人の世の中を経験していくことになるんだ。無知は死を招く。経験が浅い魔物もあっという間に外敵に殺されるでしょ？」

「うん。お父さんも言ってたから知ってる」

「これから学んでいく世界は……それは魔物の世界とは違う常識で動いていると思う。だけど、弱みを見せたり、知らなかったりすることで命の危険を招くのは同じなんだ。俺はこれから、君に色々と、人の世でも生きていけるように教えていきたいんだよ」

「ガウ！」

魔物が助手に鳴きました。

すると助手も納得したように頷きます。

「うん。わかった。やられないように勉強する」

「良い返事だね」

「それで、どうやってシルトヴェルトに行くの？」

「えっと、それはー……ユキちゃん。馬車を引くのを一旦《いったん》止めて」

「わかりましたわ」

馬車が止まりましたぞ。

「ユキちゃん達はガエリオンちゃんが馬車に乗るのを嫌がるけど、せめて引いてない馬車にガエリオンちゃんを乗せて」

「ん」

助手が手招きすると、魔物は馬車の方へピョンと入り込みましたぞ。

なんですかな？　馬車がドラゴン臭くなりますぞ。

「シルトヴェルトに飛ぶけど、元康くんはどうする？」

既にお義父さんはポータルスキルを所持しております。

毎度おなじみの移動手段ですな。

「俺も行く必要があるのですかな？」

既にお義父さんは十分に強いですから、各自自由行動でもいいと思いますぞ。

お義父さんに頼まれたアクセサリー作りもしなくてはいけませんからな。

「行くことはできるけど、帰りは元康くんの隠蔽《いんぺい》がないと飛んだ先で色々としていることがばれちゃうから……どっちにしても待ち合わせとかしないと」

「問題ないですな。決められた時間に迎えに行きますぞ。今日はこれからアクセサリー作りのために鉱山の方へ行こうと思っておりましたからな」

「そう？　じゃあ夕方になったら迎えに来てね」

「わかりましたぞ」

「じゃ、行ってくるね。ポータルシールド！」

お義父さんとサクラちゃん、キールにルナちゃん、助手と魔物がフッと消えましたぞ。

「では出発ですぞ」

「はいですわ」

ユキちゃんが馬車を引くのを再開しましたぞ。

「ブー……」

怠け豚はこの揺れの中でも平然と寝息を立て始めました。

どこまでやる気がないのですかな？

「キタムラー、アクセサリーって、どうするのー？」

「まずは怠け豚の親からもらった紹介状で鉱山に行くのですぞ。ユキちゃん」

俺は馬車から顔を出してユキちゃんに地図を見せますぞ。

道は案内できますが、ユキちゃんにも教えておくことに越したことはありませんからな。

「では出発ですぞ」

「行きますわー！」

ユキちゃんは強く馬車を引いて爆走を開始しましたぞ。


「あまり良い鉱石がある鉱山ではありませんでしたな」

鉱山で紹介状を見せると、鉱山労働者が洞窟を案内してくださいました。

俺はそこで槍《やり》をピッケルに変えて、思い切り壁に向かって突き立てました。

あまりにも容易《たやす》く壁が崩れて驚きましたな。

ガッンガッンと少々掘りすぎたところで、鉱山労働者が一生懸命、土を掃き出しておりました。

その成果もあって、この鉱山の中では割とマシな鉱石を多数手に入れることができましたぞ。

ユキちゃんとコウに頼んで馬車に積載しましたが……載せすぎましたかな？

二台目の馬車が若干歪《ゆが》んでミシミシいっております。

「では研磨とか色々とやっていきますぞ」

お義父さんが購入してくれた機材を片手に、俺は宝石などを加工する作業を始めましたぞ。

武器の技能のお陰で何でも人並み以上の結果は出すことができますから、よほどのことがない限りは問題ありませんな。

ドリルのような機材で宝石を削る作業は、なんともこまごまとしております。

単純なものを作るのでは面白くないので、フィロリアル様達に似合いそうなデザインを工夫して色々と作っていきますぞ。

練習第一ですな。

未来のお義父さんがこのような、細かい作業を好んでやっていたのは称賛に値しますぞ。

「キラキラ綺麗《きれい》ですわ」

「キレー」

ユキちゃんとコウが目をキラキラさせております。

フィロリアル様は光りものが大好きです。

考えてみればフィロリアル様達への感謝を示すには、こういう綺麗なものを集めるのが一番ですな。

フィーロたんも集めたものを宝物と称して色々と自慢していたのを覚えておりますぞ。

「ねえねえキタムラー、これコウもらっていい？」

作ったアクセサリーをコウが欲しがりましたぞ。

「あーずるいですわ。ユキも欲しいですわ」

「喧嘩《けんか》はダメですぞ。行商の売り物にするつもりでしたが、お義父さんに頼んでみればきっと譲ってくれるのですぞ」

「お願いしてみますわ！」

なかなかアクセサリー作りは楽しくなってきました。

よくよく考えてみれば、フィーロたんへのプレゼントにピッタリですぞ。

フィーロたんもアクセサリーを嫌ったりはしないでしょう。

俺の過去の記憶の中の豚共も光りものが大好きでしたが……むしろ金銭としての意味で好きだったのでしょうな。

フィロリアル様達は単純にキラキラしているのが好きなだけです。

言うなればクズ鉱石でもキラキラしていたら大事にしますぞ。フィーロたんもそのような感じだったと思います。

そこが、愛らしいのですぞ。

などと思いながら、怠け豚が行商で物品を売っている合間にアクセサリー作りをし続けたのですぞ。

3巻のあらすじ

　前の周回の尚文《なおふみ》からの遺言を守るために、できる限り最初の世界と同じように過ごし、最低限の変化で未来の知識を最大限利用しようとする元康《もとやす》。

　元康の知る範囲で尚文の行動を模倣するため、行商を始めることを提案する。

　各地を回りながら戦力を増強していると、最初の世界と同じく、世界を襲う『波』が発生。

　しかし圧倒的な強さを元康は見せつけ、ボスである次元ノキメラを討伐。最初の世界よりも遥《はる》かに少ない被害で波は終息する。

　そうして城で行われることになった波の戦勝会に参加することになった一行。だが、その場で樹《いつき》がキールやサクラ達が奴隷であることを指摘し、クズの言葉で尚文と樹が決闘をすることになる。

　決闘が始まったものの、尚文の強靭な防御力によろめかせることすらできない樹を、尚文は反撃効果で状態異常にさせる盾を使って追い詰める。

　樹の敗北を悟ったクズが、城の魔法使い達を扇動して尚文に魔法を振り注がせたところを、錬《れん》が激しく叱責《しっせき》。

　結果、樹も状態異常により戦闘不能になって尚文の勝利はゆるぎないものとなり、キール達の身柄は無事に尚文の保護下となる。

　翌日、補助金支給の際でもクズは露骨な贔屓《ひいき》を見せつけ、完全に錬から見限られてしまう。

　錬は尚文達にメルロマルクでできることが終わったらゼルトブルに雲隠れすると告げて去っていったのだった。

　再び行商の日々に戻り、それも軌道に乗ってきた頃。東の村が活気づいていることに尚文達は気付いて立ち寄ることに。

　その理由は、錬が山に生息する巨大なドラゴンを倒したことで、そのドラゴンの死骸を素材に商売したり、観光地にしたりなどして活気づいていることが判明する。

　元康達はドラゴンの死骸を確認し調査するため、人の流れに乗ってドラゴンの巣まで向かう。

　そこに向かう途中、少女の悲鳴を聞きつけたキールが駆け出して助けに入る。

　冒険者に襲われかけていた少女は、最初の世界でフィロリアル達の診察をする主治医の助手をしていたウィンディアだった。

　状況を見た尚文が神鳥の聖人として、ウィンディアとウィンディアが大事にしていた義妹のドラゴンの幼体を保護することに。

　こうしてウィンディア達を新たな仲間として迎えたのであった。

一話　おしおき

助手を仲間にして一週間くらい経過しましたぞ。

現在は国の西の方を回っております。メルロマルクはもとより、隣国でも食料問題がある程度浮上してきているという話ですぞ。

ただ怠け豚の領地はかなり潤ってきているとのこと。

ほかには、南西の村が未来でも見たことのあるような密林になりつつあるそうですぞ。

行った当初、お義父《とう》さんは調整に失敗したかと青ざめておりましたが。

「ガウ！」

助手の魔物もＬｖアップの影響で見る見る大きくなってきましたぞ。

お義父さんの話ではＬｖは既に55だそうですな。

助手の方もクラスアップを既に済ませたとのこと。

あとは強化方法に従って潜在能力の上昇とかを色々とやっていく予定だそうですぞ。

日々成長していく助手と魔物に、フィロリアル様も負けじと頑張っておられますな。馬車を引く仕事にも一層精を出しておられますぞ。

さすがお義父さん、これを見越して助手と共に仲間にしたのですな。

そういえば、俺が作ったアクセサリーも程々の値で売れているそうですぞ。

ただ、前にお義父さんがやっていた付与はどうやってやるのかわからないので付けてませんが。

どうやるのですかな？　怠け豚に聞いても、専門的な技術だから知ってる人に聞くしかないと答えられてしまいましたぞ。

幸いにして、怠け豚の知り合いが詳しいらしいので近日中に話を聞けるそうですぞ。

「しかし……勇者以外はLv100が打ち止めというのがネックだねー……」

「そうですなー」

お義父さんが助手のステータスを確認しながら呟《つぶや》きました。

「ねえ。未来じゃこの方法で能力を上げるしかなかったのかな？」

「確か未来のお義父さんはレベルキャップを超えるクラスアップの方法を見つけていましたぞ」

「そうなんだ？　どうやってた？　この先、必要になってくるんじゃないかな？」

「えっとー……確か助手の育てていたドラゴンが関係していたと思いますぞ」

「限界を突破するのにドラゴンが関係があるんだ……となると、どっちにしてもドラゴンが必要なんじゃないの？」

「……信じがたい事実ですぞ」

考えてみれば、強力なフィロリアル様を育てるには限界突破は必要不可欠なのですぞ。

強化方法でも100以降の強化でしか出ない項目がありますからな。

「ガウ！」

「ふふん。ドラゴンは必要なのよ」

助手が誇らしげにサクラちゃん達を挑発してますぞ。

「ぶー！」

サクラちゃん達が悔しげに答えました。

俺もブーイングをしますぞ。

どうすればこのイラつく態度に報いを受けさせることができますかな？

「ウィンディアちゃんも程々にしようよ。別にサクラちゃん達のこと、嫌いじゃないんでしょ？」

「……」

無言で助手は頷《うなず》いておりますな。

「ドラゴンは鳥に負けないもん」

俺に対しては挑発的なようですが。

「はいはい。仲良くね」

お義父さんがポンポンと、助手とサクラちゃんの肩を叩《たた》いて宥《なだ》めました。

「どう？　少しは慣れてきた？」

「……うん」

助手が前よりも元気になってきたのは俺でもわかりますぞ。

このごろはフィロリアル様と仲良く遊んでいることがあります。

その代わりになのか、お義父さんに助手の魔物がじゃれている時がありましたがな。

「ギャアア！」

突然、キールの悲鳴が響き渡りましたぞ。

見るとキールの尻尾をコウが甘噛《あまが》みしておりますな。

宙ぶらりんとなったキールが、叫びながらコウに拳を叩き込みましたぞ。

「キールくん！　コウ！」

「放せよ！　いつまで人の尻尾を咥《くわ》えてんだ！」

「むー……キールくんの尻尾ー」

「キールくんを放す！」

ルナちゃんに蹴られて、やっとコウがくちばしを開き、キールをポトッと解放しましたぞ。

キールはすぐにお義父さんの方へ駆けていって、ルナちゃんとお義父さんを盾にして隠れながらコウを睨《にら》みます。

「まだ俺を狙ってんのか！　いい加減にしろよな！」

「舐《な》めるだけ、舐めるだけー。ふりふりしてて我慢が大変なのー」

「コウ……いい加減、キールくんを狙うのはやめてくれない？」

お義父さんが困ったようにコウを諭しますぞ。

「うん、サクラもそう思う。ふりふりしてるけど、そんなに狙うもんじゃないよ？」

「えー？　コウはー……一日中考えてるよー？　プリプリしてて美味《おい》しそうとかー」

「あのね。コウ、キールくんはコウのご飯じゃないんだよ？」

「そう、キールくんは可愛《かわい》くてもふもふしてて大事にするの」

「俺はカッコいい方がいい！」

「サクラちゃんとルナちゃんが会話に交ざるとややこしくなるから黙っててね。今はコウにお説教をしなくちゃいけないんだから」

「キールくんはルナが守る」

「うわ！　もふもふすんな！　胸に埋《うず》めるな、うお……羽毛に！　羽毛に埋もれる！　柔らかい羽毛に捕らえられる!?」

お義父さんがルナちゃんとキールの攻防を見ながら溜息《ためいき》を吐《つ》いております。

「ルナちゃん、キールくんを大事にしたいのだろうけど、それじゃあコウと変わらないよ」

「そっか、じゃあやめる。ルナはキールくんが困るのはいやー……」

キールは解放され、ぽとりとルナちゃんに抱えられますぞ。

「うー……全身がバチバチするー」

「静電気が凄《すご》そうだね」

お義父さんがそう呟いたあと、コウに目を向けます。

「コウ……みんな慣れてきたと思うんだけど、君はいつになったらキールくんがご飯じゃないと学ぶの？　最初は冗談だと思ってたけど、最近ますます酷《ひど》くなってきたよ？」

「プリプリとしてて美味しそうになってきたのー」

「そりゃあ……毛並みが良くなってきたからね。でも、食べちゃダメだと何度言えばわかるのかな？」

「ブー！」

異議を唱えるコウにお義父さんの笑顔が引きつりましたぞ。

「コウ？　いい加減になさいまし。もっと普通にナオフミ様の出すお食事を頂くのですわ」

ユキちゃんが注意するのですが、コウはどこ吹く風ですぞ。

「じゃあイワタニー、キールくんにイワタニの作ったソースを掛けて食べたい」

「ふざけんな！　何がソースだ！」

「コウ……いい加減にしないと俺も怒るよ？」

「イワタニが怒っても怖くないよー？　だって全然怖くないもん」

「おい、兄ちゃん！　完全に舐められてるぞ」

「……」

コウの返答にお義父さんは若干不快そうな表情を浮かべました。

「はぁ……コウ、君はキールくんはもとより、仲間をなんだと思ってるのかな？」

「んー？　早くーご飯！」

それが引き金でしたかな？

お義父さんの優しげな目が若干きつくなりましたぞ。

「……そうかそうか、コウはそんなにもキールくんを食べたくてしょうがないんだ？」

「うん！」

コウが元気良く、力の限り頷きました。

こ、これは!?

ピリピリとした不穏な空気が辺りを支配し始めました。

早くコウに謝罪させねば！

フィロリアル様と共に培った本能がそう訴えております。

「じゃあコウには……キールくんが味わった恐怖を味わってもらおうか。それでわからなかったらどうしようもないし、俺は見捨てるけど」

「ふぇ!?」

お義父さんがコウの喉元を掴《つか》みましたぞ。

もちろん、お義父さんは攻撃ができません。

ですが、相手を掴んで動きを封じることは可能ですぞ。

「さーて……今日のご飯はコウにしようか」

「え？　え？　え？」

コウが状況を理解できずに目を白黒させていますぞ。

お義父さんのお怒りはもっともですが、子供のしたことなので許してやってほしいですぞ。

「お義父さん、それくらいにして――」

「元康《もとやす》くんは黙っててね。間違っても……俺の決定に逆らっちゃいけないよ」

「は、はい！」

おお……何でしょう。

この威圧感は未来のお父さんを彷彿《ほうふつ》とさせますぞ。

思わず頷いてしまいました。

「コウ、君はフィロリアルという……馬車を引く魔物であって人間でも亜人でもない。そしてフィロリアルには食肉用の品種もあるし、お店でも売られてるんだ」

「え？　ううえ？　コ、コウはそんなんじゃ――」

「たとえ勇者が育てたお陰で特別な育ち方をしても、そこは変わらないよね？　いや、人間同士でも禁忌はあるけど、なーに、君はフィロリアルだ。俺達にとっては禁忌じゃない」

「う、うぇぇえええ……」

コウが涙目で俺に救いを求めて手を伸ばしてますぞ。

ですが、その手をお義父さんは掴みます。

「元康くんに助けを求めようとしても許さないからね。君は何度キールくんが言っても聞かなかったし、君がキールくんにしたように俺が君を常に狙い続ける。最終的に元康くんがいないところでやればいいし」

「や、やだー！　コウは！　コウはイワタニには負けないもん！　絶対イワタニじゃコウに何もできないもん」

「はぁ……これで反省するならまだ許してあげようと思ったけど、どうやら無理なようだね。なにも俺が君にトドメを刺さなくても手はいくらでもあるのは、今、喉を押さえつけられている君ならわかるんじゃないかな？」

　ハッとコウは青ざめておりますぞ。

　ああ……今すぐ助けに行きたい衝動に駆られますが、相手がお義父さんでは俺はどうしたらよいのですかな？

「サクラちゃん……は、やってくれるかわからないけど、ガエリオンちゃん……最悪キールくんにコウの喉笛を噛み切ってもらえば……すぐに済むだろうね」

　お義父さんは喉を握る手を持ち替えて、背後に回り込みますぞ。

　器用に盾をロープが出るものにしてコウを縛り上げていきます。

　その手腕、手際の良さに、その場にいる者は唖然《あぜん》としますぞ。

「さーて……」

　焚《た》き火の残りの炭を拾って、お義父さんはコウの羽毛の上に線を描き込んでいきますぞ。

ミシン目状に描いていくその線はなんなのですかな？

「ここからが手羽先だね。コウはよく体を動かすから体が引き締まって美味しいと思うよ？」

「うー！　動けない！　うっ！」

じたばたと暴れようとするコウをお義父さんは上から押さえつけております。

強化されたお義父さんが相手ではさすがのコウも手も足も出ませんぞ。

おお……心臓が自然とバクバクと音を立てて声が出ません。

お義父さん、どうかやめてください。

コウは悪くありませんぞ。

悪いのはこの元康なのですから、どうかお許しを！

と、言いたくなるほど、真に迫った脅迫が続きます。

どうして俺が動かずにいられるのかというと、時々、お義父さんがこちらにウインクをしてくるのです。

これはしつけであって、本当にするつもりはないということでしょう。

ですから、この元康は黙って成り行きを見ていられるのです。

これがお義父さんではなく別の者でしたら、命を以《もっ》て報いを受けさせてやりますぞ。

「さてキールくん、コウの喉笛を食い千切って」

「え？　でも……それに……」

キールは引き気味ですぞ。

しかし、お義父さんの言葉通りキールは数歩前に出て、コウに描かれた線とお義父さんを交互に見ます。

「これは……コウを仕留めた後、ナイフで切る時の解体用の線だよ」

「ヒィ！」

迫真の演技でお義父さんは、腰に下げた調理用のナイフを見せつけるように、コウの頬《ほお》に当てますぞ。

「これもわかるよねー？　何度もコウの目の前で魔物を解体したことがあるし……コウを美味しく切り分けるために必要なんだよ。まずは手羽先で何をつくろうか？　唐揚げ？　骨はスープにしてー……フィロリアルに無駄な場所はないよね？」

「ギャー！　怖いよー！」

お義父さんの脅しでコウが叫びを上げましたぞ。

ここで俺が助けても、隙《すき》あらば狙われて、俺がいない時に同じことをされるでしょう。

お義父さんの脅しでコウの羽根がバラバラと抜け落ちていますな。

「あ、コウがキールくんにかけてくれと言ってたソースを先にコウにかけようか。それからキールくんにコウの喉笛を噛み切ってもらおう、うん」

「や、やだー！」

コウがこれまでにないほど涙目で、懇願するように叫びましたぞ。

「コウは……コウはご飯じゃない！　ご飯じゃないよ！」

「コウ、君はキールくんがご飯だと言っていたじゃないか？　君がキールくんにしつこく言っていたのはこういうことなんだ。さてコウは何回キールくんに同じことを言ったかな？」

「う……キタムラー！　ユキ、サクラ、ルナ！　た、助けてー！」

コウが助けを求めるのですが、お義父さんに睨まれてしまいましたぞ。

これでは動けませんぞ！

うう……コウ、すぐにでも助けに行きたいのですが、足が……。

これは……試練ですぞ。

元康、お前のフィロリアル様への愛はこの程度なのか？

お義父さんにフィロリアル様が料理されるのを見てるのが、愛なのか？

愛……愛ですぞ。

愛とは自由……それがフィーロたんに関わりがあるのなら、何事も俺は受け入れる所存。

愛ならば何でも許されるのですぞ。

全て運命……俺がフィーロたんを追い求める運命にあるように、コウにはコウの運命があるのですぞ。

確かに俺はできる限りのことでコウを助けましょう。

ですが、相手はお義父さん。お義父さんはフィーロたんの親にして絶対なる存在。

そのお義父さんがフィロリアル様を食したいと申しているのです。

ですがこの元康はフィロリアル様を一人たりとて見捨てたりできません。

では——

「あ！　槍《やり》の兄ちゃんの頭から煙が出て動きが止まったぞ!?」

「……ダメですわ。元康様はナオフミ様の命令と助けを求めるコウとの葛藤で硬直してしまいましたわ。コウ、元康様の救援は諦めて運命に身を任せるしかありませんわ」

「頼みの綱の元康くんがこれじゃあ、コウの命はないも同然だね」

「ユキ、サクラ、ルナ、助けてー！」

同様にお義父さんに睨まれてユキちゃん、サクラちゃん、ルナちゃんは動きが止まってますぞ。

いや、ルナちゃんは別ですな。

「キールくんは食べ物じゃないもん。キールくんを狙うコウは、敵……」

冷酷に突き放されてコウはそれこそ命がけの抵抗をし、張り裂けるような声で鳴きますぞ。

その視線の先はユキちゃんとサクラちゃんですぞ。

「ええっと……ナオフミ様がコウをご所望なのですから、私は止める術《すべ》を持っておりませんわ。え
え……相手がナオフミ様でなければどうとでもできたのですが、相手が悪かったですわ」

「えっとー……うーん、ごめんねー、ナオフミはサクラのごしゅじんさまだから助けたくてもでき
ない」

キールは既に敵ですからな、残されたのは助手と魔物しかいませんぞ。

助手はキョロキョロとうろたえるように顔を動かして辺りを見守ることしかできない様子ですな。

「ガウ！」

魔物は何と言ったのですかな？

コウの目から溢《あふ》れる涙が更に増しましたぞ。

「ごめんなさいごめんなさいごめんなさい！　お願いだから食べないでー！」

「見苦しい命乞いにしか聞こえない。それはキールくんに言う言葉でしょ？」

「キールくんごめんなさい！　もうしません。だから……だから助けてー！」

コウが何度も瞳から大粒の涙を流しながらキールに向けて謝罪しましたぞ。

「に、兄ちゃん……もう、いいんじゃないか？」

「ダメだよ。コウは全然反省していないよね？　口約束かもしれない」

「や、やー！　嘘《うそ》じゃない！　ごめんなさい！　ごめんなさい！　二度としないから助けて！」

「よく覚えておくんだよ？　君が常にキールくんを狙うのと同じように、狙われてることを」

そう言うと、お義父さんはコウを解放してくださいました。

叫び疲れたのかグッタリとしたコウがスンスンと啜《すす》り泣きをしながら、キールに慰められております。

「もうしない。ごめんなさい、許して……ごめんなさい」

「はあ……本当はこんな真似はしたくないんだけどね。ちゃんと覚えておくんだよ」

「一度反省すれば二度目はないですぞ！　フィロリアル様は賢いですからな！」

「わ！　元康くん、硬直から立ち直っていきなりそれ？」

優しげな表情に戻ったお義父さんが驚いたように俺に言いましたぞ。

「サクラびっくりしたーナオフミこわーい」

「私もそう思いましたわ」

「俺もびっくりした。やっぱ槍《やり》の兄ちゃん、時と場合で態度が違うな」

「うん、びっくり」

と、サクラちゃんとユキちゃん、キールにルナちゃんが言いましたぞ。

助手は胸を撫《な》で下ろしております。魔物の方は舌打ちしてますぞ。

「だってしょうがないでしょ。目を離した隙にキールくんが食べられてしまいましたじゃ……冗談じゃ済まないよ」

「う……そう思うとこえーな……」

ブルルとキールが震えておりますぞ。

俺はコウに寄り添い、少し離れたところに座らせて慰めますぞ。

板挟みで何もできなかった俺を憎んでいいですぞ。

俺は……とても弱い男ですぞ。こんな時、昔の俺なら迷わず目の前の泣いている子に手を差し伸べられたのに……ああ、俺は全然前に進めておりませんぞ。

こんな時の最善の選択はどこにあるのでしょうか？

もしお義父さんがフィロリアル様を皆殺しにせよと命じたとしたら、俺は……どうしたらいいのですか？

命令に背くこともできず、フィロリアル様を傷つけることもできない。

……いえ、これは他にも問題があるのですぞ。

なにもお義父さんの命令ではなく……敵がフィロリアル様を使役していた時、俺はどうなるのですかな？

幸いにして俺はまだそんな事態に直面しておりませんが、ないとは言い切れません。

そんな時、俺はどうしたらいいのでしょう？

なお、コウはそれ以来、キールを食べたいと言うことがなくなりました。

お義父さんのお仕置きは効果抜群でしたな。

ちなみに、この一件以降、フィロリアル様達の中で、お義父さんが頂点であるという共通認識が生まれました。

皆、お義父さんの言うことを素直に聞くようになりましたぞ。

二話　偽の盾の勇者

コウがお義父《とう》さんにお説教をされてから、しばらく経ちました。

「兄ちゃん！　料理の販売はしないのか？」

「うーん……ガエリオンちゃんが炎を吐けるようになったみたいだから馬車を屋台にすることは……可能なんだけどね。それもどうなのかなー……とも思うんだよね」

「串焼きでもいいから。売れると思うぜ！　クレープも食いたいけど！」

「神鳥の聖人の通り名が、神鳥の屋台になりそうで怖いんだよね」

「それではフィロリアル様を調理しているように聞こえますぞ！」

あらぬ誤解を招きますぞ。

「ギャー！　解体怖い！」

確かにフィロリアル様には食肉として食べられてしまう品種もあります。この元康《もとやす》、心が裂けるような痛みを毎回、食肉となってしまったフィロリアル様を見て感じますぞ。

それを事もあろうにお義父さんが行っている行商で売っていると思われては我慢などできようもありませんな。

「コウも怯《おび》えていますぞ。絶対反対ですぞ！」

「元康くんがそこまで言うなら見直しをした方がよさそうだね……まあ、お金にはそこまで困っていないし、いいか」

「良い案だと思ったんだけどなー」

「顔を隠して調理するってのも大変だし、しょうがないよ」

色々と大変ですな。

何せ外に出る時は基本的にローブとフードで姿を隠さねばなりません。

盾の勇者が神鳥の聖人だったと判明するのはもう少し後のことなのですぞ。

神鳥の聖人

フィロリアルに馬車を引かせて、調合した薬や彫金したアクセサリーを売り歩く行商。その正体は、勇者の身分を隠している盾の勇者の一行。

などと話をしていると村に到着したのですが……。
「はははは！　ほら！　さっさとその金を寄越せ！」
「な、何をするんだ！」
「俺達は盾の勇者一行だぞ！　素直に金を寄越せば痛い目に遭わないで済むかもしれないなぁ」

などと言いながら村人を脅している奴がいましたぞ。

あれは……おそらく、盾の勇者を騙《かた》る三勇教徒の刺客ですかな？

大きめの盾を持っていて、顔は日本人顔ですな。

後ろには違和感のある亜人奴隷がいますな……おそらく奴隷紋で縛られているのでしょう。

「あれは……どうする？　兄ちゃん」

「うーん……俺達が本物であるのを証明することはできなくはないけど、助けても見捨ててもどっちに転んでも悪名が広がりそうだよね」

ですな。

この頃のお義父さんは神鳥の聖人＝盾の勇者とは認識されておりませんでした。

一応、リユート村から口コミで今回の盾の勇者は悪人ではないという話が広まりはしたようなのですが、あくまでそれは口コミの範囲だったそうですぞ。

本格的に国民が盾の勇者を信用してくれたのは、三勇教の陰謀で婚約者をお義父さんが誘拐した＝神鳥の聖人が盾の勇者であると判明した時からですからな。

ここで飛び出して本物であることを証明しても、お義父さんの評判が上がることはないでしょうな。

捕まえたとしても奴等は、本物の盾の勇者から盾の勇者を騙るように命じられたと言い逃れるでしょう。

現に未来の俺がお義父さんを騙る者を倒した時に、その偽者がそのような嘘を言っていましたぞ。

「盾の勇者は悪名高いんだっけ？」

助手がお義父さんに尋ねると、お義父さんは頷《うなず》きました。

「じゃあ、私達が倒してくる？」

「んー……神鳥の聖人として倒すなら、問題はなさそうだね」

「ですな」

「じゃあサクラちゃん達、お願い」

「わかったー」

サクラちゃん、ユキちゃん、コウが飛び出してお義父さんを騙る愚か者へと突撃していきましたぞ。

「な、何者！　俺は盾の勇者だぞ！　何を――うげ！」

先陣はサクラちゃんで、両手に持った剣で偽者を十字切りしましたぞ。

それだけで盾が四つ切りになり、追撃にユキちゃんがかかと落としをし、コウが残った相手を蹴散らしました。

その光景をキールが馬車から歯がゆそうに見ておりますぞ。

「で、出遅れた……サクラちゃんの速さにはまだ追いつけねー」

「ピヨー！」

ルナちゃんがキールを慰めるように頭を撫《な》でておりましたぞ。

「く！　舐《な》めるなー！　俺は盾の勇者だ！」

おお、ユキちゃんが手加減して蹴ったお陰か、お義父さんを騙る偽者が立ち上がりましたぞ。

「盾もないのに盾の勇者？」

「ガウ！」

いつの間にか助手が馬車から降りていて、魔物と共に後ろから圧《の》し掛かっています。

「うわ！　な――ど、ドラゴン!?」

「ガエリオン」

「ガウ！」

恐怖に駆られた表情をしている偽者を見て、助手は冷たく言い放ちます。

「喉笛を食い千切れ！」

「ガウ！」

大きく顎《あご》を広げた魔物が喰《く》らいつく瞬間。

「う、うわあああああ！　や、やめろぉおおおお！」

「ストップ」

「ガウ！」

魔物の、お義父さんの敵には遠慮しない点は認めてやってもいいかもしれませんな。

「貴方《あなた》は本当に……盾の勇者？」

「そ、そうだ！」

「盾もないのに？」

「う……」

助手は尋問しながら、満面の笑みを浮かべますぞ。

「私の魔物は嘘吐《うそつ》きが好物なの。ねえ。本当に、盾の勇者？」

魔物が偽者に向けてぽたりと涎《よだれ》を垂らしますな。

「ウィンディアちゃん。いつの間にあんなことを覚えたんだろ？」

「この前、兄ちゃんが俺の尻尾に噛みついたコウを叱《しか》りつけた時じゃない？」

「うーん……」

アレは本気ですな。

どこかでこの人間を軽蔑しているのが態度に出たのでしょうかな？

「ガエリオン」

「ガウ！」

魔物が偽者の腕に噛みつきました。

ボキボキッと嫌な音と共に血が出ますぞ。

「ギャアアアアアア！」

「盾の勇者のくせに防御力ないのね？　ねえ、本当に盾の勇者なの？」

「ガウガウ！」

「私の魔物が、嘘吐き美味《おい》しいって言ってるわよ？」

「ヒ、ヒィイイイ！　ち、違う。俺は、盾の勇者じゃねえ！　だ、だから命ばかりは――」

「そう……ガエリオン！」

ゴスッと魔物が偽者の腹部を強く叩《たた》きましたぞ。

「う――」

偽者は失神したのかぐったりとしております。

「というわけで、この盾の勇者は偽者ね」

ポツリと呟《つぶや》いて、助手は馬車の方へ戻ってきましたぞ。

コウは恐怖で震え、サクラちゃん達は唖然《あぜん》としております。

助手はお義父さんを手招きしますぞ。

「早く治療した方がいいと思う」

「あ、ありがとうね」

お義父さんはローブを羽織って馬車から降り、失神した偽者の治療をしていますぞ。

「どうやらこの者は盾の勇者の偽者のようだ。白状させるためとはいえやりすぎましたね。君達、大丈夫？」

「さ、さすがは神鳥の聖人様！　盾の勇者を騙る者を白状させるとは！　私達は怪我ひとつありません！」

「そう……それはよかった。こいつ等を自警団に突き出してくれないかな？」

「はい！」

失神した偽者は村人によって連行されていきましたぞ。

「それじゃあ、噂《うわさ》で聞いていると思うけど、商品を買ってくれると助かる」

「神鳥が引く馬車の食料販売だ！　みんな！　喜べ！」

「「わー！」」

騒ぎが収束すると村人達は食料に群がってきますぞ。

なんだかんだで食料不足の状況でありますからな。

最初の……俺がループする前の世界でもこの頃は、食料問題が付いて回っていたと耳にした覚えがありますぞ。

全ては波の所為《せい》だと。

まあ、その後のお義父さんの開拓と食料供給で問題は完全に解決したのですがな。

とりあえず、今は信用を得るのが一番ですぞ。

お義父さんは馬車の奥へと戻って助手を馬車に招きました。

「いい？　ウィンディアちゃん。俺の真似をして脅すのは……どっちにしてもやりすぎ」

「でも……盾の勇者を騙っていて我慢できなくて……」

「気持ちは嬉《うれ》しいんだけどね。そんなことを当たり前のようにするようになっちゃ、俺は君のお父さんに顔向けできないよ」

最初、お義父さんの言葉に助手は不快そうにしていましたが、お父さんに顔向けできないと言ったところで、しぼんだように耳を寝かせております。

話を聞く限りでは溺愛されていたようですからな。

助手は亡き親が望んだように育ちたいと思ったのだろうと、お義父さんが俺に教えてくれました。

「……ごめんなさい」

「ちゃんと反省してくれるならいいよ。次は……気を付けてね」

「はい……」

「ガウ♪」

「ガエリオンちゃんも！」

「ガウ？」

魔物の方は完全にどこ吹く風でしたがな。

「まったく……」

助手は魔物の頭を優しく撫でております。

魔物もだいぶ成長しておりますな。

お義父さん曰《いわ》く、利発で賢いそうですぞ。

頭が良いのは納得できかねますな。

サクラちゃんに十円剥《は》げができているのを俺はそれとなく気付いております。

ストレスが溜《た》まっているのでしょう。

お義父さんがそれとなく発散させる術を模索している最中ですな。

その後は普段通りにキールと怠け豚が売り子をして食材を売りつけておりました。

しかし……盾の勇者を騙る偽者は活発に活動していたようですぞ。

行く先々でそのような話を耳にすることが増えてきております。

「今度はどこへ行きますかな？」

「国の北の方かなー……エレナさんの話じゃ、食料が良い値で売れるみたいだしね」

ま、どちらにしてもあと少しの辛抱ですな。

三話　様々な町村

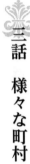

そんな感じで北の方の町へ行くと商業通行手形を受け入れない町がありましたぞ。

お義父《とう》さんが門番と軽く会話をしております。

お義父さんは町に入るのを渋々諦めて迂回《うかい》することにしたようですな。

ゴトゴトと馬車が揺れ、隣の……若干貧しそうな町の方へ向かいました。

「なんか……町の人達の様子がおかしいね？」

「うん。なんか変だぞ？」

お義父さんとキールが馬車の外の様子を見回しております。

「そうなのですかな？」

正直、俺にはその変化が全く理解できませんな。

「うん。なんかみんな上の空というか、不満そうな感じに見えるんだけど……」

というところで、何やら村の人達の注目を集めている男と豚が金袋を持って歩いていきます。

お義父さんはその様子を黙って見つめておりますぞ。

「なんだろうね？　あの方角はものすごくがめつい貴族がいるらしい町だけど」

「買い出しではないですかな？」

「そうなのかなー？　まあいいやキールくん、ここで売る準備を進めて」

「わかったぜ、兄ちゃん。ほら、エレナ姉ちゃんも寝てねえで開店の準備！」

「ブー……」

キールと怠け豚が店の準備を始めましたぞ。

最近では俺の作ったアクセサリー、フィロリアル様を模したグッズが売れてきております。

ただ……この村はずいぶんとケチくさいですな。

商品を見には来るけど全然買っていきませんぞ。

さすがにお義父さんも不審に思って、様子を窺《うかが》っております。

「兄ちゃん。なんで売れないかわかったぜ。この村の人達、全然お金がないんだってさ」

キールが物々交換に応じて食料と薬を渡してからお義父さんに言いましたぞ。

「何があったの？」

「なんでもこの町、盗賊の略奪が多いらしいんだ。それで隣町の連中に頼んで用心棒を――」

キールの話を掻《か》い摘《つま》んで説明すると、なぜか頻繁に盗賊の襲撃が起こるようになって困っている状態なのだそうですぞ。そのために色々と工面して用心棒を雇ったそうですな。

「それで？」

「さっきの人達がこの町の貴族らしいぜ」

「言ってはなんだけど幸薄そうな感じだったけど……それがどうしたの？」

「なんか、隣町の貴族から金を借りるために、娘が少しの間、奉公に出されて、みんなで金を出し合って借金を返しに行ったんだってさ」

「カンパが集まるってことは良い人達なんだろうね。だからか……みんな見るだけで買えないのは」

「そうみたい。食べるのにはまだ困ってないけど金がないんだって」

「うーん……何かしてあげられればいいんだけど、下手に動くと盾の勇者ってばれちゃうし、そうなると何もできなくなるからどうしたものかな」

お義父さんは困ったように呟《つぶや》きましたぞ。

なかなか難しい問題ですな。

「とりあえず日も傾いてきたし、今日はこの町で一泊していこうか」

「わかりましたぞ」

で、その日の晩のこと、宿でみんなが休んでいると町の連中が広場で騒いでおりました。

「どうしたんだろう？」

お義父さんがそれとなく広場の方へ行って事情を聞いてきますぞ。

「何かあったんですか？」

「ああ……それが……」

俺達も近づいて聞き耳を立てますぞ。

「夜までに貴族様が帰ってくるという話だったのですが何の音沙汰もなく……ですから捜しに行こうと話し合いをしていたところで……」

「はぁ……隣町まで少し遠いですよね？　しかも既に日は落ちて魔物はもとより盗賊の夜襲を考えたら難しいんじゃないですか？」

夜の行軍はかなり危険ですからな。

魔物の出現率が跳ね上がりますので、腕に覚えがないと命に関わるでしょうな。

まあ、最初の世界で俺は夜の間にＬｖ上げをしていましたが。

どちらにしても戦いの心得のない者では、怪我で済んだらいい方でしょう。

「一応は、武芸の心得がある者もいるのですが、盗賊との戦闘での傷が治りきっていなくて……」

「うーむ……」

お義父さんが顎《あご》に手を当てて考え込みますぞ。

「……俺達も一緒に行くよ」

「神鳥の聖人様が？　よろしいのですか？」

「ああ、ついでに用事があったから、ちょうどいい。護衛しよう」

「お願いできますか？」

「任せてほしい。くれぐれも危険なことはしないでね。君達の信じる貴族もそう思っているはず」

「は、はい！　聖人様達が護衛してくださるなら心強いです」

こうしてお義父さんは町の人のために護衛を買って出ましたぞ。

「みんな聞いてた？」

お義父さんが振り返って尋ねてくるので、みんな頷《うなず》きますぞ。

ああ、怠け豚は既に宿で就寝しております。

「というわけで、行こう」

「わかったぜ兄ちゃん！」

「サクラ達も頑張る」

町の馬車をサクラちゃん達が引いていくことになりましたぞ。

「もしかしたら盗賊が略奪に来るかもしれないらしいから、元康《もとやす》くんとユキちゃん、コウとウィンディアちゃんとガエリオンちゃんは町に残って」

「わかりましたぞ！」

お義父さん達は町の人達を馬車に乗せて隣町まで出発しました。

それから数時間……夜もだいぶ更けた頃にお義父さん達は帰ってきました。

「ただいま」

「どうでしたかな？」

「んー……何か危険な目に遭っているかと思っていたら隣町にいたよ。で……ついでに樹《いつき》がいてね。どうやら今夜、あそこの貴族を退治するらしく、計画を立てていたよ」

「ほう……」

お義父さんの話だと盗賊をけしかけていたのが隣町の貴族で、用心棒も実は盗賊の仲間だったそうですぞ。

マッチポンプというやつですな。つまり奉公に出された娘は人質状態だったのですぞ。

「あまり関わり合いにならないように遠目に確認したんだけどね……町の人に話しかけられそうになって困ったよ」

「大丈夫でしたかな？」

「うん。明日には……きっと解決してるでしょ」

お義父さんの話ではみんなで手分けしてこの町の貴族を捜していたところ、樹《いつき》一行を酒場で見つけたそうですぞ。

さりげなく近づいて何を話しているか聞いて転びかけたそうで。

「樹って……世直しの将軍様みたいなことしているようなんだ」

「そういえば未来で、樹は全然活躍しているのを聞きませんでしたな」

「え？　そうだっけ？　なんだかんだで騒ぎになっているよ？　姿を隠して正義を行っているって」

おかしいですな。未来では錬《れん》と俺の活躍で国中が沸き立っていたと聞きましたぞ。

それ以外の話題では、神鳥の聖人ことお義父さんが各地で奇跡を振りまいているという話を聞いたくらいですかな？

俺が首を傾《かし》げているとお義父さんが質問してくださいました。

「未来の記憶とは違うのかな？」

「そうですぞ」

「うーん……ありそうなのは元康くんと錬がメルロマルクで全然活躍していないから……かな？　話題になる勇者についてメッキリと聞かなくなると、自然と地味な方が目立ち始める感じでさ」

「なるほど」

つまり最初の波までは錬が先頭に立って活躍していましたが、その錬も国への不信感からゼルトブルへ行った現在、目に見える活躍をしているのは樹だけになってしまっているということなのでしょうな。

未来では三勇教は俺や錬の活躍を喧伝《けんでん》していましたが、それも叶《かな》わず……自然と樹が台頭することになってしまったのでしょう。

話によると樹は隠れて正義の味方をするのが好きだったようですぞ。

その隠している活躍を三勇教が必死に流布した結果、樹自身の名声が広まったということなのでしょう。

さすがお義父さんの洞察力ですな。

しかし同時に、正体不明の神鳥の聖人が各地で活躍していることに、三勇教もかなり焦っているのではないですかな？

盾の勇者を騙《かた》る偽者も各地で暴れているとの話を聞くそうですので。

「ま、今回の騒ぎは俺達の出番はないね。神鳥の聖人として行ったとしても樹達はユキちゃん達を見たことがあるから正体がばれちゃうし」

「そうですな」

「しかし……樹は一体何が目的でこんな正義ごっこをしているんだろう。まあ、人に説教するのが気持ち良いとか思っているタイプなのは決闘した時にわかったけど」

「未来では正義正義ばかりでうるさいとお義父さんが言ってましたぞ」

「あー……うん。正義の味方に憧れを持っているんだろうね。それなら……問題なさそうかな？」

こうして俺達は樹と会うことなく騒ぎの収拾を見届けたのですぞ。

翌日、お義父さんの話通り、隣町の貴族は樹一行に退治されたという話が町に伝わってきました。

いつも満足げな様子を隠しきれない樹が、どんな顔をしているか気にはなりますな。

自由になった祝いにとお義父さんは町の人達に食料を無料で配給していました。

皆さん感謝の言葉を投げかけてきます。

「樹に会う前に早めに退散しよう」

「それではさらばですぞ」

町の人達が手を振る中、俺達は出発しましたぞ。

神鳥の聖人の噂《うわさ》は、今では弓の勇者こと樹一行の活躍と比例するように有名になりつつありました。

そして更に北の方へ行った時のこと。

「兄ちゃん。なんか物々交換の申し出がすごく多いけど、いいのかー？　あと、アクセサリーが全然売れねえ」

「ん？　ちょっと待って」

アクセサリーが……売れないですと!?

「馬鹿な！　フィロリアル様達を象《かたど》ったこの崇高なシンボルに誰も見向きもしないなんて……目が腐ってますぞ！」

「元康くん、落ちついて。貧窮の所為《せい》でしょ」

お義父さんが俺を抑えた後、辺りを見渡しますぞ。

「あんまりお客の顔色が良くないね。やせ細っていてボロボロだ」

「飢饉《ききん》ですからな。だからこそ食料を配っているのですぞ」

「そうなんだけど……なんか変じゃない？」

「兄ちゃん。こいつらなんか訛《なま》りがあって聞き取りづらいぞ。メルロマルクの連中とは違うんじゃないか？」

お義父さんはキールの言葉を聞いて、馬車から降りて客に事情を聞いているようでしたぞ。

「とりあえず……少し炊き出しをしますので、皆さん落ちついてから買っていってください」

お義父さんが大きな鍋を村の者から借り受けて料理を振る舞いますぞ。

ついでにキールが望んでいたクレープを再現しようと、熱した鉄板で挑戦しております。

「ガウ！」

「うん。ガエリオンちゃん。その火力を維持して」

サクラちゃんをはじめ、フィロリアル様達は料理を羨《うらや》ましそうに見つめています。

「この前、物々交換で小麦粉が手に入ったからね。とりあえず甘いクレープを作るのは無理でもホットクレープを作ることはできると思う」

「ホットクレープとクレープって何が違うんだ？」

「生地自体は同じだけど、入れる中身が違う……かな？　普通のクレープはお菓子だけど、ホットクレープは肉とか魚とかも入れるんだ」

「へー……美味《うま》いのかー？」

キールが興味津々でお義父さんが料理する姿を見つめております。

「よっと……できた」

お義父さんはクレープ生地を丸く焼いて、焼いた肉を器用に挟んでキールに渡しますぞ。

「とりあえずは完成かな？」

「これがクレープか」

「本当は甘いんだけど、材料が足りないからそれで我慢して」

「わかったぜ」

キールがホットクレープを食べますぞ。

クレープ生地に、バイオプラント産のトマトのような実を挟んだフレッシュな一品ですな。

「んー……味は良いけど微妙ー」

「そうだろうね。今度、甘いのを作ってあげるから我慢して」

「いいよいいよ。兄ちゃんの料理はどれもウメーから」

「そう？　また機会があったら甘いクレープを作ってあげるからね」

「楽しみだぜ！　でも、これって葉っぱで肉を包んだ食い物とどこが違うんだ？」

「そう言われるとつらいところだね」

と、お義父さんは苦笑いをしておりましたぞ。

並行して作っていたスープをお義父さんは客に披露しております。

ホッと一息ついたのか客は落ちつきを取り戻したようですぞ。

「みんなに行き渡ったかな？」

お義父さんが、談笑をしている客達に近づいていきます。

「それで、一体何があったの？　君達はこの国の人達じゃないよね？」

「その……実は、私達は隣国の者でして……最近豊かになっていると言われているメルロマルクに食べ物の買い出しに来たんです」

「そうなんだ？」

「はい。我が国では飢饉と革命運動が重なり食料生産が……」

「しかも一度は低くなった税をやむなく上げるなど、勝利した革命軍が公約を破ってしまって、国は荒れて、むしろ悪くなる一方……」

なんとも……だからこんなにやせ細っていたのですな。

「これじゃあ革命をするだけ無駄だったとみんな嘆いていて……弓の勇者様が革命軍にいたのにどうしてこんな事態に……このままじゃ、どこかの国が弱っている私達の国に攻めてくるかもしれない……でも、飢餓で生活ができないんですよ」

「なるほどなぁ……ちょっと待ってて」

お義父さんが俺達の方へやってきましたぞ。

「樹がどうやら革命に加担したようだけど……あれ、どう思う？」

「色々と事後処理が足りないようですな。まあ、俺も人のことは言えませんが」

「ブー……」

怠け豚が何やら呟きましたぞ。

「エレナさん……元も子もないこと言っちゃダメだよ」

「なんて言ったのですかな？」

「なぜ、税が多いかわからず、目先の利益に飛びついた結果。自業自得……だってさ」

「これは滑稽《こっけい》、確かにその通りですぞ」

「元康くん！」

お義父さんに怒られてしまいましたぞ。

だけど、間違っていないと思いますぞ。

つまり重税だった理由は王が贅沢《ぜいたく》をするからではなく、国を維持するための最低限の費用として必要だったに過ぎないということですな。

樹のことですから、よく確かめもせずにいるのだろうと想像できますぞ。

「樹も関わっていたとなると革命にも拍車が掛かっただろうし、失敗のしようがなかった……ってところかな？　その結果がこれじゃあ。俺の時と同じく弱者に見える方の話だけ聞いたんだろうね。四聖武器書にもそんな感じのエピソードがあったし」

「ブー」

「ああ、うん……密入国だろうね。革命の所為で金も物もないし……商売人の観点からしたら見捨てるのがいいかもしれない。だけどな……食べ物を満載した馬車を渡しても国境を超えるのは難しそうだよね」

深く溜息《ためいき》を吐《つ》いたお義父さんが決断するように頷きました。

怠け豚が呆《あき》れたような目でお義父さんに向かって何か言いましたぞ。

「わかってるって、甘いのは。未来への投資と思って諦めるよ」

お義父さんは販売用のバイオプラントの種を客に渡しに行きましたぞ。

「これは？」

「さっき食べてもらった野菜がすぐに実る魔法の種なんだ。ただ、気を付けてほしい。真面目に育てないとすぐ枯れる。これなら運びやすいでしょ？」

「え……あ……」

お義父さんは内緒とばかりに口の前で指を立てました。

「もしもその種のお陰で豊かになったのなら、その時に助けられた分だけ、誰かを助けてね」

「は、はい！」

お義父さんの真心に密入国者は感謝の言葉をずっと投げかけておりましたぞ。

料理を配り終えたお義父さんは馬車に戻ってきましたぞ。

俺達も後を追って馬車に乗り込みます。

「こんなところかな」

「ブー」

「はいはい。商売人としたらダメなのは知ってるから」

「兄ちゃんカッケー」

「キールくんは目を輝かせない。あんまり良いことじゃないんだし……本当は買っていってほしいものなんだから」

お義父さんは疲れたような表情をしておりますな。

「俺、甘いのかな……うーん」

「ナオフミはーそこが良いところー」

「そうですぞ！　なんだかんだでみんなを守っていく、それがお義父さんですぞ」

「そう言われると助かるよ。さてと……商品もある程度捌《さば》けたし、あとはどうしようかな」

次の波までだいぶ近づいてきましたな。

それでも、まだ時間はありますぞ。

婚約者の誘拐事件が起こるのは次の波を解決してすぐでしたからな。

そこまで時間を稼げばクズも赤豚も、三勇教も終わりですぞ。

「とりあえずは今まで通り、エレナさんのところで補給して行商を続けようか」

「それがいいと思いますぞ。お義父さん、財布はだいぶ潤いましたかな？」

「一応はね……」

お義父さんが馬車の中にある金袋を指差しましたぞ。

「キールくん達の武器や防具を新調するくらいはあると思うよ。ウィンディアちゃんやガエリオンちゃんにも装備を買い与えないとね」

「ガウ？」

「ガエリオンちゃんは何が欲しい？」

「ガウ！」

助手が魔物の言葉を翻訳するようですぞ。

「鞍《くら》が欲しいって」

「鞍って……なんで？」

「ガウ！」

「盾の勇者と私を安全に乗せられるように」

「ブー！」

サクラちゃんが異議を唱えていますぞ。

「サクラも鞍ほしー」

「張り合わない。サクラちゃんは人を乗せるの上手だから手綱だけでいいでしょ？」

「でもほしー、ガエリオンには負けないー」

「ガウガウ！」

バチバチと、サクラちゃんと魔物は睨《にら》み合いを始めましたぞ。

俺も参加してみますぞ。

「では俺は縄をお義父さんからもらって体に巻きつけますかな？　亀甲縛りとかされて馬車に転がされるのですぞ」

「だれかー！　元康くんに水を掛けてあげてー。なんかおかしなこと言ってる」

おや？　何かおかしなことを言ってしまいましたかな？

キールに水を掛けられて俺はムッとしますぞ。

「お義父さんへの忠誠ですぞ。自らを痛めつけることが、お義父さんへの贖罪《しょくざい》になるのですぞ」

「ああはいはい。それは未来の俺にでも見せてあげてね。今はやらないで」

おお。なんと。もはや二度と来ない未来での話をお義父さんが言いましたぞ。

なんとつらいことを言うのですかな？

俺はもう、未来のお義父さんに謝罪することができないのですぞ。

なので、今のお義父さんに許してもらうために自ら罰を与えるのですぞ。

「話は戻って鞍かー……ガエリオンちゃんに必要なのかな？　俺とウィンディアちゃんしか乗せてくれないし」

「ガウ？」

「ドラゴンに乗るにはあった方がいいと思う」

「うーん。じゃあ今度買おうか」

「ガウ！」

などと話をしながら俺達は怠け豚の領地へと戻ったのでした。

そこで……とある話を聞くことによって急遽、行くべき方向を変えることになるなど、この時は全く思ってもいませんでしたぞ。

四話　助手の決断

怠け豚の領地で俺達は食料を積みますぞ。

バイオプラントの畑が徐々に拡張されていき、既に怠け豚の領地ではかなりの規模でその栽培が進んでおります。

遠くから食料を求めて訪れる者もいて、お義父《とう》さん曰《いわ》く、かなり潤っているそうですぞ。

流通の一部も担っており、ある程度、国の飢えはなくなっていて食べるのには困らない状態に落ちついております。

その一端を担った怠け豚の実家は相当の儲《もう》けが出たとか。

なんとも腹立たしい事実ですな。

「ブー」

そんな状況で怠け豚が自分の実家から出てきてお義父さんに声を掛けましたぞ。

「ん？　どうしたのエレナさん」

「ブー……」

「え……」

なぜか怠け豚の言葉にお義父さんが唖然《あぜん》としたような、呆《あき》れたような溜息《ためいき》を吐《つ》き、それでありながら緊迫したような表情を浮かべました。

「……ウィンディアちゃんを呼んで」

「何かあったのですかな？」

「うん。元康《もとやす》くんにも一緒に話すから、付いてきて」

お義父さんは助手を含めた全員を呼び寄せましたぞ。

「どうしたの？」

お義父さんは助手に近づいて、口を開きました。

「東の村で……疫病が流行しているらしい」

「え!?」

その言葉に助手をはじめ、キールやユキちゃん達が唖然とした表情を浮かべます。

「たぶん、原因は……」

言葉を濁すお義父さんは助手と魔物に目を向けます。

何を伝えようとしているのかが、わからないはずはありませんぞ。

助手は静かに俯《うつむ》いています。

魔物の方はちょこんと座って静かに目を閉じていましたな。

十中八九、あのドラゴンの死骸が原因であるのは間違いないですな。

何せ、お義父さんが村の連中に再三にわたって危険だから早めに処分するようにと告げておりました。

鼻の良いフィロリアル様とキールがドラゴンの死骸の近くで既に鼻が曲がると言っていましたので、その時点で予兆は十分にあったのですぞ。

にもかかわらずお義父さんの忠告を無視したとは、まさしく自業自得。

助けるに全く値しませんぞ。

ドラゴンの所為《せい》で起こった疫病というのがシャクではありますが。

「ウィンディアちゃん」

お義父さんは助手と目線を合わせて肩を掴《つか》みます。

「君は……どうしてほしい？」

「……なんで、私に聞くの？」

「それは君が関係者であるからだ」

「……」

「俺は十分注意をしたし、助ける義理もない。エレナさんは金の匂いがするから教えてくれたみたいだけど……」

助手は俯いて目を伏せますぞ。

「だから俺は君に問いたい。このまま見捨てて、君のお父さんが間接的にあの村の連中に復讐《ふくしゅう》するのを見届けるか……それとも」

一拍置いてお義父さんは助手に問いましたぞ。

「村を助けに行くか」

「……」

沈黙が辺りを支配しましたぞ。

フィロリアル様達は各々、複雑な面持ちで立っております。

「兄ちゃん……ウィンディアちゃん」

キールは心配そうにお義父さんと助手を交互に見つめますぞ。

「ガウ」

魔物は……助手の服の裾を軽く噛《か》みましたな。

助手は静かに魔物の頭に手を置いて撫《な》でましたぞ。

「義理はないし、酷《ひど》い人達ばかりだ。俺達は見捨てることだってできる。俺達の正体がばれたらそれこそ、相手に大義名分を与えかねない危険な行為になる。この状況も知られつつあるし、もしかしたら俺達がやらなくても弓の勇者である樹《いつき》が解決するかもしれない」

「私は……」

「ガウ……」

助手は魔物と目線を合わせ、何かブツブツと魔物の言葉を呟《つぶや》きましたぞ。

それから顔を上げて……。

「盾の勇者さん。疫病を……お父さんが残した災いをどうか退けてください。お願いします」

その目にはうっすらと涙が浮かんでおりましたぞ。

お義父さんは助手の頭に手を置いて優しく撫でました。

「うん。凄《すご》いね……君はとても誇らしい選択をしたと思うよ。傲慢《ごうまん》かもしれないけど君のお父さんに代わって、俺は君を褒めたい。俺じゃとても真似できる選択じゃない」

バッと、助手はお義父さんの胸に顔を埋《うず》めましたぞ。

「君は……とても良い子に育ってくれたね。これから君のお父さんのお墓を建てに行こう」

「うん……うん……」

お義父さんは優しく抱擁しております。

「じゃあウィンディアちゃんの決意を無駄にしないために、俺達はこれから急いで東の村へ出発する。エレナさん。薬のチェックを」

「ブー……」

「キールくんは予防薬やマスクの準備をお願い。サクラちゃん、ユキちゃん、コウ、ルナちゃんはいつでも出発できる準備を！」

「わかったぜ兄ちゃん！　これから忙しくなるぞー！」

「「らじゃー！」」

みんな一斉に出発の準備を始めましたぞ。

「あとは念のために特効薬や強力な薬の確保を、元康くんにお願いするね」

「任されましたぞ！」

俺は槍《やり》の技能で、薬の生成を行いますぞ。

現在槍に入っている素材で、強力な薬を生成することなど造作もありませんからな。

最高峰のイグドラシル薬剤だって、作れなくはないですぞ。

「ガウ！」

「うん。行こう！」

助手の言葉に、魔物が近寄って腰と頭を落としてすぐに背に乗れるようにしていますぞ。

これは因縁が絡む出来事ですな。

未来でも疫病が発生した村があったと聞いたような覚えがありますぞ。

おそらく、この時の出来事でしょう。

この時点でお義父さんは助手とは知り合っていなかったと思います。未来の知識はほとんど役に立ちませんが、対処できない状況ではないと思いますぞ。

さあ！　ここからが正念場ですな。


積み荷は軽めにして、急いで東の村へ行きましたぞ。

前回来た時からしばらく日が経ち……妙に陰惨な空気が、東の村の手前にも漂っております。

気温が低く感じられるのは気のせいではないと思いますな。

山には暗雲、草原は黒く……なんとも不気味な変化に俺自身が戸惑いを覚えますぞ。

日が全く差しておらず……過去に豚と見に行ったホラー映画のワンシーンのような不気味さが辺りを支配しております。

それはフィロリアル様達とて同じなのか、キリッと引きしまった表情をしております。

「前回来た時とはずいぶん変わってしまっているね。まだ二週間くらいしか経っていないのに」

「そうですな」

巨大なドラゴンが倒された所為で生態系に大きな変化が起こっているのは、既に一度来た時にはわかっていた事実ですぞ。

「これが異世界の現実とでもいうのかな……？　うーん。なんとも禍々《まがまが》しい感じがするよね」

「山火事とかがあったと思えば似たようなものなのではないですかな？」

「そうかもしれないね。大地の汚染が目に見える形で噴出しているのかも……ね」

「くさーい」

「鼻が曲がりそうだぜ、兄ちゃん」

「みんな予防薬は飲んだよね？」

「うん」

「うーん」

「はーい」

みんな頷《うなず》きますぞ。

「ガエリオンちゃんは特に気を付けて、君のお父さんから広まった疫病だから、一番うつりやすいかもしれない」

「ガウ！」

お義父さんの忠告に魔物は頷きましたぞ。

助手は馬車から山の方をずっと凝視しております。

「……まずは村の方でどれだけ被害が出ているか確認しよう」

「……うん」

「あと、ウィンディアちゃんは馬車から出ないようにして。どんな因縁をつけられるかわからない」

「でも……」

「大丈夫、君のお父さんがいる場所には絶対に連れていくから」

「……わかった」

ギュッと、助手は着ている服の袖を握って頷きましたぞ。

それからすぐに到着しましたぞ。

前回来た時の活気はどこへやら、なんとも陰鬱《いんうつ》な空気が村を支配しており、アレだけいた冒険者は一人もおりません。

教会の方では葬儀が執り行われているのか、暗い表情をした者達が墓地に棺桶《かんおけ》を埋めているようですぞ。

そして俺達を乗せた馬車は村に入りましたぞ。

「これはまさか……お尋ねしますが、過去に一度村に来た神鳥の聖人様でよろしいでしょうか？」

「ああ、そうだ」

お義父さんがローブを羽織って、馬車から乗りだして答える。

「た、助かった。聖人様！　どうか村をお救いください。この村は今、疫病が蔓延《まんえん》し日に日に住民が亡くなっております！」

「わかっている。だが……」

村人が急いで病人のいる場所へ向かっていきますぞ。

合わせて村長らしき者がやってきます。

「おお！　聖人様！　どうか村をお救いください」

「その前に、俺は言わなきゃいけないことがある」

「なんでしょうか？」

「俺がこの村から立ち去る時に言ったことを……貴方達《あなた》がちゃんと理解できなかったことが、この結果を招いたことを自覚してほしい」

詰問するような口調で、お義父さんはローブの隙間《すきま》から鋭い眼光で村の連中を一瞥《いちべつ》しましたぞ。

「そ、それは――」

「酒場のマスター、巨大なドラゴンの死骸の前での責任者、そして貴方に俺は何度も注意した。その時のことを……覚えていないとは言わせない」

お義父さんの言葉に村長は咳《せき》をしながら汗を拭《ぬぐ》いますぞ。

同時に、村の連中は村長に視線を向けましたぞ。

「誰か一人を吊《つ》るし上げろと俺は言ったか？　連帯責任だ。君達は自業自得であることを自覚すべきだ」

「言わせておけばずけずけと！　……ガハ！」

おや？　お義父さんに向かって殴りかかろうとして吐血しましたぞ。

「どうやらずいぶん強力な疫病のようだ。俺達が何もしなければ……君達はどうなるか……」

やれやれとお義父さんは嘆くように呟きますぞ。

「まあ、俺達はそんな君達に救いの手を差し伸べに来た。だけど自覚してほしい。誰が悪いのか？それは君達自身だと俺ははっきりと断言するよ」

倒れて意識のない愚か者にお義父さんは上位の治療薬である特効薬を飲ませますぞ。

それだけで愚か者の呼吸が静かになり、顔色がみるみる良くなっていきます。

「おお……噂《うわさ》通り奇跡だ……」

村人の目に希望が宿るのが一目でわかりましたぞ。

「聖人様！　どうか、どうか村をお救いください！」

「与えられることに慣れ切った君達を救う価値が……本当にあるの？」

「そんな！」

お義父さんの冷酷な返答に村人達は唖然とします。

「何度だって言う。俺の忠告を無視し、利益だけを求める。君達の生き方を客観的に見て……神に救われると思う？」

「おお……」

村人が全員、胸に手を当ててからお義父さんに向けて頭《こうべ》を垂れますぞ。

「君達の宗教がどんなものかは知らないけれど、正しくあろうとする意思は……絶対にあるはずなんだ。これは……傲慢だった君達への天罰ではないと言い切れる？」

「真《まこと》にその通りでございます。ですが……どうか猶予を、聖人様！」

「……うん。そのために俺達は来たんだ。さあ、病人を見せてほしい！」

「こちらです、聖人様」

それから俺達は隔離された建物に案内されましたぞ。

弱り切った患者、裏手には真新しい墓地と……雰囲気は戦場のそれよりも悲惨だと言えましょう。

鳳凰《ほうおう》との戦いの後に見た救護施設と葬儀を思い出しますな。

アレよりも……陰鬱な嫌なにおいがしますぞ。

フィロリアル様達もそのにおいを嫌がっているご様子。

お義父さんはその中で、盾の技能を使って一気に治療していきます。

特効薬を事前に作っていたお陰で、現場にいた治療師の協力もあり素早く病人の治療が進んでいきますぞ。

快方へと向かっていく中、お義父さんの表情はどんどん険しくなっていきますぞ。

「自業自得とはいえ、病で苦しむ人を見るのは苦しくなるもんだね」

「気持ちはわかりますぞ」

ループする前の世界でもこの辺りはきっと疫病が蔓延したと思いますぞ。

その時もお義父さんはここに来て人々を救ったのでしょう。

でなければ国民が盾の勇者は悪人ではないと言うはずもありませんからな。

こういう奇跡に等しい偉業を成し遂げたお陰でお義父さんは信用を得て、三勇教を倒すことができたのだと思いますぞ。

ですが……この死のにおいというのでしょうか？

フィロリアル様が忌避するこの空気をずっと吸っていると気持ちも陰鬱としたものになりそうですな。

原因がドラゴンというのですから、早めに処分したいと思いますぞ。

「剣の勇者さえ来なければこんな事態には……」

と呟いた村人を、お義父さんは鋭く睨《にら》みましたぞ。

「自分達で観光地にまでしておいて人の所為？　剣の勇者が倒した後、ドラゴンの亡骸《なきがら》を放置したのは君達でしょ？　嫌だったんなら剣の勇者に亡骸を処分するよう言うべきでしょうが！」

「い、いえ！　申し訳ありません！」

反省がないと、プリプリとお義父さんは怒っておりました。

自業自得である上に責任を鍊《れん》に擦《なす》りつけようとするこの精神、俺が魔法で焼き払って根絶やしにしてやってもよさそうですぞ。

その時、馬車に隠れていた助手が心配そうに馬車から顔を覗《のぞ》かせましたぞ。

「お前は！　ドラゴンの巣穴にいた亜人の娘じゃないか！」

目ざとい村人、兼冒険者の生き残りだという奴が助手を指差しましたぞ。

「あ……」

「お前の所為で村はこんな事態に――」

お義父さんは手を伸ばしてその冒険者の生き残りを吊るし上げますぞ。

「……責任を人の所為にするのは本当に楽だよね？　猶予を与えてもそれじゃあ先が思いやられる」

「ぐあ……!?」

「忘れたのかな？　その子は俺が保護したってことを。行くあてもなかったから保護していたんだよ。本当なら傲慢な君達を見捨ててもよかったけど、その子が俺達に君達を助けてほしいと言うから来たんだ」

「や、やめて……お願い」

助手が声を絞り出すようにお義父さんにお願いしておりますぞ。

お義父さんは吊るしていた生き残りを掴む手をパッと放しましたぞ。

「ああ……もしかしたら神鳥の聖人がこの事件を起こした黒幕だとか……ふざけたことを思ったり、言ったりする奴がいるかもしれない。ならここで俺達は去るけどいいかな？　今は良くなっても根本的な原因が処理されていないよね」

お義父さんが腕を組んで村の代表を叱《しか》りつけております。

「ねえ？　国からの援助はどうなってるのかな？　こういう時には人々のために三勇教が救いに来るんじゃないの？」

「そ、それは！」

「ああ……既に見捨てられているんだっけ？」

どうやら図星だったようですぞ。村人が黙って視線を逸《そ》らしますな。

「山の魔物も凶悪そうだしね」

代表は目線を逸らしながら山の方へ目を向けますぞ。

「まだ治療も途中だし、根本的な原因は取り去られていない。あとね、ここに滞在している治療師にちゃんと聞くんだ。今回の病が、どんなものかを」

「その……」

治療師が若干気圧《けお》された様子で答えました。

「今回の疫病はドラゴンの死骸から発生する有名なものです。治療院の過去の記録で確認されております」

「未知の要素は？」

「ありません」

「そういうわけ。ああ、今度は治療師を疑うのかな君達は？」

「神鳥の聖人様！　どうかお怒りをお静めください！」

村の代表は切羽詰まった様子でお義父さんに懇願しておりますぞ。

「誰かの所為にするのは楽だ。だけど、今回は君達自身が起こした問題なんだというのを自覚してほしいと俺達はずっと言ってるんだ！　いい加減にしろ、とね！」

はぁ……と、お義父さんは深く溜息を吐いてから助手を馬車の方へ行かせました。

「神も悪魔でもなく、人災なんだよ、今回の疫病は」

そう呟いて、黙々と治療するお義父さんの姿を村人は黙って見ておりました。

やがて一人一人と手を合わせて祈り、懺悔《ざんげ》の言葉を呟き始めますぞ。

「兄ちゃん。こんなもんか？」

「うん。みんなよく頑張ったね」

病に苦しむ人達の症状が良くなったのを確認したお義父さんは、施設から出て山の方を見ますぞ。

「さてと、あとは原因の処分に行くとするよ」

「聖人様達が行ってくださるのですか!?」

「そのために来た。アレが山にある限り、疫病が沈静化することはない。君達のいう猶予を稼ぐために……俺達は行くとしよう」

平伏するように村人達は頭を下げましたぞ。

「あー……先に宣言するよ。観光地にして得た収益とドラゴンの財宝を売って得た金銭……それをちゃんと環境の整備に使うように、間違っても愚かな真似に使わないように誓え！」

お義父さんは、出発する直前にギロッと村の連中を睨みつけましたぞ。

「は、はい！　では聖人様への報酬は……」

「その分を、村はもとより山の復興に使うんだ」

馬車に乗り込み、俺達はお義父さんと共に山に向けて出発しましたぞ。

五話　継承

「さてと……ちょっと説教しすぎた気もするけど、アレでダメならもうお手上げだね」

「兄ちゃん、スッゲー不機嫌そうだったもんな」

「だってそうでしょ。何度も注意したのに無視して疫病を蔓延《まんえん》させた挙句、錬《れん》の所為《せい》にしようとしたり、ウィンディアちゃんに責任を被《かぶ》せようとしたりしたんだよ？」

「ある意味スゲーな。救いがねえ」

「ですぞ。汚物は消毒すべきですな。今すぐに俺が魔法で消し飛ばしてやりますかな？」

「元康《もとやす》くん。もしかしてそんなことができるほど強い……の？」

「できなくはないと思いますぞ。あの程度の村なら、リベレイション・ファイアストームⅩで跡形も残らないと思いますな」

「え!?　お願いだからやめてね」

「ブー……」

怠け豚が残念そうに鳴きましたぞ。

「皆殺しにして宝を奪うって、それじゃあ強盗でしょうが。まったく……」

お義父《とう》さんは呆《あき》れたように呟《つぶや》きましたぞ。

「……」

助手が俯《うつむ》いてお義父さんのローブの端を掴《つか》みますぞ。

「これから……君のお父さんの埋葬をする。汚染の原因だから、埋葬だけじゃ無理かもしれない。その場合は元康くんに火葬してもらうか聖武器に入れて処理する。いい？」

「……うん」

「ガウ！」

魔物が助手を励ますように馬車に付いてきて鳴きましたぞ。

そういえば先ほどからどこにいたのかと思えば、町に近寄らないようにしていたのですな。

馬車には乗せられませんから、人目を避けるように待っていたのですぞ。

「さあ、これから大変だけど山を登っていこう」

「サクラ頑張る」

「俺もやるぜ」

「私達が魔物達を駆逐していきますわ」

馬車を引くユキちゃんとコウが、近寄ってくる毒を持っていそうな魔物達を跳ね飛ばしていきますぞ。

「ガウ！」

魔物はボッと火を吐いて、行く手の魔物達を焼き払いますな。

お義父さんが結界を生成し、割と早く山を登ることができておりますぞ。

「僅《わず》か二週間で木々が見る影もない……ドラゴンの死骸を放置するのって怖いね」

「汚染生物ですな」

「ドラゴンって元々魔法的な要素の塊とかなんじゃないの？　俺達は詳しく知らないだけで」

「ドラゴンの生態など全く興味がないですぞ」

「……元康くん。君は嫌いだから知りたくもないって思っているかもしれないけど、それだと足を掬《すく》われるよ？」

「どういう意味ですかな？」

「君も日本から来たんだからわかるんじゃないの？　彼を知り、己を知れば百戦危うからず。敵がどんな生態をしているか知らないと対処が遅れるよ？　元康くんはフィロリアルが大好きなら、そのフィロリアルの敵であるドラゴンに関しても知るべきだよ」

なんと！　確かにその通りですぞ。

フィロリアル様が嫌悪しているのだから、俺も無視すればいいと思っていましたが、ドラゴンがどんな行動に出てフィロリアル様を苦しめるのかを知らねば、いずれ大事なフィロリアル様達が大変な目に遭うかもしれません。

ドラゴンがどんな生き物であるのかを知ることで、俺は更にフィロリアル様への愛を深めることができるのですな。

「うわ！　槍《やり》の兄ちゃんが滝のように涙を流し始めたぞ！　気色ワリー」

「ほっといてあげなよ。ウィンディアちゃんはドラゴンのことを知ってる？」

「……どんな生き物とも結婚できるってこととか、大人になるまでどれくらい掛かるかとか、魔法の唱え方とか」

「まだまだ知らないことがありそうだね。知ることで君はお父さんのことにもっと詳しくなれるかもよ」

「……うん。知りたい」

「その点でいえば主治医は詳しいようでしたぞ」

「ん？　主治医って……確か未来でウィンディアちゃんに色々と教えてくれた先生みたいな人のことだよね」

「そうですぞ。フィーロたんの主治医でフィロリアル様はもとより、ドラゴンに関しても相当な知識があったようでしたぞ」

「へー……なんて名前の人？　どこから来たのか知ってる？」

「全く知りませんな。確か天才錬金術師とか言っていたとかくらいですな」

「うわー……もしまたループすることがあったらちゃんと覚えておいた方がいいよ」

「わかりましたぞ」

などと話をしながら俺達は着実にドラゴンの死体がある場所へと向かっていったのですぞ。


「うわ……」

「気持ちわりー！」

「う……」

お義父さん達の言葉はもっともですぞ。

巨大なドラゴンの死体にポイズンフライという魔物が群がっております。

腐った肉に群がるポイズンフライによってドラゴンの姿は全く見ることができませんぞ。

「さすがにこんなに群がっていると気持ち悪い……ね。あんまり虫は好きじゃないけど、ここまでくるとにおいもあって最悪だ」

「お父さん……」

「まずは魔物の殲滅《せんめつ》から入ろうか」

「俺が魔法で全てを薙《な》ぎ払ってみせますぞ」

「元康くんに任せるとドラゴンも一緒に骨まで焼き尽くしそうだけど？」

「おや？　いけませんかな？」

ギュッと助手が拳を握っておりますな。

「それは最後の手段にしよう。まずは埋葬できるかを考えようよ。ウィンディアちゃんのお父さんもこの地で眠りたいんじゃないかな？」

「ガウ！」

ビクン。

魔物が鳴くと同時にドラゴンの死骸が何やら動き出しましたぞ。

「兄ちゃん。今、あれ、動かなかったか？」

「体内に溜《た》まったガスが漏れて動いたように見えるだけじゃないの？」

ポイズンフライがバササッと飛び立っていきましたぞ。

そのお陰で全身が見渡せるようになりましたな。

骨と肉だけになったドラゴンが……ゆっくりと前足を上げて、起き上がり始めましたぞ。

ドラゴンゾンビ

怨念と亡骸《なきがら》の腐敗によってゾンビ化したガエリオン（親）。周囲に瘴気《しょうき》をまき散らして疫病などをもたらしていたが、最初の世界では尚文《なおふみ》に処理された。

ボコボコと腐った肉が溶けて残された部分を補強するように蠢《うごめ》いております。

四つん這《ば》いになったドラゴンゾンビが雄たけびを上げますぞ。

「ＧＹＡＯＯＯＯＯＯＯＯＯＯＯＯＯＯＯＯＯ！」

その光景をお義父さんはもとより助手やキールも唖然《あぜん》とした表情で見つめていますぞ。

サクラちゃんをはじめフィロリアル様達は臨戦態勢に入り、羽毛を逆立て警戒の声を出しております。

「あ……ああ……」

「ウィンディアちゃん。落ちついて！」

「お父さん！」

「ガウ！」

助手と魔物がお義父さんの制止を振り切って飛び出しましたぞ。

「元康くん！」

「わかりましたぞ。この元康、あのドラゴンを骨も残らず焼き払ってみせますぞ！」

「違うって！　ウィンディアちゃんとガエリオンちゃんを巻きこまないように！」

おや？　お義父さんに注意されてしまいましたぞ。

ですが、あのドラゴンゾンビを一発で仕留めるには強力な魔法を使った方が早そうですな。

「ではいきますぞー」

「だから、まずはウィンディアちゃん達を止めないと！」

お義父さんが助手を追いかけて走り出すとキールが後を付いていき、サクラちゃんが追いぬいていきますぞ。

「危ないよー」

「放して！　お父さんが！　お父さんが暴れ出して……やめさせないといけない」

「ガウガウ！」

魔物がドタドタと先陣を切り、ドラゴンゾンビに噛《か》みつきましたぞ。

「エイミングランサーV！」

久しぶりに力を込めて槍を投擲《とうてき》しましたぞ。

幾重にも分かれた槍がドラゴンゾンビの主要器官を貫いて吹き飛ばしますぞ。

ですが、エイミングランサーでは決定力に欠けますぞ。

ええい。魔物が邪魔ですぞ。

「行きますわ」

ユキちゃんが走り出しますぞ。

フィロリアル様達が駆け出し、魔物に手を伸ばすドラゴンゾンビにそれぞれ攻撃しました。

それだけでかなりの肉片が飛びましたぞ。

ドラゴンゾンビは強くはないようですな。これならすぐに決着がつきますぞ。

「GYAOOOOO……」

それでもドラゴンゾンビは、まるでダメージを受けるのをいとわないとばかりに魔物に手を伸ばし抱え込みますぞ。

「やめて！　お父さん！」

助手はサクラちゃんに止められ、追いついたお義父さんに抱き寄せられてなお、叫ぶように声を掛けます。

「GURU……!?」

そこで、ドラゴンゾンビが助手の方に顔を向けて止まりましたぞ。

「元康くん、みんな！　攻撃をやめて！」

「わかりましたぞ！」

俺達はお義父さんの指示で攻撃を一時中断しますぞ。

「もうやめよう……お父さん。お父さんは全てを奪った何もかもが憎いかもしれない。だけど、それで世界に、他の誰かに迷惑を掛けちゃ、ダメだよ……取り返しがつかないことをするのはもう、やめて！　その子はお父さんの子で私の妹なのよ！」

ようか？

ゾンビフィロリアル様……俺はゾンビとなったフィロリアル様を愛《いと》おしく思うことができるでし

だとするととても強靭《きょうじん》な生き物ですな。

もしやドラゴンというのは死んでも意識があるのですかな？

助手が必死にドラゴンゾンビに語りかけますぞ。

「ガウ！」

腐り切り、光を宿さぬ瞳……抜け落ちた羽根……折れ曲がった骨や足……それでなお、戦おうとするフィロリアル様を俺は想《おも》うことができますかな？

……それでも俺は等しく愛してみせますぞ。

「お父さん。私、今は盾の勇者に保護されて、いろんなことを学んでいるの。外の世界はお父さんの言っていた通り、いろんな発見で一杯。いずれ私は旅立つことになるのを心配していたけど……私は今……幸せよ。だからお父さん、安らかに眠っていて！」

「GU！　GURUUUUUUUUUUUUUUUUUU！」

ドラゴンゾンビは至近距離にいた魔物を素早く掴みましたぞ。

「ガウ!?」

「ガエリオン！」

「元康くん！　みんな！」

お義父さんの命令に俺達は一斉に動き出しましたぞ。

ドラゴンゾンビは胸の肉を弾《はじ》けさせ、赤く輝く大きな核らしきものを……魔物に向けて弾き出し

ましたな。

「ガウ！」

魔物はドラゴンゾンビの腕から這い出し……その核に向けて突進しましたぞ。

ズブッという音と共に赤い核が魔物をその中に入れたかと思うと、閃光《せんこう》を放ちましたな。

「い、一体何が!?」

それを見届けるとドラゴンゾンビは目玉すらない頭を助手とお義父さんの方に向けて……。

「これで……やっと……ウィンディア……ありがとう」

と呟いてドロドロと崩れ落ちていきましたぞ。

後に残ったのは腐った液体と骨だけですぞ。

閃光の中の魔物は目を瞑《つむ》って、気持ち良さそうな表情でそこに浮かんでおります。

やがてその光は魔物の中に吸い込まれて消えていきましたぞ。

「ガウ！」

着地し振り返った魔物の背中には前よりも大きな……翼が生えており、パタパタと助手のもとへと戻っていきますぞ。

「わかってくれた……のかな？」

「お父さん……」

助手が両手で顔を押さえて涙を拭《ぬぐ》っているようでしたぞ。

「私……お父さんの分まで、生きてみせるから。見守っていて」

「倒せなくはないと思っていたけど、こういう形なら……まだ良かったのかな？　それよりもガエリオンちゃん」

「ガウ？」

「大丈夫なの？」

「ガウ！」

魔物がこれ幸いにとお父さんにじゃれついて顔を舐《な》めますぞ。

「わ、と、とりあえずガエリオンちゃんの容体を確認しないとね。ウィンディアちゃん」

「うん！」

お義父さんと助手が魔物を触診していますぞ。

ついでにステータスも確認しているようですな。

「んー……全体的にパワーアップしてる？　もしかしてさっきの攻撃だと思ったのはガエリオンちゃんにせめてもの置き土産をしようとしてくれた……のかな？」

「翼……大きくなったね」

「ガウ！」

魔物はパタパタと飛んで、助手とお義父さんの股下をくぐり背中に乗せて飛び上がりましたぞ。

「わ！　こんなに飛べるようになったんだ？」

「凄《すご》い凄い！　お父さんみたいになるのももうすぐだね！」

助手が大興奮で魔物を褒めたたえていますぞ。

「むー！」

その反面、サクラちゃんが不機嫌ですぞ。

「お義父さん、それくらいにするのですぞ」

「ガーウ」

魔物がこれみよがしにサクラちゃんを挑発していますぞ。

その態度、万死に値しますぞ！

「ガエリオンちゃん、落ちついて。サクラちゃんを挑発しないで……とにかくウィンディアちゃんのお父さんの骨や体液の処理をしないと」

「うん！　ガエリオン！」

「ガウ……ギャウ」

と、鳴いて魔物はお義父さん達を下ろし、ドラゴンゾンビの骨の方へ行きましたぞ。

「ウィンディアちゃん。どうする？　この骨……」

「ギャウ！」

魔物がポンポンと骨とお義父さんの盾を交互に叩《たた》きますぞ。

「そうだね。じゃあ、そうした方がいいのならお願いしようか」

などと魔物との会話を終えた助手がお義父さんにお願いしていましたぞ。

「お父さんの骨は、盾の勇者が使って。これで世界のためになるのなら」

「本当に……いいの？　ここでお父さんを眠らせるんじゃなかったの？」

「ガエリオンが、ここでさみしく眠っているよりも盾の勇者の武具の一部となって見守っている方が、お父さんは幸せなんじゃないかって言ってるの」

お義父さんは助手の言葉を聞いてしばらく目を合わせた後、静かに頷《うなず》きましたぞ。

「わかったよ。じゃあ、君のお父さんの骨、使わせてもらうね」

「お父さんを……よろしくお願いします」

「うん。じゃあみんな、この骨の一部は盾に入れるけど、残りは馬車に積んで」

「わかりましたぞ！」

「ブー……」

「エレナさん……今頃になって馬車から出てこないでよ」

怠け豚が算盤《そろばん》のようなモノを弾きながら喋《しゃべ》りましたぞ。

「売らない。売るのはダメ」

「まったく……エレナさんったら、お金のことになると敏感なんだから」

お義父さんが言うように、締めが台無しですぞ。

「よかったなウィンディアちゃん。父ちゃんと最後に話ができて」

「うん。盾の勇者……様、改めて、これからよろしくお願いします」

助手はお義父さんに深々と頭を下げましたぞ。

魔物も一緒ですな。

「こちらからもよろしく。これでやっと正式にウィンディアちゃんは俺達の仲間だね」

「はい……」

恥ずかしそうに助手は答えましたぞ。

そうして俺達はドラゴンゾンビの骨を回収し、疫病の原因となっている死骸の処理を終えましたぞ。

最後はお義父さんと助手の頼みで、腐った肉が溶けた土を俺が魔法で焼き払いました。

立ち上る炎をみんなで見つめていましたぞ。

こうして、疫病を駆逐することに成功したのですな。

その後も東の村の者達の介抱にお義父さんは追われていましたな。

さすがに病から立ち直っても体力までは回復しきれないので、その補助的な薬を処方していましたぞ。

俺もある程度は手伝いましたがな。

「さて、あとは……汚染された土地の浄化とかだけど、これは国の連中に任せるしかないね」

「ですな」

ドラゴンに汚染された土地を浄化するのは、色々と面倒な手順の浄化の魔法が必要なのですぞ。

まあ、未来でもやったのかどうかは知りませんが。

暗雲立ち込める土地にはなりましたが、それ以外に大きな問題は……ないっぽいですぞ。

人間慣れると、不吉な空を見ても平然としてしまいそうになりますな。

夜、村の中心で疫病が鎮まった祝いとばかりにキャンプファイアーが焚《た》かれましたぞ。

細々とした祝いの席ですな。

お義父さんは遅くまで治療師と、処方する薬の相談をしておりました。

「ふう……疲れたー」

助手は魔物と一緒に村の隅の方で、じっとしていましたぞ。

今日の出来事を反芻《はんすう》しているのか山の方を遠い目で見つめておりました。

さすがの村の者達も懲りたのか、助手を追い出したりはせずに大人しくしていたのですぞ。

お義父さんは村が用意した宿でぐったりと椅子にもたれかかりますな。

「さーてと、明日には出発だね。時期的にそろそろ一度城下町に行こうか」

「そうですな。そろそろ錬と落ち合う時期になりますぞ」

一ヶ月くらい経った頃に一度合流するとの話でしたからな。

その時はリユート村で話をしようと決めております。

忘れがちでしたが、お義父さんが細かく日程を見せてくださったので覚えております。

「そうだね。とはいえ、もう少し時間はあるよ」

「なんだかんだで波の一週間前に設定したのでしたな」

「錬の方も来るのが大変だろうからって早めに決めていたからね。あっちはどうなっていることやら」

「ゼルトブルは生活するなら割と簡単な国ですぞ。まさしく強ければどうとでもなりますからな」

「そうなんだ？　いずれは行ってみたいけどね」

「名物はフィロリアルレースですぞ！」

「わー……元康くんが好きそうなレースだね。完全に競馬のイメージしか浮かばないよ」

「お義父さんは好きですかな？」

「んー……ゲームでならやったことあるけど実際にはないかな」

「そうですか」

「サクラも走るの？」

フィロリアルレースの話をしているとサクラちゃんが会話に入ってきましたぞ。

「どうかな？　その時にでも決めたらいいんじゃないかな？」

「そっかー……ユキが好きそう」

「だね。ユキちゃん。走ることにプライドあるみたいだし」

というところで、部屋の窓を叩く音がしましたぞ。

「ん？」

お義父さんが窓際に立つと、窓を叩いた……魔物が顔を覗《のぞ》かせますぞ。

「ガエリオンちゃん？」

お義父さんが窓を開くと魔物は……淡い光と共に小さな姿になって部屋に入ってきましたぞ。

「ガエリオンちゃんのお父さんから何か力をもらっていろんな技能を覚えたみたいだね」

「まあ、そうなる」

「!?」

お義父さんが魔物の声を聞いて唖然とした表情になりましたぞ。

「驚くのも無理はない。だが聞いてほしいのだ。我にも事情があってこうして話をしている」

「しゃべ――」

「ガウ！　おお、そうだったな。改めて自己紹介といこう。我はガエリオン。まあ娘であるウィンディアが名づけた妹も同名のようだがな」

「娘……？」

「そうだ。盾の勇者と槍の勇者、汝《なんじ》らには感謝してもしきれん。よくぞウィンディアを守り、育ててくれた」

パタパタと羽ばたいて魔物……いや、これはフィーロたんのライバルであるドラゴンですぞ！

お義父さんと一緒にいる時に喋っているのを聞いたことがありますぞ。

体は違っても心は同じということでしょうな！

「お義父さん。コイツですぞ！　未来で限界突破と龍脈法の習得を補佐したドラゴンですぞ」

「え……でもガエリオンちゃんって……ああ、あのドラゴンの核石が原因かな？」

「概《おおむ》ね間違いはない。我は竜帝の一匹、ガエリオン也《なり》」

「フィーロたんから聞いてますぞ。最弱の竜帝なのですぞ」

「そうだ。我は竜帝の中で最弱、だからこそ人里近くを根城にしていたのだ」

お義父さんが呆れたようにボリボリと頭を掻《か》きましたぞ。

確かに間抜けですな。しかも自分で弱いと認めましたぞ。

これは滑稽《こっけい》、笑いが止まりませぬ。

龍脈法

ドラゴンや竜の加護を受けた者が使用できる魔法。自身の魔力ではなく、自然の力や野生の生物などの力を借りて発動する。

「ハハハーですぞ！」
「元康くん。おかしいのは認めるけど笑いすぎ」

お義父さんに怒られてしまいました。

ですが、これは笑わずにはいられませんな。

「とにかく、話を戻すね。昼間のドラゴンゾンビが胸にあった輝く石をガエリオンちゃんに渡したお陰でいろんな変化を起こしたみたいだけど、アレはどういう現象が起こったの？　親である君が子供の意識を乗っ取っちゃったの？」

「それは違うぞ。我《われ》が娘の体に我の人格と記憶を共有させてもらっているに過ぎん。肉体の所持者はあくまでも娘だ」

「そう……」

「核石の力を得たことで娘もやがて喋り出すであろうな。楽しみにしているがよい」

「あー……まあ、ウィンディアちゃんに翻訳してもらう手間が省けるね。それで俺達に何の用？」

「ふむ。こうして共有状態になったお陰で、娘の目で色々な記憶を見させてもらった。それでだ、わかっているかもしれんが」

「しれんが？」

「我は強くなりたい。そして強くなるのに汝らの協力は必要不可欠、なので改めて今度とも協力を申し込みたいのだ」

「あー……うん。それはわかったけど、君はウィンディアちゃんの育ての親なんでしょ？　結果的にだけど生き返ったみたいなんだからウィンディアちゃんと話をしないの？　きっと喜ぶよ」

「……酷な願いを言うのだな。我はな……いずれあの子が人の世に旅立ってもらいたいと思っていたのだ。これはある意味、またとない機会でもある。我が結果的に、こうして舞い戻ったことを、あの子に伝えるのはいかん。あの子のためにならん」

フィロリアル様達のライバルは助手の身の上話をしましたぞ。

亜人の行商の集団が山賊に襲われて、助手の親は赤子だった助手をドラゴンであることに気付かずに預けたと。

それから助手はライバルを親代わりとして育ち、かけがえのない愛娘《まなむすめ》となったとの話ですな。

「所詮《しょせん》どんなに頑張ってもあの子はドラゴンの世界では生きていけん。人の世を学び、生きていくのだ。そのために、我が近くで見守っていると知るのは……成長の阻害にしかならん」

お義父さんは椅子に腰かけて考え込みますぞ。

「そんなものなのかなー……」

「では俺が助手を起こして事情を説明しますぞ！」

「ならんぞ！　そんなことをしたら元も子もないではないか！」

「元康くん。相手が嫌がっているんだからやらないでね」

「わかりましたぞ」

「まあ、この問題は保留するとして、強くなるための協力？　ガエリオンちゃんのＬｖはある程度上げているけど？」

「それだけでは足りん。汝らは他国で竜帝を何匹か仕留めていたはず。その時に手に入れた核石を我に譲ってほしいのだ」

「別にいいけど……何があるの？」

「まずはドラゴンがどのような存在であるのかを話す必要があるな」

そうしてライバルはペラペラとドラゴンの生態を話し始めました。

ドラゴンの竜帝という種類は、最初は一匹しかおらず、竜の核石によって記憶を継承していたそうですぞ。

そして、過去の戦いによって竜帝の核石は散り散りになり、一つに戻ろうとしているのだそうですぞ。

「我は真なる竜帝として欠片《かけら》を集めて強くなりたいのだ」

「まあ……俺たちにも協力してくれる限りは手伝うけど、何かほかにメリットはあるの？」

「ふむ、未来から来た槍の勇者が言っていた限界突破のクラスアップの方法も、おそらくは散った核石の中にあるはずなのだ」

「なるほど……元康くんが言っていたのはこのことだったのか」

「ですぞ」

「この先を生き残るには必要なことなんだろうね。未来への投資として断る道理はないか……」

「我の方も汝らとは良い関係を築けると思っておる」

相手が断れないだろう理由を提示するとは、なんとも卑劣な奴ですな。

ですが、俺やお義父さんだけでは仲間のＬｖ上げにも限界がありますからなぁ。

もちろん、資質向上で誤魔化すことはできるのですが、１００以降でないとできない向上もあるので悩ましいですぞ。

この先のことを考えるなら……ですな。

「で？　元康くんは、限界突破の核石がどこにあるかとか知らない？」

「知っていますぞ」

「へー、まあ記憶もかなり曖昧だろうし……って知ってるんだ？」

どうやらお義父さんは、俺が知らないことを前提に話をするつもりだったようですぞ。

「じゃあどこにあるの？」

「現在、フォーブレイの七星勇者として有名なタクトが育てた竜帝が所持していますぞ。それと、ここことは異なる異世界で手にする核石もあるとか聞いたような気がしますな」

何やらお義父さんやフィーロたんが仰《おっしゃ》っていた覚えがありますぞ。

紫色したドラゴンがぼんやりと思い浮かびますな。

「異世界……は行き方がわからないから除外するとして、こっちの世界のは既に他人のものか……確か元康くんの話だと未来で暴れ出すんだよね？」

「そうですぞ。タクトのドラゴンはほとんどの核石を集めて強力な竜帝になっているそうですぞ」

「ぬ……つまり既にほぼ集めきっているような状況ということか？」

ライバルの顔色が悪くなっていますな。

さすがは最弱の竜帝、逃げ腰とは笑ってしまいますぞ。

「まあ……話し合いはできそうにないのはわかってるけど、それでもお互いに協力できないか打診はした方がいい……かな？　それでダメだったら戦おう」

「それがいいですぞ。なあに、俺がいれば一撃ですぞ。前回の周回でも一撃でしたからな」

「既に集めきった竜帝との戦いが待ち受けているのか……よく未来の我は勝利することができたモノだ」

「錬と一緒に戦って倒したとの話でしたぞ」

「剣の勇者と？　因果なものだな」

ライバルはそう呟いて感慨に耽《ふけ》るように俯いていますぞ。

「ああ、そういや次は錬と会うんだっけ」

「我は話さんぞ。あのような……作業的に魔物を殺すような者とは仲良くする気はない。よく未来の我は背に乗ることを許したものだ」

「無理に話をしろなんて言わないよ。未来の話じゃ錬は色々と挫折を経験して成長するらしいけど、今回は経験……させるわけにはいかないしね。どうにか説得するしかないか」

「難題ですな」

考えてみれば錬と樹《いつき》とは上手《うま》く関係を構築するのはまだまだ先ですぞ。

そのカギとなるのが霊亀の事件でしたが、俺からしてもあの大災害に発展する事態は避けたいですぞ。

なんだかんだで甚大な被害を出してしまいましたし、その後も四聖勇者に対してはバッシングがありましたぞ。

お義父さんが地道な活動で信頼を得ていなかったらどうなっていたか想像もできませんな。

とにかく、錬や樹と仮に上手く関係が構築できても、ここが拗《こじ》れると非常に厄介な問題が浮上するのですぞ。

結果的に錬や樹が人間的に成長するにしても、他に手立てがないか考えた方がいいですな。

お義父さんの言う通り、錬や樹をどう説得するかが課題ですな。

勇者同士の友好関係にヒビを入れる赤豚とクズの手腕が腹立たしいですぞ。

「錬はこちらが実力の差を見せつけても、システムが違うからとか言ってたからなー。文句を言って聞かない可能性が高い」

「そうですな」

カルミラ島の段階でお義父さんが俺達に言った強化方法の共有を、俺はもとより錬も樹も信じませんでしたからな。

おそらく目の前で実践されても変わらないでしょう。

今回の錬も、お義父さんから強化方法を聞いても武器のシステム違いと勝手に勘違いをして信じておりませんでした。

どこかで認識を改める必要がありますが、どうしたらいいのか見当もつきませんな。

「かといって、厳しくなるらしい波での戦いを考えると……まあ、今回の騒ぎが終わったらでいいから考えていこう」

「第二の波が終わった後にお義父さん達は指名手配されますからな。その事件後にはカルミラ島へ行くことになりますぞ。そこで……信じてもらうしかないですな」

「俺達や仲間の口から聞けば少しは信じてくれるかもしれない。その案が妥当だね」

前回のお義父さんの言いつけ通り、未来の知識を有効活用しますぞ。

今のところは大きな問題もなく進行しております。

確かにお義父さんの言う通り未来の知識を生かした形で動けば、対処するのは簡単になっていますぞ。

「まあ、錬の話は程々にして、元康くんはそろそろ新しいフィロリアルが欲しいとか言い出すんじゃない？」

「そうですな！」

フィロリアル様は多ければ多いほどいいですぞ。

「ある程度順調だし、お金も余裕が出てきたから城下町の方へ行って奴隷商のところで取り置きしてもらっているのを買いに行こうか」

「楽しみですぞ」

「む……ただでさえ多いのにまだフィロリアルが増えるのか？　我は異議を唱えるぞ。騒がしくてかなわん」

「なんですかな？」

俺はライバルとバチバチと睨《にら》み合いますぞ。

「人手は多い方がいいんだ。フィロリアルは人じゃないけどいっぱいいると楽しいよね」

と、お義父さんは楽しげに微笑《ほほえ》んでおりましたぞ。

「段々賑《にぎ》やかになってくるとネトゲをしていた頃のことを思い出すよ。みんなで協力して巨悪を倒していく感じが良いね」

その直後にお義父さんが、錬達がゲームと勘違いしている気持ちがわからなくもないと呟いたのが印象的でしたな。何にしてもこうして新生したライバルとの話を終えて休みましたぞ。

六話　婚約者

疫病の原因を鎮めたことで東の村の人達も快方へと向かっているようですな。

お義父《とう》さんも、やることを終えたとばかりに出発を宣言しましたぞ。

「あの……聖人様」

「前にも言ったけど報酬は自分達の村の再興に使ってほしい。二度と……自分達の犯した過ちを誰かの所為《せい》にしないように」

と、告げた後、お義父さんは振り返って更に言いましたぞ。

「ああ、だけど治療師の人には相応の報酬を支払うんだよ。彼がいなければ俺達が来る前にこの村は疫病で滅んでいたかもしれないんだから」

「は、はい！」

「それじゃあ、また機会があったら来るよ」

お義父さんの合図で馬車を引くサクラちゃんが歩き出しましたぞ。

「ありがとうございました！」

村の連中が総出で手を振っておりますな。

キールが愛想よく手を振り返しておりますぞ。

「じゃあなー」

それから馬車はメルロマルクの城下町へ向けてゆっくりと進むことになりましたな。

「色々と結果的によかったね」

「お父さんと一言でも話ができた。それだけで……私には意味がある」

と、助手は優しげな笑みを浮かべてライバルの頭を撫《な》でましたぞ。

「ガウ♪」

ライバルの方は嬉《うれ》しそうに声を出していますな。

いや、これはライバルではなく魔物の方ですかな？　面倒ですからライバルと統一して呼びましょう。

「次はメルロマルクの城下町、そのついでに錬《れん》と話を……」

と、呟《つぶや》いたところで助手とライバルの表情が曇りますぞ。

「私、行かない」

「……そうだね。じゃあウィンディアちゃんはガエリオンちゃんと留守番をお願いするね」

「うん」

というところで、遠くからフィロリアル様の鳴き声が聞こえましたぞ。

俺は馬車から身を乗り出して辺りを見渡しますぞ。

「あー……野生のフィロリアルとかがこの辺りに生息してるのかな？」

「そうかもしれませんぞ！」

そういえば、メルロマルクにはフィロリアル様の生息地がありますからな。

野生のフィロリアル様は、それはそれで見ごたえがありますぞ。

人が育てたフィロリアル様とは違った引き締まった体躯《たいく》をしていますからな。

どんなフィロリアル様であろうとも、俺は愛してみせますぞ。

「元康《もとやす》様はとても愛が深いですわ」

「キタムラの目がきらきらー」

「ピヨ？」

「そういやフィロリアルの匂いがすっぞ……みんなの匂いで気付かなかったけど」

「なんだかんだで俺達の仲間にフィロリアルは多いからね……」

お義父さんが呆《あき》れたような目で俺を見ておりますぞ。

すると、遠くにフィロリアル様の群れがありましたぞ。

「「「グア!?」」」

こちらを見つけて警戒の声を上げているようですぞ。

お待ちください フィロリアル様方、俺達は貴方《あなた》様方に危害を加えるつもりはないのです。

どうか、自然体でいらしてください。

との思いも虚《むな》しく、フィロリアル様達は全力で走り去ってしまいましたぞ。

「そういえば野生のフィロリアルって思いのほか少ないよね。俺、シルトヴェルトとメルロマルクを色々と回ってきたけど、初めて見たかも」

「んー？」

「他人の縄張りに足を踏み入れるほど無粋ではありませんわ」

「そうそうー」

サクラちゃんが首を傾《かし》げ、ユキちゃん達が自慢げに言い放ちましたぞ。

「そんなことよりも元康様！　野生のフィロリアルよりも私達を見てください」

「俺はみんなを見てますぞ」

ああ、野生のフィロリアル様達はもう見えなくなってしまいましたな。

「元康様ー……」

何やらユキちゃんが遠い目をしてこちらに手を伸ばしております。

だから俺はユキちゃんの頭を優しく撫でてあげましたぞ。

「甘えたい盛りですな。ハハハ」

「えーっと……ユキちゃんはそういう意味で言ったんじゃないと思うけどなー」

「コウも撫でてー」

「いいですぞ」

甘えてくるコウも撫でますぞ。

するとユキちゃんが頬《ほお》を膨らませて拗《す》ねてしまいましたぞ。

どうしたのですかな？

ああ、親が兄弟の方を可愛《かわい》がっているのでやきもちを焼いているのですな。

なんとも可愛らしい反応ですぞ。

「ブー……」

なぜか怠け豚がやれやれといった様子で首を振っていましたぞ。

なんて、楽しく談笑している最中、馬車に近づいてくる一団がありましたぞ。

馬車に並走して声を掛けてきました。

「たのもー」

「ん？」

お義父さんが首を傾げながらキールに応答をするように指示を出しましたぞ。

「なんだー？」

「神鳥の聖人様の馬車だとお見受けする。どうか我等が姫に謁見《えっけん》していただきたいのだ」

馬車の幌《ほろ》から僅《わず》かに顔を覗《のぞ》かせて相手の顔を見ますぞ。

するとそこにはメルロマルクの騎士がいて、後ろに馬車がいるようでしたな。

姫とは赤豚のことですかな？

状況次第では断った方がいいですぞ。

お義父さんは一度俺の方を見て頷《うなず》いた後、深くローブを被って馬車から顔を出しますぞ。

「姫とは、大層な方が俺達と話などしてくださるのですか？」

「そうだ。身に余る光栄だと思うことだ」

なんとも高圧的な言い方ですな。

この場でその姫ごと消し飛ばしてやってもいいのですぞ。

「で？　そのお姫様とはどんな方で？　名前をお聞きしたい」

「聞いて敬服するがよい、かの御方はメルロマルク第二王女、メルティ＝メルロマルク様であらせられる」

……は？　おかしいですな。耳がおかしくなったのでしょうか？

この名前は確か……婚約者の名前ですぞ。

「えっと……」

お義父さんが俺の方へ近寄って耳打ちしますぞ。

「ビッチな王女じゃなくて、元康くんの話じゃ誘拐疑惑の時に俺と一緒に逃げる王女が来てるよ?」

「ここで知り合うのですかな?」

「ちなみにどんな子なんだっけ? いや、フィーロって子とすごく仲良かったのは知ってるけど」

「青い髪が特徴の少女ですぞ。背格好はフィーロたんとほとんど同じですが、顔はフィーロたんに劣りますな。そしてフィロリアルへの愛に関していえば俺と双璧を成す……まさしく俺に取ってライバルであり、フィーロたんの婚約者なのですぞ」

「よ、よくわからないけど元康くんに匹敵する変態か」

「兄ちゃん気持ちわかるけど、思ったこと言いすぎだぜ」

「あ、ゴメン……とりあえず、罠《わな》かもしれないけど話くらいはしてみようか」

俺とお義父さんが内緒話をしている間に馬車の外が少し賑《にぎ》やかになっていますぞ。

「フィロリアル?」

「ふぇー?」

見るとやはり婚約者がそこにいて、サクラちゃんの顔に向けて手を伸ばしていますぞ。

「ひ、姫様!」

騎士に注意されていますが、知ったことではないとばかりにサクラちゃんと見つめ合っていますな。

サクラちゃんの方は、触れられて気持ち良さそうに目を細めていますぞ。

「神鳥の聖人様の馬車を引いているのは、やはりフィロリアルなのね。こんなフィロリアル……初めて見る」

「んー？」

「お、おしゃべりするの？」

「うん。サクラはお話しできるよ？」

「わ……わたし、フィロリアルと話すのが夢だったの！　もっと……貴方のことを教えて」

「えっとねーサクラはサクラっていうの。ナオフミを守るのがお仕事で、今は馬車を引いてるのー」

「そうなんだ？　わたしは貴方のご主人様と大事なお話があってきたの。これから良い関係を築きたいわ」

「ふーん……」

「ね、ねえ。もっと撫でていいかしら？」

「いいよー。でもルナちゃんの方がサクラよりも胸の羽毛はふかふかだよ？」

「それでも撫でさせて」

「いいよー」

そんな様子をお義父さんが微笑《ほほえ》ましそうに見つめています。

「見た感じ悪い子じゃないみたいだし、元康くんの話の通りだとすると問題なさそうだね」

お義父さんは馬車から降りて婚約者の方へと行きますぞ。

「この子のことを気に入ってくれたのかな？」

「え……あ、はい」

お義父さんが声を掛けると婚約者は緊張したような表情で一礼しましたぞ。

「初めまして神鳥の聖人様、此度《こたび》はこのような場所でのご挨拶となったこと、どうかご了承くださ い。わたしの名前はメルティ＝メルロマルクと申します」

おや？　俺の知る婚約者はもっと気が強い感じでお義父さんと話をしていましたぞ。

まあ、初対面の印象は重要ですからな。きっとあの気の強い本性を隠しているのですぞ。

ですが、その本性の方が輝いているのもまた一つの真実。

高貴な生まれを背景にして慇懃無礼《いんぎんぶれい》な態度を取られるよりも遥《はる》かにいいですな。

さすがは婚約者、初対面の印象を良くしようとする意図、その手腕でお義父さんからフィーロたんとの婚約をもぎ取ったのですな。

フィーロたんも婚約者を寵愛《ちょうあい》していたのです、決して悪人ではないのを俺は知っています。

他者から良く見られようとするのは相手への敬意なのですぞ。

昔、豚相手に敬意を示していた俺が断言しますぞ。

「さあ、姫様が名乗ったのだ。神鳥の聖人も素顔を見せて名乗るがよい！」

婚約者が不快そうに付き添いの騎士を睨《にら》みますぞ。

「それでは神鳥の聖人様の気分を害してしまいます。言葉には気を付けなさい」

「は、は！」

敬礼をして婚約者の注意を受け入れたかたちではありますが、なんかあやしいですな。

お義父さんはその様子を静かに見つめておりましたぞ。

「とても礼節を重んじて……こちらも応じなければいけないな」

お義父さんは羽織っていたローブのフード部分を捲《めく》って素顔を見せますぞ。

「えっと、神鳥の聖人とこの国で呼ばれている者です。名前に関してはまだ、名乗れない立場なのでどうか許してほしい」

「……名乗れぬ事情、察することはできますわ。姉上と父上の無礼をどうか、お許しください」

婚約者の方もどんな事情なのかを察しているかのように、あえてお義父さんの正体がなんなのかに触れずに話を進めているようですぞ。

さすがは婚約者ですな。

村や町での経営は、あの女王を彷彿《ほうふつ》させるほど有能であり、やがて世界でも一番大きな国となるメルロマルクの女王に即位することになる王の気品を兼ね備えていますぞ。

そう考えると一介の……伝承の勇者という看板しか背負っていない俺が、フィーロたんを巡っての信用をお義父さんから得られないのも道理。

ですが、絶対に負けませんぞ！

「それで……今回俺達に何の用が？」

「ええ……まずは国を代表してわたしから聖人様にお願いがあってこうして会いに来ました」

「願い？」

「はい」

なんですかな？

俺もお義父さんが婚約者と逃げ回った時の経緯に関しては詳しく聞いていないのですぞ。

フィーロたんに一目惚《ひとめぼ》れしてお義父さんと市場で再度決闘をしてしまったところで、赤豚が騒ぎを楽しみ、そこに仲裁に現れたのが初めでしたな。

そういえばその時には既に知り合いだったようですぞ。時期的にこのあたりで出会うのかもしれませんな。

その後はずっとお義父さんを追いかけていましたが、再会するのに苦労したのを覚えています。

しかも山火事を起こしたり、町に封印された魔物を解き放ったなんて話までありましたぞ。

「どうか聖人様、父上と和解をしていただきたいのです」

「……」

お義父さんが呆れたような表情をしております。

俺も呆れますぞ。婚約者よ、それは無理な相談ですぞ。

あのクズがお義父さんと和解するなど天地がひっくり返りでもしない限り……おや？　なぜかお義父さんと共に真剣に会議している光景が思い出されますぞ。

どのような経緯で和解したのでしたかな？

うっすらと思い出せるのですが、相当プライドをズタズタにしたのではなかったかと思いますぞ。

きっと自尊心等を全て失わせ、お義父さんに忠誠を誓うように仕向けたのですな。

「難しい提案だとわたしは思っていますが無理なことではないとも思っています。母上からも、聖人様と父上の仲を取り持ってほしいと頼まれております」

「なるほど、君の提案、確かにわかったけど……あの王が耳を傾けるとは決して思えない。まずは、君の母親がどうにかしないといけないんじゃないかな？」

「それは――」

「貴様！　メルティ様の頼みを聞けないと申すのか！」

なぜか話の間に騎士が入り込んで腰に下げた剣を鞘《さや》から抜きますぞ。

不穏な気配がしますぞ。

俺は馬車から急いで降りて、いつでも手を出せるように力を込めました。

それをお義父さんが遮ります。

「聞く聞かないの話をしている最中だよ。まだ話は終わっていないんだから黙っていてくれないか？」

お義父さんがムッとした様子で騎士を睨みますが、騎士の方は臨戦態勢に入っていますな。

そして後方にいた騎士が映像水晶らしきものを掲げていますぞ。

これは……もしや完全に嵌《は》められているのではないですかな？

些《いささ》か早いと思いますが間違いないでしょう。

「おやめなさい！　わたし達は聖人様と和解のために――」

婚約者が注意すると同時だったかと思いますぞ。騎士共は笑みを浮かべながら婚約者に剣を向けました。

完全に殺すつもりで振りかぶってますぞ。

「キャアアアアアアアアアア！」

「エアストシールドX！」

お義父さんが咄嗟《とっさ》に前に手を伸ばしてスキルを唱えます。

騎士の剣は出現した盾にぶつかってガキンと弾《はじ》かれ、婚約者に刃が届くことはありませんでしたぞ。

俺はその隙《すき》を逃さず、仰《の》け反《ぞ》った騎士に向けて槍《やり》を突き出しますぞ。

が、出現したお義父さんの盾が若干邪魔になって避《よ》けられてしまいました。

スキルを使えばよかったのかもしれませんが、如何《いかん》せんお義父さんと婚約者が近すぎましたな。

お義父さんが婚約者を守るように盾を前に出して構えましたぞ。

「……なんのつもりだ！」

俺の攻撃を運よく避けられた騎士とその背後にいる連中が、完全に舐《な》めた目で、且《か》つ白々しい演技が入った口調で声を荒らげますぞ。

「おのれ、盾め！　姫を人質にするとは！」

「は？　人質？　そんなことよりも君達の態度に問題が――」

お義父さんの額から汗が流れるのを俺は見ましたぞ。

キールやユキちゃん達、そして助手とライバルが馬車から降りて臨戦態勢に入ります。

状況次第では即座に戦闘に入れる態勢ですぞ。

まあ、既にあちらが先制攻撃をしているような状況ですがな。

「盾は悪！　最初からそう決まっているのだ！」

懲りずにお義父さんに向けて剣を振りかぶっております。

剣には魔法が宿っているようですが……今のお義父さんには傷一つつけることはできませんぞ。

「兄ちゃんに何すんだ！」

「させない！」

キールが素早く近寄って剣を持つ騎士の手に切りつけ、サクラちゃんも蹴りと同時に剣でめった切りにしますぞ。

「ぐはぁあああああ！」

その後方から騎士が魔法を詠唱して火の雨を降らしておりますぞ。

味方もろともですな。

「流星……って無理か！」

婚約者は仲間のうちに入っていませんから流星盾を唱えても弾いてしまうのを察して、お義父さんはローブを大きく広げて火の雨を弾いていますぞ。

「セカンドシールド！」

そして二枚目の盾を出現させて、婚約者を庇《かば》いましたぞ。

ローブによって俺達は特に怪我をしていませんな。

「まだまだ！」

「……ドライファ・アブソーブ」

俺が槍を掲げて奴等の魔法を吸収しますぞ。

儀式魔法クラスでさえも無効化可能ですからな。

「く……」

騎士共が馬に乗って逃げようとしております。

「逃がしませんぞ！」

アブソーブを終了させて俺が走り出しますぞ。

距離があってフィロリアル様やキール、助手とライバルは出遅れております。

まあ、追いつくことは可能ではありますが、お義父さんと婚約者を傷つけようとしたのは万死に値しますぞ。

「エイミングランサーX！」

ロックオンした後、槍を天高く投げましたぞ。

「ぐは――」

「こ、こんな……馬鹿な――」

槍は幾重にも分かれて、逃げようとした騎士共を全員、射抜いて絶命させますな。

ドサリと馬もろとも仕留めてやりました。

生存者など残す必要はないですからな。

俺は騎士共が落とした映像水晶を拾い上げて魔力を流し込みますぞ。

お義父さんと婚約者が映し出されます。

これとは違い俺が知るのは改変されたものでしたが、お義父さんが邪悪そうな顔で婚約者の首に腕をまわしているのでしたぞ。

クズと赤豚が涙ながらに、婚約者をお義父さんから助け出してほしいとか懇願している姿が思い出せましたぞ。

白々しいですな。

クズの方は本心だったようですが、赤豚の方は婚約者を亡き者にしようとしていたのを俺は知っていますぞ。

とにかく、少々早いようですがお義父さんを指名手配するために婚約者というカードを切ってきたのが明白になりましたな。

「これでお義父さんが誘拐したという証拠映像の捏造《ねつぞう》はできなくなりましたぞ」

「全員殺すとか……やりすぎじゃないの？」

お義父さんが転がる死体に目を向けて言いましたな。

「生かしておいても碌《ろく》なことにはなりませんぞ」

「そうなんだろうけど……」

「ああ……うう……」

婚約者が唖然《あぜん》とした表情で俺とお義父さんの顔を交互に見ております。

「大丈夫？」

「ヒ!?」

ビクリと脅《おび》える婚約者に、お義父さんは困ったように頬を掻《か》きます。

「まずは落ちついてもらわないと話もできないか……死体が転がっているような場所じゃ落ちつけないだろうから少し移動しよう。誰か、メルティさんの乗ってきた馬車を引いて」

「コウがやるー」

と、コウが婚約者の乗ってきた馬車を引いてきますぞ。

婚約者の方は腰が抜けていて、震えております。

「大丈夫ー？」

サクラちゃんが婚約者を優しく撫でて落ちつかせております。

死体が見えないように体で遮っていますな。

サクラちゃんの優しさが垣間見えて、俺はほっこりとしますぞ。

過呼吸気味の婚約者は、サクラちゃんに慰められて少し落ちついたようですな。

「えっと……まずはメルティ、ちゃんでいいのかな？　落ちついて聞いてね」

「は、はい」

「どうやら君を連れてきた騎士達は何かの陰謀を画策していて、俺達の前で君を殺そうとしていたと見て……いいよね？」

婚約者が死体の転がっている方向を見て静かに頷きましたぞ。

「もちろん、根拠もなく言っているつもりはないよ？　盾は悪と決まっているとか、すごくワザとらしく姫を人質にしたとか騒いでいたからね。なんなら君を城に送り届けたっていい。俺達は君を誘拐する気もなければ国を滅茶苦茶にする気もない」

サクラちゃんに慰められていた婚約者がしっかりとした目で頷きましたぞ。

さすがは婚約者、初めは状況に付いてこれていませんでしたが落ちつきを取り戻しましたな。

「どうやらわたしが神鳥の聖人様達……ではありませんね。盾と槍の勇者様一行に災いをもたらしてしまったようです。申し訳ありません」

「気にしなくていいよ。君だって被害者なんだ」

「……ありがとうございます。やはり盾の勇者様は母上の言う通りの人格者のようでよかったです」

「母上というのは……確かメルロマルクの女王様だっけ？　俺達を召喚した代表の王よりも偉いんだよね」

「はい。わたしは母上に父上と勇者様方の仲を取り持つように命じられてきました。ですが、このような事態になり、まことに申し訳ありません」

どうも婚約者の喋《しゃべ》り方に違和感がありますな。

こんな礼儀正しい喋り方でしたかな？

もっと「アンタなんかにフィーロちゃんをやるわけにはいかないわ！」とかヒステリーっぽく喋っていたと思いますぞ。

お義父さんにも似たように命令口調というか敬語はほとんど使っていなかったですな。

「それはいいよ。ただ、君のお父さんと仲良くするのは正直無理だと思う。俺達は戦争に加担する気はないし、勇者の使命である波に挑むことに集中したいだけなんだ。それを……わかってくれない限りはね……」

「……ですね。今回の問題は父上と姉上、国の幹部に非があるとわたしも思います。無事に城に帰還した暁《あかつき》にはそう提案いたします」

「ただ……このまま君を城に送り届けて大丈夫？」

「……」

俺が首を傾げている間にお義父さんが婚約者と話を続けていきますぞ。

そうですな。このまま婚約者を城に直接送り届けたらどうなりますかな？

クズは喜びますが、お義父さんとの因縁でまた碌でもないことを仕出かす未来しか想像できませんぞ。

自首してきたのだな？　では盾の勇者を死刑に処す、とかありもしない罪をでっちあげるかもしれませんぞ。

もしくは赤豚が、クズに会わせる前に婚約者を罠とか仕掛けて消し去りそうですぞ。

どちらにしても事件が幾分か早く起きてしまったと見ていいでしょうな。

「フィロリアル様達を追いかけすぎて迷子になったりしてないのですかな？」

婚約者が迷子になった時に出会いがあったとかそんな話も聞いた気がするので聞きましたぞ。

「う……一度なりかけましたが、従者に急いでくれと頼まれましたので我慢しました」

「メルティちゃんはフィロリアルが好きなんだね。今回はさすがにできれば女王に鎮めてもらいたいところだけど……」

「母上は父上と姉上の尻拭《しりぬぐ》いのために世界会議に出席しています」

「どこでやってるかわかる？　できれば君の身の安全のためにそこに送り届けるとかしたらいいと思うのだけど」

「それは……最後に会ったのはフォーブレイという国なのですけど、今はどこの国にいるかわかりません」

難しい問題ですな。

お義父さんが深く溜息《ためいき》を吐《つ》きましたぞ。

「メルロマルクの連中に頼るのは難しいし、かといってシルトヴェルトの人達に頼ったらそれはそれで戦争になりそうだよね。あてもなく国外へと移動して見つけられるわけもないし」

メルロマルクの第二王女を盾の勇者が保護……ではありませんな。捕獲したともなればシルトヴェルトはこれ幸いと戦争を仕掛けるかもしれませんな。

もちろん、賢い連中がいるのも確かですし、お義父さんが話をしたシルトヴェルトの使者は物わかりが良かったですな。

そもそもフォーブレイはフォーブレイで危ないですぞ。

何せタクトがいますからな。

ま、先制攻撃で仕留めるのも手ですが。

「お義父さん」

「何？　元康くん」

「ここは国内に潜伏していると見せかけたまま、婚約者を連れて他国に潜入するのが最適ではありませんかな？」

「まー……そうなるか」

そう、未来のお義父さんはこの頃、ポータルスキルを持っておりませんでしたからな。

国内に潜伏し出国の機会を窺《うかが》っていたようでしたぞ。

その途中で俺が捕まえて、そのまま三勇教の罠に掛かったのでしたな。

奴等がどうして俺の知る情報よりも早く手を打ってきたのかはわかりませんが、未来の知識では三勇教が活発に動き出すのですぞ。

「じゃあメルティちゃん。悪いけどしばらく俺達と同行してほしいんだけどいいかな？　このままだと危ない」

「よろしくお願いします」

「俺や元康くんができる限り守るから安心してほしい」

「はい。先ほどの強さからそれは理解したわ」

お？　婚約者の返答が少しかみ砕いたものになりましたぞ。

「とりあえず……サクラちゃん」

「なーに？」

「俺を守るよりもこの子を守ることを優先してほしいんだ」

「わかったー」

サクラちゃんはそう了解した後、婚約者の前に立ちましたぞ。

「じゃあ乗ってー。サクラが守るよー」

「あ……うん」

婚約者は恥ずかしそうにサクラちゃんの背に乗りましたぞ。

先ほどの緊張した様子が若干和らいでいるようですな。

やはり俺のライバルである婚約者も、フィロリアル様に触れることで心の平穏を得られるのは変わりませんな。

俺も負けずにユキちゃんに頬擦《ほおず》りをしますぞ。

「元康様、くすぐったいですわ」

「ほほほ」

「槍の兄ちゃん何やってんだ？」

「ブー？」

「元康くんも変に張り合わない。エレナさんの方も十分に注意してね。三勇教が本腰を入れてきたみたいだから」

「ブー……」

そして助手の方は何やらライバルの背に乗って、婚約者と挨拶をしていますぞ。

「ここにはドラゴンもいるのね。みんな仲良しなの？」

「仲良しじゃー……ない」

「そっか」

「怒らないの？」

「怒ってどうするの？　フィロリアルとドラゴンはそういう生態なのよ？」

婚約者の言葉に助手は納得したように頷いていますぞ。

「あの、盾の勇者様」

「何？」

「あんまりフィロリアルとドラゴンを一緒の場所に置くのはいけないわ。サクラちゃんのここ……」

婚約者が、事もあろうにサクラちゃんが気付かずにいるストレスでハゲたところをそれとなく指差しましたぞ。

同時に、ライバルの鱗《うろこ》の剥《は》げているところも。

助手が、気づかなかったと唖然としておりましたぞ。

「あー……うん。できる限り善処するよ。ごめんね」

「お願いします」

「……私の名前はウィンディアっていうの。メルティちゃんって呼んでいい？」

ライバルの鱗の具合にまで気付いた婚約者を助手は気に入ったのか、自分から名乗りましたぞ。

人当たりの良いキールでさえも信頼を得るのに時間が掛かったというのに！

まあ、ドラゴンと仲の良い助手と親しくなっても得などありませんがな。

「うん」

「サクラはねーメルちゃんって呼んでいい？」

「いいよ」

「また賑やかになったけど……とりあえずは事態を見届けるのが、先決になりそうだね。目撃者は消すことに成功したけどさ」

と、お義父さんは遠いメルロマルクの城の方角を見つめて言いました。

そういえば婚約者が来た所為で城の方へ行くことが難しくなりましたぞ。

これが……少々早い、事件の幕開けだったのですぞ。

七話　潜伏

翌日。

「うーん……」

お義父《とう》さんと共に魔法で姿を隠して近くの村の様子を見に行くと、城の兵士が立て札に人相書きでお義父さんと俺を指名手配しているようでしたぞ。

最初、お義父さんは不安そうに茂みに隠れようと提案してきましたが、俺のリベレイションクラスの隠蔽《いんぺい》魔法とスキルの併用で見つかることはありえませんぞ、と告げて進みました。問題なく隠れきれておりますな。

「盾の悪魔であるナオフミ＝イワタニが近衛騎士を虐殺し、第二王女を誘拐して逃亡中である。生死は問わない。賞金は――」

経緯に差こそあれど指名手配の内容に変化はありませんな。

ただ、決定的な証拠がないのであくまで証言だけによる手配ですぞ。

「本当に盾の悪魔が王女を誘拐したのか？」

「そうだ。盾の悪魔と話しに行くと言い残して第二王女は行方知れずとなった。これが動かぬ証拠である」

ですが村人達はピンとこないような態度ですな。

そりゃあそうでしょう。決定的な証拠もなく行方が知れないのでは犯行を断定するのは難しいですからな。

そもそも騎士共の死体は既に俺が処理しましたので、証拠にはできませんしな。

「盾の悪魔のもとへ向かった第二王女と騎士はそれぞれ消息を断っているのだ」

「じゃあなんで虐殺されたって話になってるんだよ。行方がわからないだけなんだろ？」

「国の命令に逆らうのか！」

村人の疑問に兵士が逆ギレしてますぞ。

お義父さんが呆《あき》れ気味に溜息《ためいき》を吐《つ》きましたな。

「……懸命に戦った騎士が命からがら逃げ戻ってきて証言したのだ！」

その場限りの言い訳にしか聞こえませんな。

それに、懸命？　おかしくて笑いそうになりますぞ。

連中はいきなり先制攻撃してきた後に、脱兎《だっと》のごとく逃げただけですぞ。

まあ、俺のスキルの射程外に逃げることはできませんでしたがな。

どちらにしても三勇教の当初の予定通りに計画が進んでいることは誰の目にも明らかですな。

「なんて野郎だ！　盾の悪魔の所業、ぜってー許せない！　盾の悪魔が来たらみんなでぶち殺してやろうぜ！」

腑《ふ》に落ちないと思って首を傾《かし》げている村人の中に激昂《げきこう》している者がいますな。

段々とその者につられて、村の連中はお義父さんを殺せというムードになりつつあります。

「それで？　盾の悪魔は今までどこで何をしてたんだ？」

「国中で悪さをしていたじゃないか！　冒険者や村人から強奪を繰り返していた！」

「盾の悪魔の仲間になっている亜人もいるぞ！　これが人相書きだ」

と、キールらしき人相書きが貼られると、村人のテンションが途端に下がり始めましたぞ。

「おい……コイツは……」

更にサクラちゃんやフィロリアル様達の姿を描いた絵が貼りつけられますぞ。

「見慣れない鳥の姿をした邪悪な悪魔に馬車を引かせている。見た者はすぐに国へ連絡するように」

兵士が告げると同時に、ざわめきは一層大きくなりましたな。

「そう、国中に善意に見せかけた洗脳の力の宿る作物を振りまき、薬を売りつけるのが今回現れた盾の悪魔の手法である。国民よ！　目を覚ませ！」

兵士の証言に村人達は一旦《いったん》静かになりました。

そして先ほど激昂していたサクラ（サクラちゃんにあらず）が大声を出しました。

「そ、そうだったのか！　神鳥の聖人が盾の悪魔だったんだ！　あの野郎、善人のフリをして碌《ろく》でもない奴だ」

「なんて酷《ひど》い！」

「おお……明日の食事もとれないと思っていた時のあの施しが悪意だったなんて！」

「神よ……」

サクラにつられて村人は声高々に賛同していって、兵士とそのサクラの周りに集まっていきますぞ。

お義父さんは非常に残念そうな表情をしております。

もう確認の必要は……なさそうですな。

と思ったその直後。

「なんて言うと思ったか！」

「ふざけんな！　神鳥の聖人様は無償で俺達を治療し、格安で食料を提供してくださったんだぞ！」

「神鳥の聖人様がいなかったら、今頃この子は飢えて死んでいたのよ！」

「恩知らず！　神鳥の聖人様から食料がもらえなかったら死んでるんだ！　どうせなくなるはずだった命！　俺は盾の勇者を信じるぜ！」

「これは国の陰謀だ！　扇動しようとしてんだな！」

などといってサクラをリンチし始めました。

「うげ！　ぐは！」

「国の意向に逆らうのか！　盾の悪魔は第二王女を誘拐したのだぞ！」

「どうせそれも国と三勇教がグルになって盾の勇者を嵌《は》めようとした陰謀だろ！」

「無礼者共が！　貴様ら、非国民だな！　国が許さんぞ！」

「うっせー！　盾の勇者様を守るんだ！　貧窮している時に重税を課しやがって！」

「神鳥の聖人様は盾の勇者であり、自身の身分を偽って俺達に救いを与えてくださったんだ！」

「「おおー！」」

兵士と村人の抗争へ展開していきましたぞ。

村人の中に武の心得がある者がいて、兵士を倒して吊《つ》るし上げております。

俺達はその集団リンチの光景を唖然《あぜん》とした表情で見つめておりました。

村の教会にある三勇教のシンボルが破壊され、踏みつけられてますな。

そして村人はこれ幸いにと管理している貴族の屋敷に詰め寄っていったようでした。

革命がメルロマルクの国中で起こっているとの話が、数時間もしないうちに広まり、あちこちの町で人々が噂《うわさ》し始めていました。

神鳥の聖人が盾の勇者であるということが国中に広まり、メルロマルク全土に衝撃を与える結果となりましたな。

まさに、三勇教が思いもよらなかった結果ですぞ。

みんな盾の勇者は善意で国中に食料を届けているると認識しているようで、逆に国への不信感を募らせている様子。

元々怠け豚の領地で栽培しているという出所が明らかになっている植物の実であり、怠けると枯れるという教訓めいた種の効果もあって、人々は神鳥の聖人の聖人たる態度に信頼を寄せていたのですぞ。

しかも格安で薬を売り、病人を治療していくその姿を見たことのない者の方が少なく。

たとえ姿を偽っていたとしても伝承として存在する神鳥の聖人の再来と重なり、国に盾の悪魔と罵《のの》られようとも人々を救った偉業は汚れることはなかったのですぞ。

「えっとー……信じてもらえてすごく嬉《うれ》しいけど……」

お義父さんがその光景を隠れて見ながら冷や汗を流しております。

「とりあえず、戻ろうか」

「ですな」

村から出て俺達は馬車の方へ戻りましたぞ。

「兄ちゃん達、様子はどうだった？」

「俺達の活動が実を結んだのか、三勇教の陰謀にみんな気付いてはいるみたいだったよ。指名手配されていてもそこまで怖くはなさそう……かな？　最悪、女王が帰還するのをどこかで待っているのがいいかもしれない」

「へー……だってさ、メルティちゃん」

「……」

婚約者は元気なさそうにサクラちゃんに寄りかかっていますな。

「大丈夫、きっとなんとかなる。俺が君を守ってあげるから安心して」

「そうだけど……」

「メルティちゃんは国のことを思っているんだね。まあ……この陰謀もすぐに沈静化すると思う。何せこっちには未来のことを知っている元康《もとやす》くんがいるんだしね」

「そうですぞ。今回の事件は全て三勇教が関わっていてクズと赤豚は完全に外野なのですぞ」

なぜか婚約者が俺から視線を逸《そ》らしましたぞ。

「この人、頭大丈夫かしら？」

「まあ、少し話すことは変だけど、結構当たるんだよ。俺が冤罪《えんざい》を負いそうになったのを助けてくれたり、未来で起こる事件とかを教えてくれて、その通りに起こったりするからね」

今にも泣きそうな表情で婚約者はお義父さんと俺を見つめますぞ。

「メルティちゃん、よーく覚えておいて。別に俺はこの国を滅ぼしたいとか思わない。滅ぼすんだったらシルトヴェルトへ行ってそこの代表に堂々とメルロマルクを滅ぼせ！　って宣言すればいいだけなんだ。そうしたら……メルティちゃんはすごく困るでしょ？」

「うん」

「同様に俺も困るんだ。別に……戦争がしたくて異世界に来たわけじゃない。頼まれた通り、波から世界を救うためにここにいる」

お義父さんの言葉に婚約者がホッとしたような表情を浮かべましたぞ。

「で、話を戻すけど、元康くんの話だとメルティちゃんのお母さんである女王が俺の指名手配に関しては数日以内に取り消してくれる。後に残るのは三勇教の暴走だけ……ここを乗り越えられれば騒ぎは収まるんだ。革命にまでは……さすがに発展しないと思いたい」

「父上と……姉上は？」

「それは……」

「罰はありますぞ。未来でお義父さんが王にはクズ、赤豚にはビッチに改名という罰を与えるのですぞ」

「……」

なぜか婚約者の目が半眼になっておりますな。

サクラちゃんが慰めるように婚約者を後ろから抱きしめますぞ。

「メルちゃん、泣かないでね」

「大丈夫よ、サクラちゃん」

「むしろ罰が改名だということが信用できないってことかな？」

なぜか婚約者は素直に頷《うなず》きますぞ。

「名は本人の人格を表すのですぞ。あの二人にはぴったりの改名だと思いますな」

クズと赤豚はそのことでずいぶん不快な表情を浮かべるのですぞ。

思い出すと楽しくてしょうがありませんな。

まあ、豚がどんな顔をしても不快であるのは変わりませんがな。

「そこは……他に良い手がなかったとかかな？　まがりなりにも国の代理王と姫を、間接的に関わっているからと処刑……は女王の立場的に難しいし、せいぜい権力の剥奪《はくだつ》くらいだけど、それもするらしいしね」

「そっちは……信じられるわ」

「ある意味、俺の機嫌取りをして、且《か》つ家族を死なないように守ったことでの妥協案だと思えば納得……できるのかなー？　その時にならなきゃわからなそうだね」

お義父さんの推測に婚約者は何度も頷きましたな。

あの女王、最初は豚に見えましたが、婚約者の親ということで人だったのを認識できたのですぞ。

後の世でもお義父さんとそれなりの関係を築いていたことを考えるに、相当な人物であることが窺《うかが》えますな。

「とりあえず……その女王が帰還するまでの間、国内に潜伏しているフリでもしていればいいのかな？」

「ポータルで簡単に国外逃亡はできますからな。実は俺達が逃げられるのを三勇教に隠していたことが実を結びますぞ」

「そうだね。かといって……シルトヴェルトにメルティちゃんを連れていくのは危ないかな？」

敵国の姫になりますからな。

お義父さんが同伴しているといっても何をされるかわからない危うさは確かに存在しますぞ。

「いつ刺客が襲ってくるかわからないメルロマルクにいるよりは安全かもしれませんぞ」

「相手の予想しない場所にいれば確かに安全かもしれないね。じゃあ見つからないように活動拠点を変えるよ。帰ってくるのは騒ぎが収まってからか、女王の居場所がわかってからにしよう」

「わかったぜ兄ちゃん！　な？　メルティちゃん！」

「……はい。理解したわ」

「きっとすぐだから安心して」

婚約者はサクラちゃんに抱きついてお義父さんの言葉に頷きましたぞ。

こうして俺達は、それとなく行商を切りあげてシルトヴェルトに移動を完了したのですぞ。

その後、指名手配されている当人である俺達がとっくに国を出ているにもかかわらず、三勇教は血眼になって俺達を捜し、国の革命運動が広がっていく……のでしたぞ。

八話　最初のフィロリアル、フレオンちゃん

「あははー！」

シルトヴェルトの方へ移動して数日が経過しましたぞ。

既に金もLvも十分で、装備が整っている俺達は休息を取っていたのですぞ。

婚約者はサクラちゃんやフィロリアル様達、そしてキールや助手と楽しげに追いかけっこをしておりました。

微笑《ほほえ》ましい光景でありますな。

フィーロたんがいない状況では俺と婚約者との間に敵対関係はないのですぞ。

フィロリアルを好きな者に悪人は存在せず。

「んー……不謹慎だけど、こうゆっくりとしていると悪い気がしてくるね。かといってメルロマルクで騒ぎの鎮圧なんてできるはずもないし……」

お義父《とう》さんが宿の部屋で窓辺に立って、フィロリアル様と婚約者、そしてキール達が外で遊んでいる光景を見て呟《つぶや》きましたぞ。

時刻はもう夕暮れですな。

こうして見ていると婚約者は完全に子供ですな。あのような子供がどうしてフィロリアル様達とあそこまで仲良くなれるのか……おそらくフィロリアル様達が純粋だからですな。

「そういやラーサさん達、いなかったな……」

「あのパンダですな。どこへ行ったのですかな？」

「さあ……彼女達は傭兵《ようへい》だからね。どこかで仕事を見つけたのかもね」

「ただいまー！」

婚約者が元気よく帰ってきましたぞ。

「おかえり、じゃあこれからご飯でも食べに行こうか？」

「行くわ！」

だいぶ慣れたのか婚約者の口調も遠慮がなくなりつつあります。

ただ、それでもどこか丁寧というか、未来のように腹を割って話しているような感じがしませんぞ。

あえて言うなら少し距離があるように見えるのですが、お義父さんと婚約者は何も違和感がない様子。

みんなで食事を終え、宿の部屋でゆっくりしていますぞ。

婚約者は最初に慰めてくれた影響かサクラちゃんと仲良くなっているようですな。

部屋でもサクラちゃんと、どたばたと追いかけっこをしております。

「あははは、サクラちゃんまってー」

「こっちこっちーメルちゃーん」

「コラコラ、あんまり暴れないの。追いかけっこをするなら外でね」

「ご、ごめんなさい」

ハッと我に返った婚約者がお義父さんに謝ります。

サクラちゃんはぼけーっとした表情で、謝る婚約者の頭を撫《な》でていますぞ。

「サクラも悪かったー、ナオフミごめんー」

「いいんだよ」

「メルティちゃんはホント気さくで良い子だな！」

キールがそんな様子の婚約者を見てお義父さんに言いましたぞ。

「姫ってのを笠に着ないし」

「必要なら使うわ。だけど、ここでは必要ないでしょ？」

「じゃあこれから何して遊ぶ？」

「あんまりドタバタしないやつね？　じゃないと俺達が怒られるんだから」

「はーい」

婚約者達は部屋で静かに遊べるゲームを選んで楽しんでいるようでしたぞ。

サクラちゃんやユキちゃん達も参加してそれはそれで楽しげですな。

俺も参加して、この世界独特のカードゲームなどをしましたぞ。

やがてお義父さんはゲームをやめるように言います。

「ささ、みんな大人しく寝る」

「はーい」

お義父さんに言われて婚約者とサクラちゃんはベッドに入りますぞ。

それはキールや助手も変わりませんな。ああ、キールにべったりのルナちゃんはキールと寝ておりますぞ。

助手はライバルが馬小屋で寝ているのですが、一緒に寝ようとして怒られたそうですぞ。人とドラゴンは違うのだとか。

コウは外で寝ていますな。馬小屋で寝る気はなく、かといって部屋で寝るのも嫌だとか。

ユキちゃんは俺が寝る予定の隣の部屋で既に就寝しております。

「サクラが子守り唄を歌ってあげるね。それともナオフミやモトヤスに教えてもらったおとぎ話をしてあげようかー？」

サクラちゃんは婚約者と親しくなってからお姉さん風を吹かせるようになりましたぞ。

その様子をお義父さんは微笑ましそうに見ております。

「サクラちゃんが好きな方でいいわ」

「じゃあお話ししようかなー」

「ホント……メルティちゃんとサクラちゃんは仲の良い姉妹みたいだね」

お義父さんが優しい口調で言いましたぞ。

そうですな。なんでしょうか、ここまで仲が良い様子を見ると……婚約者が浮気をしているように見えてきますぞ。

お前にはフィーロたんという婚約者がいるにもかかわらずサクラちゃんにまで手を出すのですな。

フィーロたんが泣いていますぞ！

「うふふ……わたしね。サクラちゃんみたいなお姉さんがずっと欲しかったの」

「え？　でもメルティちゃんには……って、まあ、あんな姉じゃねー……」

お義父さんが同情の目を婚約者に向けましたぞ。

そうですな、姉が赤豚では決してサクラちゃんとのような関係を構築することはできないですな。

なるほど、婚約者にとってサクラちゃんは姉なのですな。

「父上は姉上に甘いし……母上は優しいけどとても厳しくて……常に忙しいのはわかってるけど……こうして甘えさせてくれるお姉さんみたいな人が欲しかった……」

「そっかー。メルちゃん、いつでもサクラに甘えていいよ？」

ギュッと、サクラちゃんは婚約者を抱きしめましたぞ。

婚約者も甘えるように抱き返しました。

「うん！」

「サクラちゃんは立派なお姉さんになれるかな？」

「なれるよー。サクラ、メルちゃんのお姉さんとして守るもん」

「そうだね。頑張って」

「はーい」

と、婚約者はサクラちゃんと軽く話をしてから寝入ろうとしておりました。

しかし、興奮冷めやらぬ婚約者はベッドから体を起こしましたぞ。

それから窓の方へ遠い目を向けておりました。

「メルロマルクが心配？」

「そうなのだけど……盾の勇者様と少しお話がしたくて……」

婚約者は何やら恥ずかしそうにお義父さんに向かって話をしていますな。

俺が横にいるとややこしくなると言われたので、黙って日課にしているアクセサリー作りと裁縫をしていますぞ。

「何をお話しする？」

「まだ寝ないのかー？」

「もう少しだけお話をしてからね。何を話すのがいいかな？」

「明日はどうするんだ兄ちゃん？　明日の楽しみがあればメルティちゃんもぐっすり眠れるんじゃねえか？」

などと話しております。

そういえば俺の楽しみが延期されていますぞ。

「お義父さん、新しいフィロリアル様を買えませんでしたな」

「あー……そうだね。錬《れん》との約束も事態が事態だからすっぽかしちゃったね。大丈夫だったかな？」

「錬のことですからな、ループが作動していないことを考えるに問題なかったんでしょうな」

「噂《うわさ》には敏感に反応するから、俺達が行けないのを察してくれているといいんだけど……」

「心配性ですな」

「元康《もとやす》くんが気楽すぎるだけでしょ」

「それでもフィロリアル様を買いたいですぞ。今度、秘密裏に行きますかな？」

「いやー……それは危険な行為だと思うよ？　奴隷商にも迷惑が掛かるし、最悪、大事な卵が戦闘に巻き込まれる危険性だってあるんじゃないかな？」

む……確かにそうですな。

魔物商のところへ行って、そこに三勇教の刺客が来ても一撃で仕留められるけれど、変な逃げられ方をしたら被害が出ますぞ。

「そうですな……今回の騒動が静かになったら行きましょう」

無理をして隠れて行くのも手なのですが、どちらにしても魔物商と話をする時に姿を現す必要がありますからな。

「だって、メルティちゃんはサクラちゃんをはじめ、フィロリアルと仲良くするのが夢なんでしょ？　今回の騒動が終わったら、また増やす予定だから楽しみにしてて」

「うん」

「感謝するのですぞ！」

「ここでなぜ、わたしが感謝しないといけないのよ！」

俺と婚約者が睨《にら》み合いを始めると、お義父さんが困ったように頬《ほお》を掻《か》きますな。

「元康くんは本当にフィロリアルが好きなんだね。そういえば元康くんが初めて育てた三匹のフィロリアルは回収しなくていいの？」

「クー、マリン、みどりのことですかな？　そうですな。捜せばいるかもしれませんぞ」

前回の周回でも似たような色合いと能力を持った子がいましたな。

おそらくあの子達が未来でクー、マリン、みどりになったのですな。

仮の名前も同じにしていましたが、性格に差異があったのですぞ。

未来の子供達に比べると、自己主張をしない感じになっていた気がしなくもないですな。

ですがお義父さんは一つ大きな勘違いをしていますぞ。

「クー、マリン、みどりは俺が初期に育てたフィロリアル様達ですが、初めての子ではありませんぞ」

「え？　違うの？　元康くんの話に割とよく出てくるから、てっきりそうだと思ってたよ」

「正確には俺がまだ豚を追いかけていた頃、フィーロたんの外見を気に入って、フィロリアル様を一匹……初めてのフィロリアル様を育てていたのですぞ」

とても苦い思い出のフィロリアル様ですな。

俺はお義父さんにその時のことを話し始めましたぞ。

お義父さんにフィーロたんの解放を求め、その後、俺の愚かな行いに怒ったフィーロたんに蹴られた後のことですぞ。

「くそー……尚文《なおふみ》の野郎、アレがまさか俺の直球の少女の外見だと？」

俺の頭の中はフィーロたんのことで一杯になったのですぞ。

ぜひともあの天使が欲しい。俺の仲間になってほしいと愚かな考えを巡らせました。

「ブー」

おや？　赤豚の台詞が豚語でしか思い出せませんな。

確かあの魔物のことを国の調査員に調べさせたところ、フィロリアル様だと判明したとかそんな話だったと思いますぞ。

「尚文にだけ良い思いをさせてたまるか！　俺も育ててやる！」

そしてクズと赤豚の斡旋《あっせん》で一つの……フィロリアルの卵を俺はもらったのですぞ。

魔物紋の登録を済ませ、翌日には孵《かえ》りましたな。

「ピイ！」

「おお、これが将来、天使になるのか」

「ピイ！」

「名前をつけなきゃな。そうだな……よし！　フレオンちゃんみたいになってほしいからフレオンだ！」

俺の好みの外見であるフレオンちゃんにちなんで名づけたのが……その子の名前でしたぞ。

波までの時間はそんなありませんでしたが、魔物はＬｖに応じて素早く育つと聞いたので急いでＬｖ上げに行きましたぞ。

まあ、今ほど強くはなかったので程々の効率の良い狩り場で上げただけですがな。

フレオンちゃんはすくすくと育っていきましたぞ。

「グア！」

「僅《わず》か数日でこんなにも育つのか」

あまりにも早く育つので俺も驚いていましたな。

普通のフィロリアル様の形態にまで一気に成長いたしました。

「これから、尚文と一緒にいたフィーロちゃんみたいな姿に……なるのか？　楽しみだ。そうしたらあんなことやこんなことを一緒に楽しむぜ」

下心はありましたが卑猥《ひわい》な意味で言ったわけではありませんぞ。今にして思うとフィロリアル様にとんでもない暴挙を考えていたものですな。

「ブー！」

「ブブー！」

赤豚とその取り巻きが何やら言っていたのを覚えていますな。

なんていうか、何か嫌なことがあって不機嫌なんだな、とか思った覚えがあります。

「これで賑《にぎ》やかになるぞ。最近じゃ新しい子も入らないし、いい刺激になるだろ？　みんなで楽しく旅をしようぜ！」

もう少しで天使が手に入る！　そう思いながらフレオンちゃんを城のフィロリアル舎に入れて就寝したのですぞ。

その日の深夜、寝ている俺はドンドンと扉を叩《たた》く音で目が覚めましたぞ。

「ブー！」

「なんだって！」

すると赤豚が緊迫した表情で俺にとある悲報を告げました。

それは……フレオンちゃんの容体が急変し、突然死んでしまったというものでした。

急いでフィロリアル舎へと駆けつけると、フレオンちゃんは冷たくなっておりました。

「ブー！」

この時、赤豚はお義父さんの魔物とこのフィロリアルはどうやら違っているようだとか、急激な成長に体が追いつかなかったのだろうなど、色々な説明をしておりましたぞ。

国の連中もフレオンちゃんを解剖した結果、同様の報告をしてきました。

とにかく、俺はお義父さんに騙《だま》されたような気持ちで一杯でしたぞ。

ただ、それを八つ当たりしようものならお義父さんに馬鹿にされると思って何も言えませんでしたな。

だからこそ、フィーロたんをお義父さんが洗脳しているとの話を信じ、お義父さんがフィロリアル様を育てたらフィーロたんになったという話を信じなかったのですぞ。

お義父さんの言うことは嘘《うそ》ばかり、信じるに値しないと……。

その後、フィーロたんに励まされ魔物商からフィロリアルの卵をもらった時、俺はそのトラウマを思い出しました。

だけど、あの温《ぬく》もりを取り戻したくて震える手で登録を済ませ、細心の注意を払ってみんなをフィロリアル・クイーンにまで育て上げましたぞ。

思えば、クー、マリン、みどりが孵った時も、天使になった時も俺は泣きましたな。

孤独の中で一筋の光を浴びたような感覚がありましたぞ。

まあ、フィーロたんとは違った光ですがな。

その時のトラウマから、お義父さんのような信じられる相手以外では、自分自身でフィロリアル様が育って天使になるのを見届けない限り安心できなくなったのです。

「というわけで、俺の初めてのフィロリアル様は……クイーンになる前に亡くなってしまわれたのです。もし機会があったら今度こそ立派なフィロリアル様にしたいですな」

胸を張ってみんなに告げますぞ。

「ねえ……それって……」

キールが絶句するように、俺を指差してからお義父さんを指差しますぞ。

「えっとー……」

「……」

なぜかみんな言葉を詰まらせていますな。

俺の過去に感心してくれたのですかな？

「似たような話に覚えがあるわ」

婚約者が何やら怯《おび》えたような、それでいて確信のあるような表情で告げましたぞ。

「なんですかな？」

お義父さんは婚約者に気を遣っているようでしたぞ。

「父上の話になるのだけど……不幸があって……その所為《せい》で盾の勇者様を更に嫌いなった出来事の話です」

あのようなクズがどれだけ苦しもうと自業自得ではないですかな？

「元康くんの話だと過去にシルトヴェルトと戦争をしていた所為だって聞いたし、色々とあるんでしょ？　あの王も過去には凄《すご》かったのに、今はちょっと問題あるだけなんだよね？」

「うん……母上の話だと、父上が亜人獣人への憎悪で本格的におかしくなったのは、わたしのお兄さんが亡くなった所為だって」

「お兄さん？　メルティちゃんの上にお兄さんがいたんだ？」

ん？　初耳ですぞ。

未来でそのような話はトンと聞いた覚えがありませんな。

「そう、姉上より下で、わたしより上に一人……もう死んじゃったけどいたらしいわ。今のわたしよりも幼くして亡くなったそうよ」

「初耳ですな。未来でも婚約者や女王から聞いたことはないと思いますぞ」

「……母上も父上も話したくない過去だっただろうし、その時の出来事で溝ができたと嘆いていたわ」

「詳しく聞いていいかな？」

「いいわ」

婚約者は話をし始めましたぞ。

婚約者の兄がいた頃は平和なメルロマルクだったそうで、女王が即位してちょうど十年が経過した頃だったそうですぞ。

ああ、女王の両親は過去の戦争で亡くなったので、女王自身もそれなりに若かったそうですな。

外交が忙しくはありましたが、今のようにほとんど外国にいるということもなかったそうです。

その頃には過激派の筆頭であったハクコをクズが知略で失脚させたことで、シルトヴェルトとの蟠《わだかま》りも解消傾向にあったのだそうですぞ。

女王は未来を見据え、シルトヴェルトとの和平政策を進めていたのだとか。

当初、クズは難色を示しはしたのですが、復讐《ふくしゅう》を終えるとシルトヴェルトを飼いならす方針を女王と話し合っていたのだそうですぞ。

その一環として、一見して仲良くみせる方針を打ち出したのだとか。

まさしく真綿で首を絞める政策を取ろうとする辺りはクズらしいですな。

で、女王はクズの活躍から勇者伝説に強い興味を示し、歴史の真実や客観的視点を知ることで現在の認識へと感性が切り替わっていったとか、どうでもよさそうなことを婚約者はぺらぺらと話しておりました。

「それで？　なんであの……メルティちゃんのお父さんはあんなになっちゃったわけ？」

「わたしも赤ん坊だったからよくわからないのだけど……友好のためにシルトヴェルトの王族というのかしら、首脳陣の子を預かったの」

「うん」

「だけどその首脳陣の子が実は刺客で、付き添いの者と一緒に会食時に毒を盛ったとかで兄上が毒殺されたそうよ。父上の目の前で……」

「毒殺……うわぁ。過激派だったってことね」

「そう……なんだけど、それを糾弾して預かった子が犯人だって言い放ったのは……姉上だったそうなの、証拠の毒物や使用人の怪しげな行動に関しても見ていたって」

……お義父さんが目を細めていますな。

俺も同じように陰謀を感じますぞ。

「一応は犯人も自白したらしいのよ。『僕の家族を殺したお前等を許さない！　ざまあみろ！』って、後で調べたら確かに預かった子の家族が不自然な死に方をしているのがわかったの」

「表面上は……確かに拗《こじ》れる事件になりそうだね」

「父上はその時の出来事が原因で考えが凝り固まり、残された家族を必要以上に大事にするようになって……シルトヴェルトの関係者はすぐに殺せって言うようになったの……だけど」

婚約者は眉を寄せ、一呼吸してから話を続けましたぞ。

「母上はその時に姉上の顔を見て、真相は別にあるんじゃないかって……思ったそうなの」

「今までの出来事から考えるに、間違ってなさそうなのが凄いね。俺もそう思うよ」

「うん。姉上の周りにはいつも不自然な事件が転がっているの。だから母上は常に姉上の動向を監視していたわ。わたしと姉上を別々に育てたのも、それが理由だって」

「よくそれで赤豚を放置していましたな」

「決定的な証拠がないの。姉上が隠すのが上手《うま》いのか、それとも何かの要因があるのかはわからないわ。そもそも姉上とシルトヴェルトの子は話をするどころか近づきさえしていなかったそうだから」

「んー……なるほどね。確かにそれじゃあ犯人になりえない」

「ただ、主犯はその子で、協力者は付き添いだったそうだけど……母上がポツリと呟いたわ。付き添いの者と姉上の雰囲気が似てるのはなぜだったのだろうか？　って」

偶然で片付けることはできそうもないですな。

ただ……何でしょうかな？　そういえば……お義父さんが、お姉さんのルーツの国を裏で支配していた女が赤豚に似てたと仰《おっしゃ》っていたような気がしますぞ。

他にも似たような豚が多いと嘆いてましたな。

「元康くん？」

「なんですかな？」

「いや、なんか知っているのかな？　と思ってさ」

「似たような豚が多いとお義父さんが仰《おっしゃ》っていた気がしますぞ。しかし……赤豚の周りには常に物騒な出来事が付いて回るのですな。まさしく疫病神ですぞ」

「なんでそんなに似てる雰囲気の人がいるんだろ？　とはいえ……これを言ってもしかたがないね。できれば幽閉、もしくは処刑してもらいたいんだけど。わかったよ、あの王には王なりの理由があって俺を嫌悪してるんだね」

「そう。だから……難しいけど父上を嫌いにならないでほしいわ」

「大丈夫、できれば君のお母さんのように、国同士は友好的な関係にさせるよう努力するよ」

「お願い」

「さすがお義父さん、仲良くはしないと暗に言ってますすな！」

「元康くんは口を閉じてね」

お義父さんに注意されてしまいましたぞ。

「しかし赤豚の周りには不自然な出来事が多い、ですか……確かにそうですな」

「ん？　元康くんも身に覚えがあるの？」

「ありますな。まだ俺が豚の尻を追っていた頃には、不自然なほど勧誘した豚の出入りが激しかったですぞ。しかも別れの言葉もなく消える豚が多かったですな」

お義父さんのご友人で、赤豚を一度仕留めたというライノがいますな。

なぜか再会した際は俺に視線を合わせず「恨んでないんで……その、前の方がよかったわ。貴方《あなた》があまりにも可哀想《かわいそう》に思えるから……」などと言われて距離を取られてしまいましたが、どういう意味だったのでしょうな？　何が可哀想なのでしょうな？

「あー……うん。間違いなく裏で消されてるね。元康くんはなんだかんだで鈍感なところあるし、そういう意味で利用しやすかったのかもね」

「やはりそうですかな？」

なんとなく嫌な予感はしていたのですぞ。

やはり奴が黒幕でしたかな？　ま、所詮《しょせん》豚同士の蹴落としあいですな。

なんとも思いませんぞ。

「元康くん。他人事《ひとごと》みたいな顔してるけど、メルティちゃんの話をちゃんと聞いてた？」

「クズが不幸な事件に巻き込まれたのですな」

「違うよ。なんとなく、元康くんが最初に育てたフィロリアルと重ならない？」

「は？」

ど、どういうことですかな？

心臓がドクドクと早鐘を打ち、徐々に頭が痛くなってきたような気がしますぞ。

何でしょう。お義父さんが次に言う言葉で俺は何か……知らずにいたことを自覚してしまうような気がします。

「報告に来たのはあの王女、そして大事にしていた者の死。果てはその所為で考えが凝り固まってしまう。元康くんと王の話からの結論が、俺を敵とみなして信じさせないことに集約するんだ」

「な、なんと……まさか……フレオンちゃんは赤豚に……殺された……？」

「みんな当たり前のようにクイーン化している。フレオンって子との違いは？　そのままフレオンって子が育って天使の姿になった時に、一番損をするのは誰？」

呼吸が怪しくなってきますぞ。

目の前が真っ暗になるような……絶望の感情が胸を締めつけてきます。

なんですと？　ではフレオンちゃんが赤豚に何かしらの手段で殺されたことを、俺は今まで知らずにいたのですかな？

フレオンちゃんの壮絶な最期の光景を思い浮かべます。

毒物でもがき苦しむフレオンちゃんが伸ばす手を、赤豚が踏みつけて笑っているのですぞ！

「王の時も同じだよ。王は自分より下の子を大事に思うんじゃないか？　だから邪魔。何かしらの手段を使って……って。まあ出来すぎた偶然かもしれないけどね」

「そんな……」

「元康くん、落ちついて。もう君の中では過ぎ去ったことなのかもしれない。だけど、気付くことができたなら一歩踏み出せる。あの姫にはいろんな疑問が付いて回るんだ。だけどこれはあくまで推測だってことは覚えておいてほしい」

「あの赤豚！　絶対許せませんぞ！」

奴が余計なことをしなければ、お義父さんと早く和解できたのかもしれませんぞ！

「とりあえず、問題はあのビッチな王女だね。今は樹《いつき》のところにいるんだよね？　実はかなり危険なことなんじゃないかと思えてきた」

「え？　姉上なら城にいたわよ？」

「え？」

「え？」

俺達はキョトンとしておりますな。

おかしいですな。

なぜ、赤豚は樹と一緒に行動していないのですかな？

「あー……もしかしたら樹の性格と合わないのを悟って城にいるんじゃない？　ほら、樹って正義感だけは強いみたいだから、謀略を張り巡らせるあの姫とは相性が悪いとか」

「ありえなくはないですな、赤豚には正義感など微塵《みじん》もないですからな。長いこと一緒にいたらボロが出るのですな」

あの赤豚のことですからな。

そういえば前回の周回でも関係が遠いような感じがしましたぞ。

そもそもタクトや……他の強大な謎の勢力と連絡を取るのは簡単ではないと思いますぞ。最初の世界で俺と一緒にいた時はそのような行動には出ていませんでしたからな。

ここから考えられるのは、俺を利用することでタクトには頼らずにすんでいたということに他なりませんな。

むしろ赤豚とタクトの関係はどの程度のものなのですかな？　正直に言えばよくわかりませんぞ。

ただ、ぼんやりと思い出すところによると、確か過去に赤豚は処女をフォーブレイの方で失ったとか聞いたような気がしますぞ。

「赤豚はフォーブレイの学校に通っていたと聞いた覚えがありますな」

ここから考えられるのはタクトがその相手で、学園生活中に関係を結んだとかでしょうかな？

年齢的にありえない話ではありませんぞ。

俺も高校時代は多少乱れた生活をしていましたからな。

「ええ、姉上はフォーブレイの学園に在籍してたわ。そこで世間を学んでほしいって話だったけど……母上曰《いわ》く結果は良くなかったと嘆いていたわ」

「まあ……なんていうか心根が腐っているから無理なんじゃないかなー……？　メルティちゃんと全然性格似てないし」

婚約者が微妙な顔をしていますな。

赤豚に似ていたらそれこそ恥ですぞ。

とにかく、これでタクトとの繋《つな》がりも予想できますな。

自由気ままに城で楽をしているのと、俺の同行者として活動しているのではできることに違いがあったのでしょうな。

そもそも赤豚はタクトのことを気に入っていたのですかな？

あの豚共の中では居心地は良くなさそうですな。

そんな場所を赤豚が好むとは思えませんな。

「まあ、元康くんが真実に気付く前は利用しやすかったんじゃない？」

「まことに申し訳ありませんぞ」

「一概にそう言い切れるわけじゃないから安心して。もしも元康くんがもっと早くあのビッチな王女を突き放していたら、あんまり強くないうちに強敵と戦う羽目になっていたかもしれないんだしさ」

お義父さんはそう俺を励ましてくれましたぞ。

ああ……なんと心優しい方ですかな。

この元康、涙が溢《あふ》れて止まりませんぞ。

「とりあえず、やっぱり樹は王やビッチとは別に行動していると見てよさそうだね」

「ですな」

「となると……どう転ぶかわからないのが怖いね。樹をそのタクトって奴に殺させようとする可能性もゼロじゃない」

お義父さんも婚約者も俺の未来の話を信じてくださっています。

四聖の武器すら奪う能力を所持するタクトを警戒しなくてはなりませんからな。

「んー……錬や樹の身が心配だね。仮に死んでしまうと、元康くんが頑張った今回の周回が水の泡だし」

「仮にループしても俺は諦めませんぞ！」

「そう……なんだろうけどさ、俺のことも考えてほしいなー。今回の周回が捨て石にされて、なかったことにされる方のさ」

「では樹や錬を生け捕りにして守りますかな？　いや、これからタクトを殺しに行きますかな？」

「立場的に厄介でしょうが！　下手に殺したら戦争になるんでしょ？」

お義父さんに怒られてしまいましたぞ。

しかし厄介な連中ですな。

「とにかく、悩んでいたって始まらない。メルティちゃん、もう少しの辛抱だから我慢しててね」

「……うん。フレオンって子も気になるし、あとで探してみるわ」

「そこはお願いしますぞ」

婚約者がベッドに横になるとサクラちゃんが優しく撫でて子守り唄を歌い始めましたぞ。

キールや他の子達もすぐに寝息を立て始めますな。

「無駄にならないように、頑張っていこうね。元康くん」

「はいですぞ！」

俺は元気よく頷《うなず》き、その日は就寝することになったのですぞ。

九話　内乱

さて、お義父《とう》さんの善行によりメルロマルクがどうなったかというと……。

ですぞ。

まさしく時代は盾の勇者であるお義父さんを求め、抑えつけられていた国民の不満は爆発したのですぞ。

お義父さんに救われたリユート村から始まり、近隣の村が次々と盾の勇者を称《たた》え始めました。

盾の勇者を平等に扱うべきであると宣言していた良識ある女王に賛同する声が強まり、女王の帰還が求められる状況となっております。

なぜ女王が帰還することが叶《かな》わないのか。それは三勇教が女王の業務を尽《ことごと》く妨害するために、何度も戦争になりかねない事態になっているという話が流出。そう……三勇教は災厄の波を鎮めるよりも戦争がしたいのだと国民は知ってしまったのですぞ。

更に追い撃ちとなったのが錬《れん》と樹《いつき》の蛮行。

各地の生態系をおかしくし、中途半端に事件を解決した。

そう……錬はドラゴンの死骸を放置した所為《せい》で疫病を蔓延《まんえん》させ、必要以上に魔物を駆逐した所為で生態系がおかしくなって危険な魔物の数が増えてしまい他の村も魔物の被害に遭ったそうですぞ。

そして樹の方は中途半端に革命に参加したことによって根本的な解決に至らず、国民の貧困が増したり、前よりも重い税に苦しんだり、善良なはずの領主が捕まり、悪名高い領主にすりかわるなどの事態を引き起こしてしまったのですな。

しかも弓の勇者に一度は助けられたのにすぐに別の悪人に利用され、結果は全く変わらなかったとの証言が、広まりつつあるようですぞ。

前よりも状況を悪くする結果を残した剣と弓の勇者の行動によって、国民が信じるべき対象は盾と槍《やり》の勇者に傾いていったのです。

国民の反発は宗教、果ては王族に向かい。

婚約者は盾の勇者に保護されているのだ。彼女は、盾の勇者が悪であるという英知の賢王の教えに異議を唱えて国に消されそうになっているのだ、という話が広まりつつあるようでした。

それに便乗するのはメルロマルクの革命派、亜人優遇を謳《うた》うエクレアの親の派閥の者でした。

エクレアが城に捕らえられ、監禁され、拷問されているとの話が火に油を注ぎ、彼女を救えとの声が広まりました。

内乱に巻きこまれるのは御免だと、国民の出国は留《とど》まるところを知らず、熾烈《しれつ》な内部争いと責任追及に追われたクズと赤豚、そして三勇教は疲弊しつつあります。

そして決定打となったのが、三勇教が行った……とある作戦。

三勇教が事態を重く見て腰を上げた時には既に手遅れ。だが、それでも引くわけにはいかず最も愚かなことをしてしまったのですぞ。

それは、盾の勇者を信仰しようという教えが広まりつつあったのを抑えるため、エクレアの親の派閥の者を見せしめに殺したそうですぞ。どことなくお義父さんが優男と呼んでいた人物を思い出しますぞ。更に村人達も虐殺したのですぞ。

国民の怒りは最高潮に達し、今やメルロマルク城下町の門は固く閉ざされております……そして戦局の変化は俺達にたくさんの選択肢を投げかけることとなったのですぞ。

それが、波が起こる前日までの出来事でしたぞ。

「ねえ元康《もとやす》くん。君の言う未来とずいぶん違う結果になっちゃったんだけど……」

メルロマルクの城下町へと向かう革命軍を遥《はる》か遠くから俺達は見つめております。

既にここまで来てしまったのならしょうがないと、シルトヴェルトへのポータルは隠さずに使用しております。

「おかしいですな。未来ではこんな騒ぎにはなりませんでしたぞ。確かにお義父さんに協力的な国民はいましたが」

俺の追跡が上手《うま》くいかなかったことが原因ではありますが、まさかこんなにも広がるとは予想外ですぞ。

「これってもしかして……善行をしすぎたとか？」

「ですが、未来のお義父さんも良い話しか聞きませんでしたぞ」

「解決の仕方に問題があったのかもしれない。もし俺がお金に困っていたなら、もっと高額な代金を請求したり……食料の配給もそこまでしてなかったのかも」

「それで差異があるのですかな？」

「おおありだよ。良いことをしてくれたけど代わりに金をせびる奴と、無償でやってくれる相手じゃ印象に差が出るって！　まあ……無償が当たり前にならないように俺達は注意を払ったけど」

無償の善意を毎回すると、受け取る側はそれが当然だと思ってしまいますからな。お義父さんもその辺りは気を遣っていましたぞ。

今回の出来事と最初の世界との差異はお義父さんが良いことをしすぎたことですな。

みんなお義父さんを信じて国の陰謀を暴こうと躍起になっているのですぞ。

「とりあえず、シルトヴェルトの方でみんなと話をした方がよさそうだね。これじゃあ……女王も下手に来ることができなくなってしまっている」

「おや？　女王が帰還すれば事は解決するのではないのですかな？」

「アレを見てそう思えるんだったら相当だよ、元康くん。確かにメルティちゃんや女王は歓迎されるかもしれない。だけど……俺が女王だったらこんな状態で国には戻れない」

「それはなぜですかな？」

「女王は友好のために盾の勇者である俺との仲を取り持ちたいわけで、自身の国を滅茶苦茶にしたいわけじゃない。メルロマルクは今、三勇教と革命派が入り交じっている状態なんだ。下手にここに帰国しようものなら、女王派と代理王派で争うことになって、もっと国が疲弊する」

「どうにかなるのではないですかな？　ケセラセラですぞ」

お義父さんは考えすぎだと忠告したのですが、お義父さんの表情は晴れませんぞ。

「むしろ……あのクズの権威に陰りが見えすぎて……」

お義父さんはずっと考え込んでおりますぞ。

何かまずいことがあるのですかな？

「とりあえず、波のことを考えよう。明日がメルロマルクの波だったね。仮に三勇教が俺達の命を狙ってくるとしたら、きっとその時になるはず。奴等は俺達がメルロマルクに潜伏していると思っているだろうからね」

「では不参加でいいですな。このままお義父さんが潜伏していると思わせておけば奴等は革命派に潰《つぶ》されますぞ」

まあ、強力な武器は所持しておりますが、暴れ出した時こそ俺達が名乗りを上げて倒せば終わりですぞ。

「そうなんだけど……元康くん、次の波で危険なこととかなかった？　何か鍵となるような出来事がないなら問題ないのだけど」

お義父さんにそう尋ねられて、俺は二度目の波のことを思い出しますぞ。

確かボスはソウルイーターでしたな。お義父さんが大活躍でしたぞ。

その後、扇を持つ豚が現れて……確か別の世界から来て、勇者の命を狙っているのでしたな。

色々とあって協力関係になるそうで、あちらの聖武器の勇者を助け出したとか聞きましたぞ。

お義父さんの冒険はフィーロたんが歌にしてみんなに聞かせていたので、この元康も覚えていますぞ。

「お義父さん以外は波から出てきた二匹目のボスに負けましたな」

「よ、よく生き残れたね」

「お義父さんが善戦して敵を撤退させたと聞きましたぞ。聞いた当時はありえないと鼻で笑いましたが」

「……それって、俺達が加勢しないと波に参加するのは樹だけだから、樹が負けて死ぬことになっちゃうんじゃないの!?」

ハッ！　そういえばそうですぞ！

「ではどう致しますかな？」

「しょうがない！　俺達も波が起こる場所に急いで行った方がいいでしょ。幸い、元康くんは未来の知識があるから場所はわかるよね」

樹の言動、行動原理について

異能力がある世界から転移してきた十七歳の高校生である樹。

転移してきた世界がゲーム『ディメンションウェーブ』の中だと思い込んでいる彼は、ほかの勇者と同じように、自分の持っている知識で他人を出し抜こうとしていた。

正義感が人一倍強く、転移してきた直後はメルロマルク内で正体を隠しながら悪人を潰《つぶ》して回っていた。

活躍することで自分の顕示欲と承認欲求が満たされ、周りから認められる自分に陶酔していた。

正義にこだわり、悪を嫌うあまり、自分が知らずに悪側に加担していたことをなかなか認められないといった頑固さも併せ持つ。その行きすぎた正義は独善主義的ともいえるだろう。

初期装備・弓
樹

そんな樹も改心させてしまうなんて、
お義父さんはすごいですぞ!

「ですが、先ほどの話では波の場所に三勇教が刺客を送ってくるのではないのですかな？」

「樹が元康くんの知る通りに行動しているなら編隊機能とかは使っていないはず。たぶん、刺客は樹達だけだろうね。名目はメルティちゃんの誘拐と国民の洗脳とか言いそうだね」

「では俺が波を手短に終わらせてきますぞ。お義父さんはシルトヴェルトの方で悠々としているといいですぞ」

なーに、今の俺からしたらどんな敵だろうと雑魚ですぞ。

あの扇を持った豚はお義父さんやフィーロたんの話ではよい人物らしいので、波から出てくる前に処理、交戦になった場合は撤退してもらいましょう。

なに、カルミラ島の方でも戦うことになるのですからな。

最近はあんまり戦えていないので体がちょうど鈍《なま》っていたところですな。

「それなら……うん。元康くんはとても強いから刺客となる樹達を撃退しつつ波を鎮められるかもしれない。任せられる？」

「お任せを！　ですぞ！」

こうして俺はお義父さんの頼みを引き受けて、別行動で波を鎮めることになったのですぞ。

翌日。

波が起こるであろう場所に、俺はユキちゃんとコウと一緒に待機しております。

「これから波が起こるのですね？」

「そうですぞ」

「コウ達は何をしてればいいの？」

「魔物が出てくる前に波の亀裂の方へ走るだけですぞ」

「そうなのー？　面白くない」

「ははは、今回は素早く終わらせるのが目的ですからな。その先の離脱の方が面倒かもしれませんぞ」

何が起こるかわかりませんからな。

最初の周回を考えるに、樹達一行が普通に波の亀裂にやってくるでしょうな。

お義父さんは、樹は俺達を捕まえようとしてくるだろうと言っておりました。

なので、波の戦いは早めに切り上げて樹が無事であることを確認しろとの話でしたな。

と、作戦の内容と未来の出来事を思い出しながらイメージ練習をしていると、空に亀裂が入りました。

始まりましたな。

「行きますぞ！」

「やりますわ！」

「だっしゅー！」

ユキちゃんが俺を乗せて走り出し、コウが付いてきますぞ。

周りを確認するとやはり樹一行が出現しましたな。

「あ！」

樹が俺を指差しておりますが、知りませんぞ。

「ユキちゃん！　もっと素早く！　速く突き進むのですぞ！」

「いきますわ！　ハイクイック！」

「コウもー」

ワラワラと波の亀裂から出現しようとしている魔物達。確か亜人系の影の魔物でしたな。それとソウルイーターが今、波から出現しております。

バキバキと船を形作ろうとしていますな。

ユキちゃん達は素早さを極限まで上げて、遠い波の亀裂へ一秒でも早くと近づいていきます。人の足ではまだまだ時間が掛かるでしょうな。

ですが、今回は遠慮もクソもなく、本気でいきますぞ。

「リベレイション・ファイアスコールX！　エイミングランサーX！　ブリューナクX！」

面倒ですからな。出現すると同時に範囲攻撃が可能なエイミングランサーとブリューナクで波の亀裂ごと吹き飛ばしてやります。

「!?」

魔物共はもとよりソウルイーターも一瞬で吹き飛ばすと、同時に波の亀裂が一瞬で閉じましたぞ。

被害は限りなくゼロですな。せいぜい、波の亀裂があった場所に激しい火の雨が降り注いで焼け野原になった程度ですかな？

素早く片付けろと言われていたので、魔物の死骸を回収できないのが難点といえば難点ですぞ。

「もうおわりー？　ただ近くに走っていっただけだよ？　キタムラー」

「ははは、波は素早く終わらせることに意味があるのですぞ」

「拍子抜けですわ。もっと歯ごたえのある戦いがしたいですわ、元康様」

「強くなりすぎましたな。今度、お義父さん達と演習でもしますかな？」

「それがいいですわね。あのドラゴン、最近はかなり強力になってきて、倒しがいがありますわ」

などと話をしていると、後方から矢が飛んできました。

俺は槍で矢を軽く弾《はじ》いてユキちゃんを振り向かせましたぞ。

「どのような方法で素早く波を鎮めたのかわかりませんが、元康！　話があります！」

「おやおや、今更何の用ですかな？　樹」

そこでは樹一行が敵意まる出しで俺達を見つめていましたぞ。

「尚文《なおふみ》はどこですか？　国民を洗脳し、国を滅茶苦茶にしておいて……」

「そう三勇教に囁《ささや》かれたのですかな？」

「人聞きの悪い。王様と王女に頼まれたのですよ。友好のために出向いたメルティ第二王女が尚文と元康に誘拐された。どうか助け出してほしいとね！」

なんとも、お義父さんの言う通りの事態ですな。

単純ですな。少しは国や宗教を疑うことを覚えた方がいいですぞ。

まあ、樹ですからな。コイツは仲間とかよりも自身の正義感を満たせればいいだけの人間ですぞ。

未来ではその洗脳の力を使って周囲を操ろうとしていたのですから滑稽《こっけい》ですな。

「僕の正義がお前等を悪だと言っている。今度こそ僕は負けません！　僕は正義の味方です！　悪の道に走った勇者達を断ずるのは同じく勇者である僕の役目！」

どの口が言うのでしょうか？

お前の後ろで嘘《うそ》泣きしている連中が真の悪ですぞ。

正義の奥に悪が潜んでいるのですぞ。まさしく正義面《づら》する連中の中にこそ悪は根付くのですな。

正しい義を正義と呼ぶのでしょうが、同じようにこういう言葉がありますぞ。

「勝てば官軍、負ければ賊軍ですぞ？　正義が正しく誰の目にも明らかであるなどというのは子供の理屈ですぞ」

これは俺でもわかりますな。

何せ樹の正義は杜撰《ずさん》ですからな、一見すると正しく見えるものでもその後の経過を見ればわかりますな。

「どうせ三勇教に、せっかく自分達が解決した事件も、後でお義父さん……盾の勇者が関わった所為で悪化したとか言われたのではないですかな？」

「そうです！　知っているとは認めたと同じ！　せっかく僕達が解決させたにもかかわらず、後から尚文が干渉した所為で悪化したと聞いています！　世界を支配しようとする悪《あ》しき勇者……いえ、魔王達！　ここで真の勇者である僕が成敗してさしあげます！」

「樹程度にできますかな？」

俺はユキちゃんから下りて振り返りますぞ。

逃げることは簡単ですな。

ですが、お義父さんの話では樹の身も危険であろうとのことでしたな。

タクトが来たらたまったもんじゃないですぞ。

樹が殺されては面倒なのも事実。

それは前回の周回が物語っていますぞ。

この元康、諦めることはないのですぞ。

未来のためにここで樹にはどちらが上か知ってもらうべきでしょう。

「やれないはずはない！　元康！　ここでお前等の悪事は終わりだ！」

樹が眉を寄せて弓を引き絞り、樹の仲間達が前に出てきますぞ。

ああ、やはり爆殺した燻製《くんせい》はいませんな。

それでもどことなく前回の周回と変わらない面子《めんつ》が揃《そろ》っているようですぞ。

「ではいきますぞ。ああ、ユキちゃん達は黙って見ていてほしいですな。この程度、ユキちゃん達の手を煩わせるほどでもないですからな」

「わかりましたわ」

「えー……コウも遊びたい」

「我慢ですぞ」

樹は下手にやりすぎると死んでしまいますからな。調整する必要がありますぞ。

この頃の樹はどの程度の強さですかな？

推定ではＬｖ70といったところでしょうか。

ま、どっちにしろ俺にとっては雑魚も同然。シルトヴェルトの山奥にいるドラゴンの方がまだ歯ごたえがあるでしょう。

ああ……一ヶ月半前のお義父さんと樹が戦った時のことを思い出すと、お義父さんの手腕が改めて認識できますぞ。

お義父さんは目に見える強さを見せることなく、樹を倒したのでしたな。

強靭《きょうじん》な防御力だけで樹を組み伏せたということは、お義父さんがどんな強さなのかを樹が理解するのは難しいですぞ。

ただ、堅いという認識だけで、防御を突破すればいいと思ったのでしょう。

これで俺が城の庭で強力なスキルを放とうものなら警戒度は一瞬で上昇したでしょうな。

「甘く見ているのも今のうちですよ！」

ああ、未来のお義父さんならこう愚痴るでしょうな。

構図としたら俺の方が悪人みたいだ、と。

確かに強力な力を持っていて、多数対一で勝負しようとしているのですからな。

あんまりアニメは詳しくないですが、昔、文学が好きな豚が言っていたのを覚えていますぞ。

正義が勝つストーリーとはこういうものであると。

ですがここは現実で、勝てば正義なのですぞ。

数だけで強者に挑む奴が果たして正義なのですかな？

ここはお義父さんの真似をしてみましょう。樹もその方がいいでしょうな。

「樹、お前程度なら俺一人で十分ですぞ。お前等程度の雑魚、数秒で戦えないようにしてくれる」

「言いましたね！　僕は……正義は絶対に負けません！」

樹が矢を放つと同時に樹の仲間達が俺に向かって走ってきますぞ。

「エイミングランサーⅢ！」

天高く投げた槍が、辺りに降り注ぎますぞ！

「「うわぁああああああああ！」」

樹の仲間達がそれだけで吹き飛んでいきましたな。

全員、宙に舞った後、地面に倒れ伏しておりますぞ。

おや？　デジャヴュですかな？

この光景……覚えがありますぞ。

扇を持った半透明の豚に挑んだ俺が同じように吹き飛ばされたのでしたな。

なんとも因果なものですな。今回は俺が半透明の豚側になるとは。

奴を警戒しないといけないのですが……波を素早く片付けたお陰でいないですぞ。

一瞬で仲間が全滅したことに樹が驚愕《きょうがく》の表情で辺りを見回しておりますぞ。

「え？　え？　そ、そんな馬鹿な!?」

「さて、次は樹……お前ですぞ。パラライズランス！」

加減しつつ、俺は樹に素早く近づいて槍を突き立てました。

「う……まだまだ！」

「おや？　耐性を強化したようですな」

お義父さんに負けたことによって強化方針を転換したのでしょうな。

いや、お義父さんとの戦いを想定してのことでしょう。

麻痺《まひ》していた樹がゆっくりと立ち上がりますぞ。

しょうがないですなー……ではもう少し強い麻痺のスキルを放ちますかな？

「転送――」

「おっと！　サイレンスランスVですぞ！」

「ぐ……──!?」

おお、沈黙したことに驚いているようですな。ですが、耐性を強化している樹には少々効果時間が怪しいところですな。

間違いなく予防薬等も飲んでいるでしょう。

Vを撃っても諦める様子がなく、道具を出そうとしておりますな。

では俺も逃走妨害をしようではないですか。

魔法の詠唱に入りますぞ。樹は急いで道具を出して沈黙を脱しようとしております。

「リベレイション・ファイアフィールド！」

炎の効果を上げる聖域を作り出す魔法ですぞ。

本来は儀式や合唱魔法に該当する魔法ですが、今回の目的は転送スキルの妨害ですぞ。

まあ、何度か転送スキルを使われたら逃げられてしまう簡易的なものですが、それだけの時間があれば十分ですな。

「これで終わりですぞ。イナズマスピアⅣの後のパラライズランスⅥですぞ！」

一瞬で樹に近づいて、逃げようとする樹に向けて感電効果のあるイナズマスピアを掠《かす》らせて仰《の》け反《ぞ》らせ、深くパラライズランスで麻痺させました。

「ぐあああああああああああああ！」

樹がバタンと倒れましたな。

バチバチと、僅《わず》かに帯電しております。

あとは……。

「スリープランスVですぞ」

チクリと、睡眠を誘発させて意識を喪失させますぞ。

辺りを見渡すと樹の仲間が起き上がろうとしています。

前回の周回を考えるに殺すのも手ですが、後々、樹に真実を明かすにあたって殺したら不利だとお義父さんに注意されましたからな。

無視しましょう。但《ただ》し、ここで樹を放置などできませんぞ。

前回樹を殺した燻製がいなくても、負けた樹を殺そうとする人物がいるかもしれませんからな。

俺は樹を蹴って転がし、襟に槍を引《ひ》っかけて吊り上げますぞ。

「コウ、お義父さんへのお土産にしますぞ」

「はーい！　わかったー」

ぐったりした樹をコウの背中に乗せますぞ。

「はっはっはー！　樹は俺の手に落ちたのですぞ！　ではさらばですぞ！」

ユキちゃんの背に乗り、俺は高らかに宣言します。

「ブ、ブぇー！　ブブブー！」

何やら樹の仲間で緑色っぽい豚が手を伸ばして鳴いていますな。

知りませんな。

「ハッハッハ！　お前等の正義は程度が知れますぞー」

「出発しますわー！」

ユキちゃんが走り出し、笑いが止まらない俺を乗せて一直線に離脱しましたぞ。

三回目の波と異世界の勇者

メルロマルクの三回目の波は、以前行ったことのある病に苦しんでいる老婆が住む村の近く。

尚文以外の勇者三人は、元の世界のゲームの知識を信じて、以前の波と同じく協力することなく個人で戦闘を仕掛ける。

だが、なかなか波は収まらず、錬、元康、樹が戦い始めてから三時間が経過していた。

近隣の村への対処も終わり、波の中心へ向かった尚文は連携も取らず、仲間割れしている勇者たちを見つける。

ザコ敵相手に手こずっている三人を横目に、尚文は波のボスの弱点を予想して、ボスを引きずり出すことに成功。

しかし、あいも変わらず連携すら取ろうとしない勇者たちにボスである次元ノソウルイーターの痛烈な一撃が放たれる。

尚文以外の勇者が深手を負い、このままでは全滅という状態に。

この状況を変えられる手段は一つだけと覚悟を決めた尚文は、盾の形状を憤怒の盾に変えてスキル「アイアンメイデン」を放つ。

そうして苦戦の末に、次元ノソウルイーターを串刺しにし、波のボスを撃破した。

しかしそこに現れる謎の人物。

錬、元康、樹は軽くあしらわれ、尚文は再び憤怒の盾でアイアンメイデンを使って退けるものの、波から出てきた人物は「波はただの災害ではない」、「波で勝つのは私達である」など、謎めいた言葉を残して波の中に去っていったのであった。

こうして俺は樹を生け捕りにすることに成功したのですぞ。

離脱した俺達はそのまま行商時に討伐した盗賊の元アジトに樹を監禁したのですぞ。

ポータルで樹を連れ去るにはパーティーに入れなければいけませんからな。

この樹が勧誘を受け付けるとは決して思えませんぞ。

なので念入りに眠らせた後、コウとユキちゃんに見張らせて俺はお義父さんを呼び寄せました。

「元康くん……」

アジトの一室に転がされている樹を見てお義父さんが呆《あき》れたように額に手を当てて呻《うめ》きましたぞ。

「誰が樹を生け捕りにしろって言った？」

「おや？　前に言ったような気がしましたが、気のせいでしたかな？」

「立場的に問題があるって言ったじゃないか！　ああもう……それで？　なんでガエリオンちゃんまで来るように頼んだわけ？」

「ガウ？」

お義父さんと一緒にライバルと助手、そしてキールが来てますぞ。

キールはこっそりと部屋を盗み見て、「うわ！」とか呟《つぶや》いてますな。

「その件で、不服ですがライバルにドラゴンの聖域魔法を唱えてもらいたいのですぞ」

「そうするとどうなるの？」

「転送スキルを妨害することができるのですぞ。俺でもできなくはないのですが、何回か唱えられると貫かれてしまいますぞ」

辺りの魔力場に影響を及ぼす魔法ですからな。

聖域魔法

フィロリアル、ドラゴンなどの魔物が使える範囲魔法。

展開された聖域の中では、味方のステータスが強化されたり、敵のポータルスキルが使えなくなったりする。

威力を上げるとか些細《ささい》な魔法を強力にしただけなので、そこまで魔力場に影響がないのですぞ。

なので一時的に使用を阻止できてもすぐに使えるようになってしまいますな。

「なるほど。じゃあガエリオンちゃん、お願いできる？」

「まかせてなの！」

と、ライバルは喋《しゃべ》りましたぞ。

助手が内緒とばかりに指を立てておりましたな。

「……しゃべった？」

既にライバルは喋れたと思いますが？　ああ、子の方とかのライバルでしたかな？

「うん！　ウィンディアお姉ちゃんが内緒にして驚かそうって話してたの」

尻尾をふりふりさせてこれ見よがしに可愛《かわい》らしさアピールをしていますぞ。

反吐《へど》が出ますな。

「へ、へー……」

「なおふみ驚いたーなの？」

「驚いた驚いた」

「なのなの！　やったの！　これでお父様の——ダメ？　なの——……残念なの」

お義父さんはライバルが何を話そうとしたのか察したように頷《うなず》きました。

助手は首を傾《かし》げていますな。

「じゃ、じゃあガエリオンちゃん。お願い」

「わかったの！」

ライバルは聖域を生成する魔法を唱え始めましたぞ。

本来はフィロリアル様達も唱えることができるようになるのですが、ユキちゃんをはじめ、みんなまだ使うことができないのですぞ。

なので、樹が逃げられないようにやむなく聖域生成を頼んだ次第ですな。

「ドラゴンサンクチュアリなの！」

ただ、この魔法はドラゴンの縄張りであると主張するものなので、フィロリアル様達のストレスになるのが難点ですぞ。

「これで樹はポータルで逃げることができなくなりましたぞ」

「それはいいんだけど、これからどうするの？　潜伏場所をメルロマルクに移すわけにはいかないし……」

「樹を監禁して守ればよいのですぞ。こうすれば樹が死ぬ可能性は限りなく低くなりますな」

仮にタクト共が襲いかかってきても返り討ちにできますぞ。

「なんなら錬も一緒にここにぶちこみますかな？」

「錬まで入れたら余計拗《こじ》れるでしょうが！」

お義父さんに怒られてしまいましたぞ。

「とりあえず……樹と話をしてみようか」

「ですな」

俺達は部屋で転がされている樹のもとへ行きましたぞ。

まだ睡眠スキルの効果があるのか、樹は寝入っていますな。

「とりあえず揺すって起こすかな」

お義父さんは俺が縛り上げて、喋れないように猿ぐつわをしておいた樹を椅子に座らせて、喋れるようにしましたぞ。

それから軽くゆすって起こします。

「こ……ここは……」

ぼんやりとしていた樹は、意識がしっかりしてくるとお義父さんを睨《にら》みつけましたぞ。

「尚文！　ここはどこですか！　僕に何をするつもりですか！」

「別に何もするつもりはないよ。というか……起きていきなりそれか……」

嘆くようにお義父さんは答えますぞ。

縛られていることに気付いた樹は魔法を唱えようとしますぞ。

そこですかさず俺が妨害します。

「おっと、魔法で縄を切れるなんて思わない方がいいですぞ」

樹程度の魔法では、妨害することなど容易《たやす》いですからな。

「く……転送弓！　アレ!?　転送できない！」

「それも無駄ですぞ」

「く……」

樹は俺達を思い切り睨みつけます。

「僕を捕らえたからといって、国や僕の仲間達が黙っているはずがありませんよ！」

「おや？　革命でボロボロの国がどうやって樹を助けるのですかな？　ついでに樹の仲間達？　ははは、これはお笑いですぞ」

前回の周回では進んで樹を殺そうとした連中を樹は信じているのですかな？

これは滑稽ですな。あのような連中を仲間だと思う樹が哀れですぞ。

「とりあえず、俺達の話を聞いてくれない？」

「悪と話す口など持ちません！」

「うわぁ……完全に俺達を悪と決めつけてるよ」

「決まっているじゃないですか！　国民を洗脳し、メルティ王女を誘拐！　挙句、国家転覆を画策するなんて！　マルティ王女と王様が涙ながらに僕に懇願したのですよ！」

「……自分達に非がないと本気で思ってるの？　樹、君は正義感が満たされれば後のことなんて考えていなかったんじゃない？」

「何を言っているのですか！　僕がこの世界に来てやったことは全て善行です！　尚文！　元康！　貴方《あなた》達のような国家転覆を企《たく》むような真似じゃありません」

「……はぁ」

お義父さんは深く溜息《ためいき》を吐《つ》きますぞ。

「樹、君は今のこの現状が君の善行だと思っていた行為の結果だという発想に至らないんだね」

「当たり前じゃないですか！　さあ！　早く洗脳の力を解除しなさい！　この魔王め！」

「そんな力、俺達は持っていない。この革命は……君や錬が起こした不祥事と、俺達自身の善行が原因で起こっているんだよ。そもそも、波で世界が大変なのに俺達が進んで革命なんてことするわけないでしょ」

よく考えようよ。と、最後にお義父さんが締めくくりましたが、樹はどこ吹く風といった感じで聞き入れないようですな。

「いいえ、ウソですね。じゃなきゃ事件を解決した僕達に向かって石を投げるなんてことを国民がするはずありません！」

さすがにお義父さんはムッとした表情になりましたぞ。

「君はちゃんと国民と話をしていたの？　君が根本的な解決をしていない所為で、飢饉《ききん》や重税に苦しむ人は減らなかったんだよ？　目に見える悪人を倒したらそりゃあ気持ちいいだろうけど、頭を倒しても次の頭が生えてくるということを学ぶべきだよ」

「さすがは悪の大元、自らの悪しき部分を隠して人の罪悪感に付け入ってくる。言うことが違いますね！　ですが僕は騙《だま》されませんよ！」

お義父さんと樹がバチバチと睨み合いを始めますぞ。

面倒ですな。樹を死なない程度に……手足を使えないようにでもして監禁しますかな？

下手に暴れないだけ楽かもしれませんぞ。

「樹、あとでメルティちゃん……第二王女と話をさせるから、少しは国がおかしい点に気付くべきだと思うよ」

「何を言おうと信じられませんね」

「ではまたお休みですぞ！」

俺も不快だったので、樹にスリープランスを撃ち込んでやりましたぞ。

「う！」

さすがのお義父さんも黙って見ておりますな。

「はぁ……樹って本当に一直線というか、自分が正しいと思ったら人の話を聞かないね」

「ただ、未来ではこの時、錬と一緒に真相を究明しようとして三勇教を調査していたそうですぞ」

「相手が悪と思い込んだら聞かないんだと思う。その時は錬がいたからじゃないかな？　あとは、三勇教に攻撃でもされないと気付かないだろうね。俺達じゃ……きっとメルティちゃんを連れてきても、洗脳されているとか言い出すよ」

間違いないですな。

「元康くんとは別の意味で純粋というか傲慢《ごうまん》なのが樹なんだろうね」

「俺が傲慢ですかな？」

「傲慢というか……一直線というのかな？　元康くんの話だと、元康くんは仲間を頑《かたく》なに信じて譲らない。だからビッチな王女に騙され続けたけど、樹は自分の信じる正義を譲らないんだ。そこに多少のおかしな点があっても……悪さえ倒せば全て解決すると思っている」

なるほど、そういう意味でも意思が強いといえば強いのですな。

自分の信じた道を突き進むのはある意味、勇気が要りますぞ。

「行動力があるのは勇者としての資質とか……なのかもしれないね。ただ、何度周回してもそれが空回りしてしまっているだけでね」

ふと、お義父さんは遠い目をしておられます。

「俺達は……なんでこんなにもわかりあうことができないのだろうね。未来の俺は……きっと今の俺よりも遥かに強い人間なんだと思うよ。こんな樹や……自分の知っている範囲のことしか見ない錬とわかりあうなんて……俺は諦めちゃうと思う」

「何を言うのですかな？　お義父さんは立派な人ですぞ」

「そうだぜ兄ちゃん！　兄ちゃんのお陰でみんな救われたからこうして革命が進んでしまっているんだぜ。みんな話せば聞いてくれると思うぜ」

キールが元気良くお義父さんを励ましました。

俺も同意ですぞ。

「そう……思いたい……ね」

なぜかお義父さんがとても疲れたように呟きました。

背中が煤《すす》けて見えますぞ。

ああ、俺はお義父さんの支えになれていないのでしょうか？

どうにかしてお義父さんの力になりたいですぞ。

「錬の方は無事だと信じたいね。とりあえず……樹は下手に解放することはできそうにない。今回の騒ぎが終わるまでは監禁するしかなさそうだ」

お義父さんが疲れたような声で呟きました。

「なの？　拷問？」

「何か白状させる？」

助手とライバルがお義父さんに声を合わせて尋ねますぞ。

「しないよ！」

「コウみたいにしないの？　脅しを、なの？」

「どうして俺が脅すと思ったのか、ガエリオンちゃんを問い詰めたいな」

「だってなおふみ、しつけが上手なの。ガエリオンはそんななおふみがカッコイイと思うの。弓の勇者に効果的なの」

このライバル！　言うに事欠いて、お義父さんがコウをしつけた時のことを思い出して笑っておりますぞ！

今すぐ仕留めてやりますかな？

「ギャー！　解体怖い！」

部屋の外でコウが悲鳴を上げましたぞ。

俺は急いで部屋から出てコウを宥《なだ》めます。なにぶん、ドラゴンの聖域化してしまっているのでストレスが掛かりますからなぁ……。

「拷問はね、効く相手と効かない相手がいるわけ。コウは死にたくないとか悪いことをしたんだって反省するけど、樹の場合は反省よりも理不尽、命よりも正義、拷問も逆境としか思わないだろうから効かないいんだよ」

「そうなの？」

「うわ……箸にも棒にもかからねえのな。この感じ悪い背の低い兄ちゃん」

「思想のぶつかり合いなんて得てしてそんなもんだよ。説得するにはそれこそ、王が女王に罰せられる姿を見るとか三勇教に罠《わな》に掛けられでもしないと無理だね。もしくは洗脳？　なんてね」

お義父さんの小粋なジョークですぞ。ＨＡＨＡＨＡですな！

「そんな真似させて大丈夫なのかー？」

「させられないでしょ……まあ、俺と元康くんが同行して、三勇教の教会にでも乗り込めば……信じてくれるかもしれないけどね。あいつ等、俺を倒せさえすれば何をしても許されるとか思っているだろうから、元康くんに負けた樹なんて簡単に切り捨てるだろうし」

「名案だな！　ぜひそうしようぜ！」

キールがこれ幸いにと言い放ちますぞ。

「そんな真似したら三勇教を潰した勢いで革命が加速しちゃうよ！　メルティちゃんの身になってよね」

「あー……そうだな。じゃあ兄ちゃん……すっげー大変だな」

「そうだね。元康くんの未来の知識も役に立たないからね……」

そんな感じで、樹を監禁して俺達の日々は過ぎていくことになったのですぞ。

樹を監禁した翌日ですぞ。

衰弱死されたらループしてしまうので、食事を与えることにします。

「樹、飯の時間ですぞ」

「悪の施しなど受けません！」

「いいから食べろですぞ！」

「うわっ！」

お義父さんの作った絶品料理を口の中に捻《ね》じ込んでやりました。

そして苦しそうにしている樹に水を掛け、水分も与えます。

「拷問？」

「なの？」

助手とライバルが何か言っていますな。

なお、この二名は見張りですぞ。樹の魔法を打ち消し、転送を妨害できる人材ですからな。

「げほっ！　げほっ！　こんなことをして許されると思っているんですか！」

「素直に食べないからですぞ。むしろ食事をもらえるだけありがたいと思え！　ですぞ」

「食べないなら、次から欲しいなの」

「やりませんぞ。俺がお義父さんに怒られてしまいますからな」

「貴方という人は……！」

樹にお義父さんの食事を与えた後、落ちついた頃合いで婚約者と樹を会わせますぞ。

お義父さんは部屋の外に待機してますな。

この場にいると自分に意識が向いて樹が話を聞かないからと仰《おっしゃ》ってました。

「弓の勇者様」

樹を説得できないかと婚約者が話をするそうですぞ。

「め、メルティ第二王女」

「非常に申し訳ありません。監禁している状況ではございますが、ですがどうかわたしの話に耳を傾けてくださらないでしょうか」

本音で言えば、ここで樹を解放して話を聞いてもらいたそうですが、下手に俺達に肩入れするようなことを国に報告しようものなら樹の身が非常に危険だとの判断ですぞ。

何より、樹を引き連れて城に行こうものなら争いが加速しかねないですからな。

「な、なんですか？」

「わたしは盾と槍の勇者様に誘拐されたわけではありません。盾の勇者様と父上とが和解するように母上と国の宗教である三勇教に頼まれてお声を掛けに行ったところで、三勇教徒の騎士に暗殺されかかったのです」

「なぜそんなことを？」

「わたしを暗殺し、盾の勇者が悪であるとの話を広めようとしたのでしょう。ですがそれが阻止された際にわたしが誘拐されたことにしようとしたのです。今、わたしが城に戻ろうものなら三勇教と姉上は迷うことなくわたしを消すでしょう。そして、盾の勇者様が仕込んだ毒で亡くなったなどという話を広める名目を立てるはずです」

「あの方々がそんなことをするはずないじゃないですか！　マルティ王女なんて貴方の身を案じて泣いていたのですよ!?」

樹は信じられないとばかりに怒りを露《あらわ》にしてお義父さんを睨みつけましたぞ。

お義父さんが嘘を言っていると心の底から信じている顔ですな。

赤豚がそんな心配をするはずありませんぞ。最初の世界でも隙《すき》あらば婚約者を殺そうとしていましたからな。

魔法で殺そうとして錬に魔法を叩《たた》き落とされたのを思い出しますぞ。

「弓の勇者様、継承権をご存じでしょうか？　姉上は日頃の行いからこの国を継ぐ権利がわたしより低いのです。その姉上がこの状況を利用しないはずはありません。どうか……ご理解ください」

「いいえ、僕はマルティ王女を信じます！　メルティ王女、貴方は洗脳されています！」

苦い記憶ですな。俺もこの頃は赤豚の方を妄信していましたぞ。

なので樹の気持ちが実は理解できますぞ。

だからこそ、愚かであるとも思うのですな。

「何がおかしい！」

「ＨＡＨＡＨＡ」

「赤豚を妄信するのはやめるのですぞ。奴は人が苦しむのを見て悦に入るゴミ！　ここにいる婚約者と比べるのは婚約者に失礼なほどなのですぞ！　今後のことを考えるのなら婚約者を信じて黙って成り行きを見守っていればある程度自由にはしてやるのですぞ」

「槍の勇者様！」

婚約者がお義父さんと同じ、困った時によくするポーズで額に手を当ててますぞ。

「正義はここで引き下がりません！　絶対に諦めません！」

「な、なんか騒がしいけど一体――」

お義父さんが騒ぎを聞きつけて部屋に入ってきますが、そろそろ頃合いでしょう。

「HAHAHA、真実を見極められない正義など程度が知れますな！　しばらく考えるのですぞ！」

っと、俺は再度樹を昏倒《こんとう》させてやりましたぞ。

「うぐ――」

「樹は頑固ですな」

「元康くん、メルティちゃんの邪魔をしちゃ駄目でしょ。下手に暴れられたら止められるのが元康くんしかいないからと思って見ててもらったのに……」

「フレオンちゃんを殺した赤豚を信じるだけでギルティですぞ。なにより、婚約者の言うことはお義父さんほどではありませんが間違ってはいないのですぞ」

何せフィーロたんの婚約者ですぞ。フィーロたんの信用に間違いはありません。

「槍の勇者様ではなく盾の勇者様がこの場にいた方がよかったかもしれないです」

婚約者がなぜか、哀れな者を見る目で俺を見ている気がしますが、気のせいでしょう。

「はあ……何にしてもメルティちゃん。また明日、樹と話をしてくれると助かるよ」

「はい。どうか信じてもらえるように努めます」

ちなみに、案の定、樹は婚約者の話を信じませんでした。

貴方は洗脳されている、で全て片付けているようです。

むしろ、弓の勇者様の方が洗脳されているように見える、と婚約者が言っていました。

悔しいですが、俺もそう思いますぞ。

十話　人質

そして樹《いつき》を監禁して一週間が経った頃のことでしたぞ。

三勇教の刺客は今のところ、アジトに来ておりません。来ても返り討ちにできますが。

樹の見張りは俺と助手、そしてライバルで行っていますぞ。

フィロリアル様達は交代で外を見張っております。

メルロマルクの革命運動もそろそろ終了しますかな？

いい加減、教皇が痺《しび》れを切らしてこちらに不意打ちでもしてこないかなどと思っていると、焦った表情のお義父《とう》さんがポータルでシルトヴェルトの方からやってまいりました。

「どうしたのですかな？」

「大変だよ！　シルトヴェルトがなんで静かになっていたかわかったんだ！」

お義父さんの表情が今までにないくらい焦っておられます。

「タクトに国を占領されてしまいましたか？　それはそれで未来とは違いますぞ」

「違う違う！　そっちの方は思いのほか静かだけど！」

「では何があったので？」

「シルトヴェルトの連中、俺が国を転覆させようとしてるって勝手に勘違いして軍隊を派遣していたんだ！　ガタガタになってるメルロマルクに向けて！」

「なんと！」

シルトヴェルトの城下町が静かだったのはそんな理由があったのですな。

クズ……英知の賢王の威光が霞《かす》んで、しかも国内では盾の勇者を信仰しようという動きが加速しているようですぞ。

盾の勇者であるお義父さんが切り開いた活路を無駄にすまいとばかりに進軍を開始したのですぞ。

「俺もおかしいなぁって思いながら城下町の方を歩いていたら、シルトヴェルトとメルロマルクの友好を築こうとしている派閥が接触してきたんだ。国内でも内密に部隊を組織して盾の勇者の援護に入るとか言うんだけど、勝手な行動をされたって困るよ」

「それは大変な状況ですな。どうしたらよいですかな……？」

つまり革命運動にかこつけてメルロマルクへ侵略を開始したことになりますぞ。

メルロマルク国内は、盾の勇者を信仰する盾教へ改宗してしまった国民も多くなっているとの話。

シルトヴェルトが支配するのを快く受け入れてしまうかもしれませんな。

女王が帰還できずにいるのは、もしやこれが原因なのですかな？

「ではどうしたらよいのですかな？　この元康《もとやす》がシルトヴェルト軍を戦闘不能にさせるべきですかな？」

「それはそれで好機と見たメルロマルクの三勇教派が乗り込んでくると思う。そうなったら戦争は止められない」

お義父さんは困ったように眉を寄せて一呼吸置きました。

「もう……既に開戦してしまっているような状況になっているんだ。どうにかして俺達が最小限の被害で収めるしか道は残されていない」

「フォーブレイや周辺諸国はどうなっているのですかな？」

「事態を見ているのが半分、どっちかの国に賛同しているのが半分……割合はシルトヴェルトの方に偏り気味だよ」

「このままではメルロマルクは壊滅ですな」

ですが、いいのではないですかな？

婚約者には悪いですが、このような国がシルトヴェルトに無血開城状態になるのでしたら悪い手ではないと思いますぞ。

国民の大半は既にお義父さんの味方ですからな。

「シルトヴェルトが国を占拠した後、お義父さんが亜人と人間の差別を許さないと宣言してシルトヴェルトを人間保護国にするとか言えば問題ないかもしれませんぞ。そこに女王と婚約者を置けば解決ですな」

「それも手ではあるのだけどね。俺はメルティちゃんと約束をしちゃったから……国同士を友好的な状態にしたいって。メルロマルクとシルトヴェルトが真に公平にわかりあえるのはここを乗り越えてこそだと思うんだ」

なんと、お義父さんは片方が勝利するのではなく、両国共にわかりあうという険しい道を選択しているのですな。

この元康、お義父さんの平和への意志の強さに感激して涙が止まりませんぞ。

「俺はシルトヴェルト軍に進軍をやめるように注意しに行くよ。たぶん、止まってくれると思う……ただ、時間がない。もうすぐシルトヴェルト軍がメルロマルクの国境に到着するって話なんだ」

その時ですぞ。アジトの前に矢文が届きました。

どうやら、俺達がここに潜伏しているのを何者かが察知しているようですぞ。辺りを見回すとアジトの近くに三勇教の連中が集まって儀式魔法を詠唱しているような気配がしますな。

俺は念のためアブソーブを唱えましたぞ。

お義父さんが矢文から手紙を抜いて広げます。

「えっと……槍《やり》の偽勇者に告ぐ？」

ゆっくりとお義父さんは手紙を読み始めました。

この世界の文字をお義父さんは既に習得しておりますからな。

「これは……バッカじゃないのか!?」

「なんですかな？」

お義父さんは困ったように矢文の手紙と俺の顔を交互に見ますぞ。

「正直に言えば見せたくない。だけど……俺は元康くんのためにこれは見せないといけないものだと思う」

お義父さんが呟《つぶや》くと同時にアジトに向けて『裁き』が降り注ぎました。

が、俺が無効化させたので事なきを得ましたぞ。

同時にエイミングランサーを放って近くの森をランダムで撃ち抜きます。

まあ、これだけでは仕留めきれませんな。

更にリベレイション・ファイアストームを放って辺りを焦土にしてやりました。

潜伏場所が明らかになってしまったので、これからはアジトとしての機能は期待できないですぞ。

お義父さんが若干唖然《あぜん》とした様子で焦土となった森を見ております。

「攻撃能力ないからわからなかったけど、勇者ってホント……化け物染みてるんだね」

「それで何があったのですかな？」

「うん。まずはこれを見てほしい」

と、お義父さんは俺に矢文に付いていた手紙を広げて見せました。

そこに書いてある文章を見て俺は言葉が出なくなりましたぞ。

「正直言って、行かない方がいいと思う。さすがの元康くんでも、危険だ」

その紙を握る俺の手がワナワナと震えて、怒りの感情が湧きだしてきましたぞ。


槍の偽勇者に告ぐ。

フィロリアルの卵を百個、三勇教は確保している。

この中には悪魔共が予約していた卵も交じっている。

指定の日時にメルロマルクの龍刻の砂時計に一人で来られたし。

さもなくば卵の安全は保障しかねる。抵抗は無駄だ。

我等の命令に逆らうことなきようにだ。


挙句、ぎっしりつまった卵が記録された映像水晶が証拠として添付されていたのですぞ。

「正直、これだけ的確に元康くんをおびき寄せる手を考えたのは感嘆に値するよ」

「今すぐ行かなければなりませんぞ！」

「待って！　シルトヴェルト軍を止めないといけない。これは……狙ってやってるのか？　シルトヴェルト軍を退かせられるギリギリの時間に元康くんを呼びつけるなんて……」

「ですが、フィロリアル様の卵を俺は見捨てることなどできませんぞ」

「そうだけど……ああもう。三勇教はシルトヴェルト軍に勝てると思ってるのか!?　俺が合流する可能性だってあるだろうに」

「俺さえ倒せればお義父さんは容易《たやす》く倒せる。全て解決すると思っているのではないですかな？」

心臓の鼓動が速くなっているのを自覚しますぞ。

急いで向かわねばフィロリアル様……未来のフィーロたんが生まれるかもしれない卵が破壊されてしまいます。

そんなことは、この元康、間違っても許すわけにはいきませんぞ。

「龍刻の砂時計におびき出したのは……何か意図があるのかな？」

「おそらく、Ｌｖリセットして確実に殺そうとしてくるのでしょうな」

「うわ……確かにその手が一番確実な方法だね。なるほど、じゃあますます行かせるわけにはいかないよ！」

「ですが、俺にはフィロリアル様の卵を見捨てることは無理ですぞ」

「だけど元康くん！　わかってるの？　Ｌｖ１にされるんだよ」

「それでも俺は……絶対に生きて帰ってきますぞ！」

「ああもう……敵は元康くんの性格を完全に熟知してるみたいだ」

お義父さんは髪を掻《か》きながらそう言いました。

ですがこの元康、絶対に引き下がるわけにはいきません。

「とにかく元康くん。俺ができる限り時間を稼ぐから……早く全てを片付けて追いかけてきてほしい」

「わかりましたぞ！」

「じゃあ、これから俺はシルトヴェルト軍を止めに行くよ。で、陣形は――」

まずメルロマルクの教会には俺が一人で行くことになりますぞ。

ユキちゃんとコウは龍刻の砂時計の近くで身を潜める算段です。

次に婚約者とサクラちゃん。

婚約者は国のために戦うと言い張り、お義父さんがやむなくサクラちゃんを護衛に任命してメルロマルクのアジトで待機させましたぞ。

それと同じくアジトで樹を逃がさないようにするために、ライバルと助手が張り込むことになりました。

ライバルの作り出した転送妨害と助手の詠唱妨害のお陰で、仮に樹の意識が戻っても何もできないからですな。

樹は俺と一緒に龍刻の砂時計へ連れていく案もありましたが、危険とのことで留守番をさせることになったのですぞ。

最後はお義父さんと残ったメンバーですな。

キールとルナちゃんがお伴《とも》として付いていきます。

一同がアジトに集まってこれからの作戦を話し合いますぞ。

「メルティちゃん、よく聞いて。ここは既に敵に位置を知られている。絶対にサクラちゃんから離れないようにね」

「わかった……けど、わたしも国のために戦わなきゃいけないと思うわ」

「気持ちは嬉《うれ》しいけど君は姫だし、守らねば俺達に勝利はない。君が死んでしまったら俺達は敗北なんだ。だから……できる限り身を守ってほしい」

お義父さんは婚約者の背の高さに合わせてしゃがみ、諭すように言いますぞ。

未来のお義父さんは蔑《さげす》むように命令口調で言いますがな。

「本当ならシルトヴェルトにいてほしいくらいなんだ……わかってくれるよね？」

「……うん。わかったわ」

お義父さんは微笑《ほほえ》んで頷《うなず》きましたぞ。

婚約者は何やら頬《ほお》を染めていますぞ。何を呆《ほう》けているのですかな？

「サクラちゃん。メルティちゃんの護衛、お願いするね」

「わかったー。だけどナオフミは大丈夫ー？」

「俺は守ることしかできない盾の勇者だよ？　生き残ることにかけては自信があるよ」

「そっかー。絶対に無茶しちゃダメだよー」

「当たり前でしょ」

それからお義父さんは助手の方を見ます。

「ウィンディアちゃんは樹をガエリオンちゃんと一緒に見張っていて」

「うん。魔法を唱えようとしたら妨害するわ」

「お願いするね。ガエリオンちゃんはアジトに侵入しようとしてくる敵を撃退して」

「わかったなの！　ガエリオンの本気を見せてやるなの」

そしてお義父さんは俺達の方へ一歩踏み出します。

「元康くん。絶対に、早く来てね。君が強さを見せて脅すだけでもシルトヴェルト軍は動きを止めてくれるはず。俺もできる限り説得はしてみるけどね」

「わかりましたぞ！」

「ユキちゃんとコウも気を付けて。多分大丈夫だと思うけど」

「問題ありませんわ！」

「ブー……」

「あー……うん。エレナさんも最低限戦ってね」

「ブー……」

「え？　ああ、危険じゃないの？」

何やら怠け豚が言っておりますぞ。

俺には全く理解できませんが。

「じゃあ行くついでにできるけど……本当に大丈夫？」

「ブー」

「そうだね。エレナさんに迷惑はかけられないもんね。上手《うま》くいく保証はないし」

「ブブブ」

何やらお義父さんは怠け豚を相手に話をしておりますぞ。

会話から察するに、事態を重く見て裏切ろうとしているのですかな？

「それじゃ、出発しようか！」

怠け豚がお義父さんと同行するようですぞ。

先ほどの会話はなんだったのですかな？

「元康くん。ここが正念場、勝てる見込みもあるから元康くんができるベストを尽くして」

「わかりましたぞ！」

こうして俺達は予定通りに動くことになったのですぞ。

俺はメルロマルクの龍刻の砂時計へ、お義父さんはシルトヴェルトの進軍を止めに、婚約者達は樹を死なせないために。


翌日の昼過ぎ。

メルロマルクの城下町にはアッサリと到着しましたぞ。

もちろん、ポータルを使ってですが。

今頃、お義父さんはシルトヴェルト軍と遭遇しているかもしれませんな。

なにぶん、シルトヴェルト軍の進軍をどこで止められるのかが不確かな状況なので、後で追いかける俺も大変だろうとお義父さんは嘆いておりました。

上手く交渉で片付けばいいのですが……。

そう言えば大規模な軍がシルトヴェルト方面に向かっていくのを見ましたぞ。

仕留めてもよかったのですが、アレが国を守る部隊だったらお義父さんの最低限の願いが崩れ去ることになるので見逃してやりました。

「英知の賢王と三勇教の蛮行を許すなー！」

「「許すなー！」」

「俺達は亜人達と戦っている場合じゃない」

「「場合じゃないー！」」

城への門を囲むように広場ではデモが起こっているようでしたな。

睨《にら》み合うように兵士達が城門へ武器を向けておりますぞ。

他にも城下町内で移動制限がかかっているようですな。

各所に検問のような簡易な柵が設置されております。

これも戦争への備えなのですかな？

本来は国を守るための柵も、今や国民の革命を阻止するための障害でしかないですな。

貴族が住む区域、国の重要施設近隣への出入りは厳重に管理されていて、兵士達が目を光らせているようですぞ。

ここで俺が姿を現そうものなら、盾の勇者の仲間である槍の勇者がここにいることが知られ、革命が加速するでしょう。

そうなればフィロリアル様の卵は破壊されてしまいますぞ。

絶対に阻止せねばなりませんな。

俺はユキちゃんの背に乗り、石造り建物の屋根伝いに城門を越えていきますぞ。

途中警報が鳴りましたが、すぐに鳴り止みました。

俺が来ることを知っているからでしょう。

見張りが辺りを見回してニヤリと笑っています。

その笑みもすぐに消し飛ばしてやりますぞ。

そしてメルロマルクの城下町の中でも高台に位置する龍刻の砂時計のある教会に到着しました。

ユキちゃんの背から下り、俺はユキちゃんとコウの顔を撫《な》でますぞ。

「打ち合わせ通りに隠れているのですぞ」

「ですが元康様」

「じゃなきゃ、ここに来た意味がなくなってしまいますぞ。ユキちゃんは、わかりますな」

「はい……元康様、どうかご武運を」

「キタムラー、がんば！」

俺は親指を立ててから龍刻の砂時計の方へと向かいましたぞ。


教会の中へ入ると三勇教徒共が龍刻の砂時計を囲むように立っております。

吹き抜けの二階にもゾロッと集まっていて、殺気に満ち溢《あふ》れておりますぞ。

「現れましたね。盾を擁護する槍の神を僭称《せんしょう》する偽勇者よ」

先頭にいるのは管理をしている豚でしたかな？　その後ろの神父が俺に告げましたぞ。

その後ろには教皇がコピー武器を持って佇《たたず》んでおります。

あくまで朗らかに、虫も殺さぬような笑みを浮かべてこちらを見ておりますな。

コピー武器

剣、槍、弓の勇者の武器を模倣した複製品。制作技術が失われ、量産ができなくなっている。実は盾にも変形させられる。

更に後ろにはフィロリアル様の卵を入れた木箱がこれ見よがしに置いてあります。下手に動けばいつでも破壊できるとばかりに見せつけていますな。

く……これでは動くこともままなりませんぞ。

「さて……では少し話を致しましょうか。私達の神様は慈悲深いのです、槍の勇者よ」

教皇が微笑みながら口を開きました。

「今ならまだ、貴方《あなた》を私達は赦《ゆる》すことができます。ここで盾の悪魔の首を取ってくると誓うのでしたら私達も過激な行いをせずに済みます。このように国を荒らした盾の悪魔と汚れた者達を共に浄化するのに、協力していただけないでしょうか？」

「残念ながらその提案は受け入れられませんな。お義父さんには何の罪もないのですぞ。そしてお義父さんを苦しめることが正しいことだという間違った考えを持つお前等こそ、ここで全てを諦めて死ぬのが世界のためですぞ」

俺の返答に教皇は嘆くように頭に手を当てて首を横に振りました。

「非常に残念ですね。今回の槍の勇者はどうやら盾の悪魔に洗脳されてしまっているご様子。今すぐ解き放ってあげましょう。盾の悪魔に負けた愚かな弓の勇者、使命を放棄した……既に処分済みの剣の勇者共々、世界から一度消えてもらいましょう」

「おやおや、樹も用済みですかな？」

「アレは我等の神ではありません。神を僭称する愚かな悪魔ですよ」

なんとでも言いますな。最初の世界を思い出しますぞ。

奴等にとって都合の悪い勇者は全て悪魔であり、自身は利用された、騙《だま》されたと語るのですぞ。

先ほどの会話から錬《れん》を既に処分したと思い込んでいるようですな。

ループしていないところを見るに、どうやら錬も命からがら逃げ切ったようですが。

俺は槍を前に向けて構えますぞ。

「下手に動いては、こちらの卵がどうなっても知りませんよ」

教皇は卵の入った木箱に武器を向けますぞ。

「く……」

これでは動けませんぞ。下手に動けば卵は俺の目の前で壊されてしまいます。

そんなことは絶対にさせるわけにはいきませんぞ。

ここで周りの三勇教徒共が俺にＬｖを盗み見る魔法を掛けてきますぞ。

普段、行商中は俺が強引に魔法で隠していましたが、下手に動いたらどうなるかわかりませんからな。

阻害するのをやめていますぞ。

「解析完了！　Ｌｖ……３００!?　ば、化け物め！」

周りにいる三勇教徒共が驚愕《きょうがく》の声を上げて辺りを見回しております。

元々強くてニューゲーム状態でしたし、ユキちゃん達の育成を何度もしている間にＬｖはあっという間に上がっていきましたからな。

まあ、実際の強さは３００に収まることはありませんぞ。

さすがの教皇も俺のＬｖの高さに驚きの色を隠せないようですな。

刺客は全て等しく返り討ちにしていますし、既に強さを隠していませんからな。

「さあ……皆さん。盾の悪魔に協力する偽勇者に封印の魔法を掛けるのです。槍の偽者……下手に動けば、哀れな新しき命達が可哀想《かわいそう》な結果になるのは理解していますね」

龍刻の砂時計の前に俺は立たされて、Ｌｖリセットの儀式が行われていますな。

もうすぐ、俺のＬｖはリセットされて1になりますぞ。

「Ｌｖリセットをしたら、卵は解放してくれるのですな？」

「いいでしょう。神の名のもとにそれは約束致しましょう。たとえ相手が神を僭称する偽者……悪魔であろうとも、我等は慈悲深くなければならないのです。でなければ……ね？」

物腰は柔らかですが、この約束が守られることがあるのですかな？

俺は密《ひそ》かに……とあることを始めましたぞ。元々そのつもりでしたからな。

「今ここに、新たな道を選ぶために己が力を解き放つ者がいる。世界よ、彼《か》の者に道を指し示す好機を与えよ」

龍刻の砂時計の砂が輝いて俺のＬｖをリセットしますぞ。

これで俺のＬｖは1に戻ってしまいました。

Ｌｖによる条件を満たせず、槍の見た目もスモールスピアになってしまいましたぞ。

「これで約束通り、フィロリアル様の卵を解放してくれるのですな？」

「ええ……約束しましょう。貴方がこの世から消えた後に」

教皇が俺にコピー武器を向けてブリューナクを放つ構えをとりますぞ。

同時に三勇教徒が儀式魔法の詠唱に入りましたな。

範囲が範囲なので、『裁き』は放てません。

せいぜい……まあ何を放つにしても俺の前では無意味ですぞ。

やはり教皇は約束を破るつもりだったのですな。

ですが……全く無駄ですぞ。俺は教皇に向かって走り出しました。

「神の名を騙《かた》った罪は重い。世界のために消えなさい！」

教皇がブリューナクを俺に向けて放ちましたぞ。

強大な光の線が俺に向かって飛んできます。

ですが、俺はそのブリューナクを、軽く槍で弾《はじ》いて他の三勇教徒に当ててやりました。

「な――」

驚愕で動けない僅《わず》かな隙《すき》に俺は一瞬で教皇の目の前に達して胸倉を掴《つか》み、卵を人質にしていた三勇教徒の方角に槍を向けてスキルを唱えますぞ。

「エイミングランサーX！」

ターゲットは大まかにしておりますが、卵の入った木箱には絶対に傷一つ付けないように意識を集中しましたぞ。

槍が俺の手から離れて木箱の方にいた三勇教徒を貫いて仕留めます。

「ば、馬鹿な！　Ｌｖ１がどうしてこんなに強い!?」

「Ｌｖにだけ意識を向けたのが敗因ですぞ」

まあ、解析の魔法で細かいステータスまでは見せないようにしていたのですが、Ｌｖ１になったことでこいつ等は勝利を確信してしまっていたようですな。

これには色々と秘密があるのですぞ。

まず俺はＬｖがリセットされる前に武器の強化方法にあった資質向上にあるステータスの基本値上昇をこれでもかと掛けたのですぞ。

資質とはＬｖアップ時の能力の上昇ですな。基本値とはそれとは別の今の数字ですぞ。

つまりＬｖ１であろうともリセットされない部分……＋50とかの数字部位ですな。

最終的には資質の上昇に一歩負けてしまいますが馬鹿にできない領域なのですぞ。

資質の上昇はそれだけＬｖを大きく消費しますからな。

ですが基本値の上昇も併用して上げていけば、それなりに数字を稼げるのですぞ。

三勇教は四聖勇者を信仰している割に、勇者のステータスの内情に関しては詳しく知りませんからな。

いや、知っていても可能性を理解していなかったのでしょう。

更に俺はＬｖリセットされることを見越してスモールスピアをこれでもかと強化しております。

様々な強化を行い、Ｌｖ１であろうとも相当な能力を引き出せる驚異的な武器に仕上げたのです。

樹や錬を見て分析した程度で、俺やお義父さんを止めることなど毛頭できませんぞ。

ドサリと、木箱の近くにいた三勇教徒が倒れました。

まだ安全とは言いがたいですが、ある程度の活路は見えてきたと思いますな。

さて、あとはこの歪《ゆが》んだ思想を持った者達の長を仕留めるだけですぞ。

「離すのです！　悪魔の僕《しもべ》よ！」

俺が胸倉を掴んだことに対して、接近戦用にコピー武器の形状を剣に変えたようですな。

「放してやりますぞ。俺のスキルを放つために！」

俺は教皇を上に投げ飛ばして、前回と同じく突き刺してやりました。

教皇は必死に俺の突きを受け止めようとしたようですが、コピー武器を貫通して教皇を貫きました。

「ぐあ!?　か、神よ――」

またそれですかな？　もう少しバリエーションが欲しいですな。

「バーストランスＸ」

ブリューナクでは俺も前回と同じですから、攻撃手段を変えてバーストランスＸをぶちかましてやりましたぞ。

槍の先が爆発して教皇は跡形も残りませんでしたな。

「教皇様があんなに簡単に……」

「い、いや、教皇様はやられた振りをなさっているのだ。すぐにまたこの地へ舞い降りる！　皆の者、祈るのだ！」

こやつらは、することが全く同じですな。

木箱の安全を確保した俺は……面倒ですな、かといってここは重要施設ですぞ。大技は放ちすぎ

ないようにしませんと。

「フィロリアル様の卵を人質にした罪は重いですぞ。お前等は……俺が直々にあの世へ送ってやりますかな！」

エイミングランサーと大風車、他に突きを交えて皆殺しにしてやりますぞ！

「冥土の土産ですぞ！　お前等こそ、教皇の後を追う番ですな！」

「「ブヒィイイイイイイイイイイ！」」

「ぎゃあああああああああああああああ！」

龍刻の砂時計のある建物に豚と三勇教徒の断末魔の叫びが響き渡りましたぞ。


教皇、および三勇教徒を仕留めて少しLvが上がりましたな。

木箱を抱えて建物から出るとユキちゃん達が駆けつけてきましたぞ。

「元康様、お怪我はありませんか？」

「キタムラ、大丈夫だった？」

「傷一つありませんぞ」

Lvは下がりましたが、この程度すぐに取り返せますぞ。

「それよりも卵は全て守り通せましたぞ！」

三勇教徒一人一人が卵を持っていたら面倒でしたな。

まあ、下手に動いて割ろうものならその場で殺していましたがな。

「わぁ……いっぱいー」

「たくさん手に入りましたわね」

「フィーロたんがいなかったらユキちゃんに管理は任せますぞ」

「任されましたわ」

前回、ユキちゃんが代表して合唱魔法の指揮をしていましたからな。

「ではこれからすぐにナオフミ様のもとへ向かうのですね？」

「イワタニのところへ行く？」

「そうですなー……」

「な!?　槍の偽勇者!?　なぜ生きてここに!?」

そこに三勇教の兵士が現れ、驚愕の表情を浮かべますぞ。

「馬鹿な！　槍の偽勇者を仕留めたことを確認後に戦争に備える手はずではなかったのか!?」

「ははは！　教皇など雑魚も同然でしたぞ！」

俺の返答に、兵士達は一目散に逃げていきますぞ。

しかし騒ぎを聞きつけた監視兵がどうやら緊急事態を告げる鐘を大きく鳴らしております。

面倒ですな。

さすがにエイミングランサーで殺しきれるか怪しいところですぞ。

しかし、先ほどのやり取りから考えると、クズはまだ諦めていないようですぞ。

鐘を聞きつけて、革命派の動きが活発化したのか城門の方でも騒ぎが大きく……城下町でも煙が上がり始めました。

これは……なんとなくですが、籠城《ろうじょう》していたクズと赤豚が行動を開始するのではないかという予感がしますぞ。

「コウ、フィロリアル様の卵をお願いしますぞ」

「わかったー」

コウの背中に木箱をのせ、俺はユキちゃんの背に乗りますぞ。

「ユキちゃん。ちょっと寄り道しますぞ」

「どこへ行くのですか、元康様？」

「それは——城ですぞ」

俺はメルロマルクの城に指を向けました。

十一話　フレオンちゃんの仇

メルロマルク城の地下。

牢が並ぶ監獄の先……城の緊急用の脱出通路ですぞ。

そこに石畳の通路を走る音がカツカツと響いております。

「ブー！」

潜伏用にローブを羽織り、配下を数名引き連れた連中がその脱出通路を急ぎ足で移動しております。

メルロマルクの隠し通路であり、厳重に隠蔽《いんぺい》されているのがわかりますな。

どうやら鍵を持っていないとメルロマルクの地下水路には出られない造りのようですな。

「ブブブブー！」

「は、は！　急いでおります！」

配下の騎士っぽい奴が……赤豚の命令に頷《うなず》いて先の仕掛けを解こうとしているようですぞ。

鍵を持っていますな。

そこに――

俺は赤豚目掛けてザシュッと槍《やり》を突き刺し……隠蔽スキルで隠れていたのを解きましたぞ。

「ブヒ――!?」

赤豚が背中から胸にかけて俺の槍に貫かれ、そのまま持ち上げられたことに驚いて後ろを振り向こうとしております。

「どこへ行くのですかな？」

「な――槍の偽勇者！　なぜここに!?」

「マルティ王女！」

配下らしき騎士がその状況に気付いて声を出しますぞ。

「どうせコイツのことですからな、敗北を悟った時点で逃げるだろうと思っていたのですぞ」

まだ城にいるか一か八かでしたが、このような作戦を命令するのはクズか赤豚だと分析していましたからな。

ギリギリ間に合いましたぞ。

ユキちゃんに頼んで俺は城壁を飛び越え、その後ユキちゃんにはフィロリアル舎での情報収集を任せました。

一応、フィロリアル様達から聞いた話では、クズと赤豚は俺を倒した後にお義父《とう》さんを呼び寄せて罠《わな》に掛ける算段だったようですぞ。

樹《いつき》の仲間もこの城に待機しているとの話ですな。

まあ、一見すると脅威は俺に集中しているように見えたのでしょう。

お義父さんは盾の勇者故に、守ることしかできませんからな。

樹が一騎打ちで負けたのも火力が足りなかっただけとか、自惚《うぬぼ》れていたのは確かだったのですな。

この辺りは三勇教と共謀して作戦を立案していたのだろうくらいは想像できますぞ。

あとは、樹の救出作戦とかの予定だったのですかな？

革命軍には俺の死体を見せつけて鎮圧するつもりだったようですな。

挙句、切り札のコピー武器で革命軍の代表を殺すとか……その辺りは道中、兵士に白状させて知りましたぞ。

愚かな連中ですな。

で、卑劣な罠に掛けようとしたものの教皇が返り討ちに。

その事実が革命軍に知れ渡って、革命運動が最高潮に達して城へ押しかけた人々が門を破壊しようとする動きにまで発展したのですな。

革命軍も革命の旗頭にするために俺を捜しているようですが、それでは手が遅いですぞ。

教皇が倒れた今、先導者はもう英知の賢王しかおりませんからな。

過去の栄光は地に落ち、革命軍も早く英知の賢王をシルトヴェルトとの友好のために差し出さねば国民が殺されかねないというのを知っている。

というところですかな。

そして権力者の後ろに隠れて好き勝手する赤豚が、完全に不利を悟って城から脱出を図ることは……容易《たやす》く想像できましたぞ。

ですから、俺だったら赤豚がどうやって逃げるかを想像しましたぞ。

前回の周回で俺はメルロマルクの地下に牢獄《ろうごく》があることを知っております。その出口とは反対側に何があるのか……あの時の水音から想像するのは容易いですぞ。

こういった城には緊急用の脱出通路があるというのを聞いた覚えがありましたから、赤豚がここを利用することは簡単に想像できましたな。

お義父さんと急速に仲良くなったお姉さんの従兄弟《いとこ》の顔が思い浮かびましたぞ。

お姉さんの毛から作り出された式神を祖とするラフ種という魔物達とよく似た獣人になっておられました。

そやつが城の脱出口に関して話していたのでしたぞ。

赤豚みたいな奴も似た作戦で逃げようとしたそうですぞ。

まあ、革命軍にそれとなく紛れて逃げる可能性もなくはなかったのですがな。

そんな混戦状況なら、この道を選ぶことは容易く想像できましたぞ。

「クズはどこですかな？　ああ、今は英知の賢王と言うべきですかな」

「ブ……」

「お前の返答は聞いてませんぞ」

何やら赤豚の顔がこれでもかと歪《ゆが》んで見えますな。

はは、何やら晴れやかな気持ちになりますな。

「お、王は王女様を逃がすために城に残っている！　槍の偽勇者め！　早く王女から離れろ！」

「こんなことをして……英知の賢王が許さんぞ！」

「おやおや、腐っても玉座に座っていたいということですかな？」

娘の赤豚を逃がして、最後まで王として玉座に居座ろうとする汚らしい根性、反吐《へど》が出ますな。

大方、赤豚がこの事態を解決してくれそうな人物に頼んでみるとか言い出したのではないですかな？

ですがその作戦も失敗ですぞ。

ここに俺がこうしていることを考えなかったのでしょうか。

「ブ、ブブブ――」

何やら赤豚が悪態をついているようですが、何を言っているのか全然わかりませんな。

無礼者とかですかな？　それともパパが許すはずないですかな？

それともタクトに頼んで殺してやるですかな？

「ははは、何を言っているのですかな？　全くわかりませんぞ。では、さらばですな」

「ブヒ!?」

俺は槍に力を込めてスキルを唱えますぞ。

「バーストランスX！」

穂先が爆裂し、赤豚が爆散しましたぞ。

跡形も残りませんでしたな。

「な、王女が殺されたぞ！　急いで英知の賢王に――」

「ブリューナク！」

「うわ――」

地下水路に繋《つな》がる仕掛けごと、同行していた騎士共を消し飛ばしてやります。

水路へ繋がる道が完全に崩落するのを確認しましたぞ。

あとは……足元に残った赤豚の汚らしい血を火の魔法で蒸発させるだけですな。

これでこの世のゴミを一つ秘密裏に消すことに成功しましたぞ。

コイツが生きていても何の得にもなりませんし、殺したからといって戦争や後世の汚点には既にならないでしょう。

王女は秘密裏に逃げ出して消息不明という事実だけが残るだけですぞ。

「ハハハハハ！　汚物は消毒ですぞー」


監獄を出て俺はユキちゃんがいるフィロリアル舎に行きます。

その頃には門の方が相当騒がしくなっており、突破されるのも時間の問題のように思えますぞ。

「用事は終わりましたぞ」

「では、これからどうするのですか元康《もとやす》様？」

「コウと合流後にお義父さんを応援に行きますぞ」

俺がこうして三勇教と戦っている頃には、既にお義父さんはシルトヴェルト軍と遭遇しているはずなのですぞ。

上手《うま》く説得できればいいけど……とお義父さんが呟《つぶや》いていたのが思い出されます。

国や宗教にとって都合の悪いことを言う神様はどう扱われますかな？

前回の時は、波が目的でしかないと事前に言っておりましたし、国民の煽動などは全くしておりません。

ですが今回はシルトヴェルトにとってまたとない好機なのですぞ。

こんな時に妨害するようにお義父さんが目の前に立ちはだかったら、権力者はどのような思考に入りますかな？

問題はメルロマルクの国境から先のどこでお義父さんが戦おうとしているかが大雑把すぎて特定できないことですな。

フィロリアル生産者の近くに飛んで急行するか、行商中に通った地点から行くか悩ましいところですぞ。

時間がありませんぞ。

さすがにお義父さんが死ぬとは思えませんが、それでもいち早く向かうべきですな。

ん？　何やら門の方での騒ぎが静かになりつつあるような気がしますが、気にしている暇はありませんな。

「ではユキちゃん。コウと合流後にお義父さんのところへ馳《は》せ参じますぞ」

「わかりましたわ」

ユキちゃんの背に乗って城壁を飛び越えてコウと合流し、フィロリアル生産者の近くに飛んでからメルロマルクの国境へと向かいましたぞ。

十二話　停戦

お義父《とう》さんが戦っているはずのシルトヴェルト軍を奇襲するために、急いでユキちゃんとコウを走らせていきますぞ。

やがてメルロマルクの国境に近づいてきた頃、シルトヴェルト軍らしき集団が……野営をしておりました。

「これはどうなっているのでしょう？」

「わかりませんな」

戦闘をしている気配はせず、俺の顔を見るなり両手を上げて投降のポーズをとっております。

軍の先頭の方は何をしているのですかな？

「戦争はどうなったのですかな？」

「槍《やり》の勇者様、我が軍の先頭で盾の神様がお待ちです。事情はそちらでお聞きください……とのことです」

と、何やら兵士っぽい亜人が俺にそう告げますぞ。

どうなっているのですかな？

強い信仰心からお義父さんの話を素直に聞いてくださったのでしょうか？

俺は亜人の兵士の言うまま先頭の方へとユキちゃん達を走らせますぞ。

徐々に戦闘の激しさを物語るように辺りが物騒になってきますぞ。

地面が焦げたり、ひっくり返ったかのように裏返ったり、果ては水没したりとそこら中、様々な魔法の痕跡が確認できますぞ。

隕石《いんせき》魔法の形跡もありますな。炎の跡もあって、戦闘があったのは一目瞭然ですぞ。こんな状況、俺だったら範囲魔法とスキルでシルトヴェルト軍を一掃致しますな。

「あ、元康《もとやす》くーん！」

シルトヴェルト軍の先、メルロマルク軍らしき集団の先頭とぶつかり合っていたような場所でお義父さんがキールとルナちゃん、そして怠け豚を連れて手を振っていますぞ。

おや？　その近くにはパンダ獣人がいるように見えますし、更にお義父さんの隣には女王がいるようですぞ。

「これはどうなったのですかな？」

お義父さんに近づいて、ユキちゃんから下りて尋ねますぞ。

「まあ……結果的に言えば戦争の方は抑え込むことができたのかな……？」

「そうなのですかな？」

「色々と大変だったんだけどね」

むう……俺の出番がなかったのがちょっと残念でしたぞ。

ですが、どうしたらこのような結果になったのでしょうか？

「どのような経緯があって今の状況になったのですかな？」

「それは――」

「それを話す前に、移動を開始しましょう」

女王が俺とお義父さんの間に入って言いましたぞ。

「……どこへ行くのですかな？」

「メルロマルクの城だってさ。もうあっちの騒ぎも収束へ向かったらしいんだ」

お義父さんからここでの戦について聞くことを優先したいのですが、お義父さんも女王との話を優先したいご様子。

「まあ、移動しながら話をすればいいんじゃないかな？」

「女王を城に帰還させるのですかな？　ではポータルで一発ですな」

「んー……それでもいいけど、城の方の準備ができてないんじゃないかな。メルティちゃんも心の準備とかできてないだろうしね」

おや？　婚約者がなぜここで出てくるのですかな？

サクラちゃんとアジトで樹《いつき》の監視をしているはずですぞ。

「まあ、俺もまだ聞いたばかりなんだけどさ、色々と順を追って説明するから付いてきて」

「わかりましたぞ」

お義父さんに連れられて俺達はメルロマルクの城を目指して移動を開始しましたぞ。

おや？　メルロマルクの国境にあった砦《とりで》にも争いの形跡がありますな。

そもそも女王が連れているのはメルロマルクの兵ですかな？　何か違うような気がしますが……

まあ、メルロマルク軍以外の兵士も交じっているのでしょうな。

何があったのか、道中でお義父さんが経緯を説明してくださいました。

俺とは別行動になったお義父さんは、シルトヴェルト軍を説得するためメルロマルクの国境の砦の方へ向かいましたぞ。

ポータルはないですからな。

シルトヴェルト側から行っては間に合いませんぞ。

「盾の悪魔が出てきたぞー！　殺せー！」

そこでメルロマルク軍の三勇教派の兵士がお義父さんを見つけて、愚かにも喜び勇んで反転して迎え撃ったそうですぞ。

「敵が目の前に迫っているのに後方に出てどうするの！　邪魔だよ！」

「イワ、ルナが蹴散らす？」

「俺もやるぜ兄ちゃん！」

ルナちゃんがキールを乗せて走りながら尋ねたそうですぞ。キールも同調しておりますな。

「相手している暇はないよ。俺が流星盾を唱えるからルナちゃんは正面突破するつもりで、砦を突っ切って」

「わかった」

「え？　兄ちゃんここで戦わねえのか？」

「戦っていたら時間が掛かりすぎるでしょ。見た感じだと……戦争に備えてメルロマルク軍の半分がここにいるみたいだしね。残りは……革命軍の討伐に当たっているのかな？」

「槍の兄ちゃんの方だな」

「まあ、元康くんの方は心配だけど、きっと成功させると信じていかなきゃね……元康くんが来るまでせめて時間を稼がないと」

教皇がどこにいるのか、この時、お義父さんはわかっていませんからな。

俺の方も教皇がいたらいいな程度だったので、かなりバクチの要素がありましたぞ。

「流星盾X！」

お義父さんが流星盾を唱えて結界を作り、ルナちゃんがそのまま走って国境の砦に正面から突入しました。

「うわ！」

「ば、馬鹿な！　盾の悪魔に傷一つ付けられないだと！」

「邪魔！」

接近戦を挑んできた連中はルナちゃんの蹴りで尽《ことごと》く返り討ちにあいましたぞ。

そのまま、お義父さん達は国境を突破し、走り去りました。

国境で警備をしていた兵士達は、お義父さん達を追撃しようと動き始めましたが、お義父さんはというと目前にまで迫っていたシルトヴェルト軍の方へ。

三勇教派メルロマルク軍もお義父さんを行かせまいと必死に儀式魔法を唱えようとしたのですが、ルナちゃんの足の前では無力。あっという間に射程外になりました。

そうしてお義父さんはシルトヴェルト軍を遮るように立ちます。

「おお！　これはこれは盾の勇者様、我等が軍を導くため、弱体化させた憎きメルロマルク……英知の賢王の魔の手から戻ってくださったのですね」

先頭にいた代表のシュサク種が一歩前に出てお義父さんに言いました。

同様にシルトヴェルト軍全体が喝采するように声を張り上げておりますぞ。

「悪いけどそういうつもりで俺はここに来たんじゃない」

お義父さんはキッと睨《にら》みつけて言いましたぞ。

「そんな……何かあるのですか？」

裏切られたかのような表情で代表は答えました。

「誰が……メルロマルクに進軍しろと言った？　俺と話をした使者は神罰をメルロマルクに与えるためと認識していたはずだけど？」

「それは……ですが、英知の賢王の影響が弱まり、メルロマルクが盾の勇者様を求めるこの時に、馳《は》せ参じてメルロマルクを占領しなくて何が聖戦なのですか！」

「勝手に聖戦にするんじゃない！」

お義父さんが代表を指差して言い切ります。

「この世界は波の脅威にさらされていて、俺は……四聖はそのために召喚された。俺がやろうとしていたのは……メルロマルクの膿《うみ》を出すことだ。革命はその結果であって、シルトヴェルトが占領するための手はずじゃない！」

「結果は同じではありませんか」

「どこが!?　俺が目指したのはメルロマルクの国民に、盾の勇者を……亜人を迫害しようとする意思を捨てさせるためのもの。戦争を回避して初めてできる和平の道なんだよ」

お義父さんの返答が気に入らなかったのか、シルトヴェルトの代表はもとより兵士達にざわめきが起こったそうですぞ。

「それじゃあ君達のしていることは三勇教と変わらない。君達がメルロマルクを占領した後、何をするか……わかる？　亜人が優遇され、人間が奴隷となる。俺が知らないとでも思ったら大間違いだ」

お義父さんは何度もシルトヴェルトでLv上げをしていましたからな。

人間に対するシルトヴェルトの扱いに関して思うところはあったのでしょう。

「俺はこのまま君達を進ませるわけにはいかない。君達のためでもあり、メルロマルクのためでもあるから」

「な……馬鹿な……我等の神がそんなことを……」

「そんなことを言う奴は……神じゃない！　偽者め！」

「そうだ！　コイツは偽者だ！」

代表のシュサク種、ヴァルヴァルが我に返ったかのように後方を振り返ります。

「殺せ！　こんなことを言う奴は神を騙《かた》る悪魔に違いない！　俺達は聖戦を、憎きメルロマルクを滅ぼすために来たんだぞ！」

「皆の者！　落ちつけ！　落ちつくんだ！」

ですが、一度回り始めた車輪は止まりませんぞ。

ヴァルヴァルの下にいた武将が命令を無視してお義父さんへと魔法を放ちます。

「流星盾X！　キールくん。ルナちゃん。絶対に俺から離れないようにね」

「わかった」

「に、兄ちゃん……」

キールが脅《おび》える子犬のように尻尾を丸めてお義父さんとルナちゃんに隠れるように身を縮こめます。

そしてお義父さんは盾で飛んでくる魔法とシルトヴェルト軍の攻撃を一挙に受け止めることになりました。

「皆の者！　冷静になるんだ！」

ここで既にヴァルヴァルは自分達の行いがどんなにまずいかを悟ったようでしたが、頭に血が上った連中は止まりませんぞ。

元々亜人には血の気が多い者も多いですからな。

戦いに対して興奮しているようですぞ。

「く……」

お義父さんの唱える流星盾Xの防御力は高く、壊れる気配はないのですが、多勢に無勢。

無意味に耐えるというのはお義父さんの精神をすり減らす結果になりますぞ。

更に後方から、お義父さんとシルトヴェルト軍に向けて、国境警備をしていたメルロマルク軍が出撃してきました。

「盾の悪魔とシルトヴェルト軍を殲滅《せんめつ》せよ！」

「わかっていたけど……戦いが止められるかわからなくなってきた」

お義父さんはこの時、もはや戦争が止められない状態にまできてしまったと半ば諦めかけていたようですぞ。

「元康くんかエレナさんが間にあってくれさえすれば……」

「兄ちゃん……」

後方のメルロマルク軍も儀式魔法を唱えようとしていました。

「ルナちゃん！　シルトヴェルトの人達が怪我しないように、何かできない？」

「できる」

ルナちゃんが魔法の詠唱に入りましたぞ。

『力の根源たるルナが命ずる。真理を今一度読み解き、彼《か》の者等を薙《な》ぎ払う闇をここに』

「アル・ダーク・ブロウ」

闇で形成された拳が、お義父さんに群がっていた亜人、獣人達を突き飛ばしてメルロマルク軍の儀式魔法の範囲から外れさせたのですぞ。

合わせるようにお義父さん目掛けてシルトヴェルト軍も儀式魔法の詠唱に入ります。

こうなると戦闘力が高い獣人がお義父さんに向けて攻撃してくるのはわかり切った行動でしたな。

「この戦いをやめさせるにはどうしたら……」

「両者ともにやる気満々だぜ兄ちゃん……」

キールの言葉にお義父さんが舌打ちをしますぞ。

そう、ただ敵を倒せというのならお義父さんとキール、ルナちゃんでこの場はどうにでもなりますぞ。

ですが、できる限り被害を抑えるというのは正直、無理な話ですな。

相手の力量を考えると、俺がこの場にいて儀式魔法をアブソーブで無効化させ、威嚇用にリベレイション・ファイアストームX辺りを見せつければ抑えることはできますがな。

「元康くん……」

「槍の兄ちゃんが来ることが頼りなのか……兄ちゃん大変だぞ」

「わかってる。俺は……結局守ることしかできないからね。元康くんみたいな攻撃も魔法の無効化もできない」

お義父さんが放たれた魔法を受け止めて悔しげに言いましたぞ。

そのお義父さんが本気で誰かを守ろうとすれば、俺は……俺自身はお義父さんに傷ひとつ付けられないですから、そこまで自身を追いこまないでよいのですぞ。

俺はそんなに強くありませんからな。

できることを、勇者としての役割をこなすだけでよいのですぞ。

無茶はしないでほしいですな。

未来のお義父さんだったら、どうやってこの戦いを止めたのですかな？

戦闘面だけで考えると、おそらく流星盾の上位スキル、流星壁を唱えましたかな？

「これでも喰《く》らえ！　神を僭称《せんしょう》する愚者め！」

「やめろと言っている！」

シルトヴェルトの命令系統は攻撃の意思で染まっていました。

その時！

『力の根源たるあたいが命じる。真理を今一度読み解き、大いなる植物よ、愚かなる者を貫け！』

「アル・ドライファ・バンブースパイク！」

シルトヴェルト軍の魔法部隊の足元に巨大な竹が生えて、部隊を吹き飛ばしましたぞ。

「え？」

思いもよらぬ場所からの魔法攻撃にシルトヴェルト軍は術者に目を向けますぞ。

その術者はお義父さんを守るように近づいてシルトヴェルト軍の方を振り返ります。

「なんだいお前等！　この状況は！　国の兵士はもとより騎士も猪《いのしし》みたいに一直線に敵を倒せって興奮して、冷静に対処しないと英知の賢王に罠《わな》に掛けられるから気を付けようって言ってたのはどこへいったんだい？」

ツメを伸ばし、お義父さんを守るようにそこにいたのは。

「ラーサさん!?」

そう、パンダ獣人だったそうですぞ。

「おっと……メルロマルクの軍の方の攻撃はまだ止められないね。悪いがアンタの結界に入れてくれないかい？」

「う、うん！」

お義父さんは編隊機能をパンダ獣人に送りましたぞ。

「姐御《あねご》に続けー！」

パンダ獣人を慕う連中がお義父さんの味方に加わりました。

少々、お義父さんの結界が狭く感じられますな。

バチンと、お義父さん達目掛けて『裁き』が落ちましたぞ。

ですがお義父さんの結界のお陰でみんな無傷ですな。

「まったく……怪しいとは思ってたんだ。やっぱり盾の勇者だったんだね」

「やっぱり気付いてたんだ？　最近、いなかったからもしかしたらこの遠征軍にいるのかとは思ってたけど……」

「当たり前だろうが！　あたいを何だと思ってんだい？」

「傭兵《ようへい》……でしょ？」

「そ、だから金の匂いを察してきたのに、っってんだよ……」

パンダ獣人は深く溜息《ためいき》を吐《つ》いたそうですぞ。

「傭兵ってのは戦闘に関しちゃ知らなきゃいけないことも多いし金のためにも戦う。何よりも引き際を理解しなきゃいけない冷静さも必要なのさ。これじゃ指揮系統が滅茶苦茶で、まるで敗走する時みたいじゃないか」

「うん。それでも……この戦いを止めなきゃいけない」

「アンタも大概だね。とりあえず、あたいが奴等に水を掛けて冷静になるように言ってやるよ」

さっきの攻撃でダメージを与えたシルトヴェルト軍にパンダ獣人は大声で言い放ちましたぞ。

「あのなお前等、こんな儀式魔法を受けて無傷でいられるような芸当できるのが、本当に盾の勇者の偽者だっていうのかい？」

先ほど直撃した『裁き』で無傷でいるお義父さんにシルトヴェルト軍のざわめきは一層強くなりましたぞ。

「だ、だが！　メルロマルクが引くつもりがないならやるしかねえだろ！」

ということで、メルロマルク軍の後方に大量の軍隊がやってきたのですぞ。

お義父さんも増援が来たかと思ったのですが、その増援はメルロマルク軍を取り押さえたそうですな。

後方で謎の軍とメルロマルク軍の戦いが起こり、シルトヴェルト軍とお義父さんは困惑しておりました。

やがて、謎の軍の一部隊がお義父さんに近づいてきましたぞ。

「あ！」

そこには、怠け豚と女王がいたそうです。

あ、この後、怠け豚が人の言葉で喋《しゃべ》りますが、それはお義父さんから聞いた話だからですぞ。

「やっと追いついたわ」

「エレナさん。間に合ったの？」

「だから来たんでしょ。盾の勇者がシルトヴェルトの進軍からメルロマルクを守るために国境の方へ行ったたって女王に伝えただけだしー」

「初めまして、盾の勇者様。私はミレリア＝Q＝メルロマルク。メルロマルクの女王です。どうかよろしくお願いします」

「あ、はい……盾の勇者をしている岩谷尚文《いわたになおふみ》です」

女王が一礼して、シルトヴェルト軍の方を向きます。

女王の後ろにはゲンム種の翁《おきな》も同行していたそうですぞ。

ヴァルヴァルがその様子を見て、がっくりと肩を落としました。

「どうやら我等の戦いは聖戦にあらず。メルロマルクの膿と同じ轍《てつ》を踏んでしまっていたようだ」

「今、世界は波と戦う時。メルロマルクとシルトヴェルトが争う時ではないのです」

「だが、メルロマルクの雌狐《めぎつね》よ！　三勇教の暴走はどうするつもりなのだ」

「既にそちらへ情報が行っているはずかと思います。三勇教は国賊と認定、メルロマルクは盾の勇者も引き入れ四聖教へ改宗します。国民の反応からするともしかしたら盾教になるかもしれません」

既に結果は出ているとばかりに女王は深く目を瞑《つむ》って答えます。

その間にも流れ矢や魔法が飛んできそうになりましたが、お義父さんが流星盾を拡張して守りましたぞ。

女王が連れてきた連合軍がメルロマルク軍を捕縛するのは、時間の問題ですな。

ヴァルヴァルはシルトヴェルト軍に停戦を言い渡し、その場で待機するように指示を出しました。

そこに影が現れて女王とヴァルヴァルに情報を告げました。

「どうやら卑劣な罠でおびき出した槍の勇者に、三勇教の教皇はもとより三勇教徒の幹部は駆逐されたようです」

「じゃあ元康くんがこっちに来るのを待っていればいいの？　女王様、貴方《あなた》が城に戻らないと革命は……」

「そちらも既に解決したようです。我が娘メルティが革命軍を必死に説得したとの報告が来ています。いえ、正確には我が夫、オルトクレイを抑え込んだようですね」

「メルティちゃんが!?　留守番するように言っておいたのに……」

「少々危険な行動を取ったようです。事なきを得ましたが……とにかく、騒ぎがこれで静まってくれることを祈るばかりです」

と言ってから、女王が扇を閉じてお義父さんに頭《こうべ》を垂れました。

「この度は我が国の不祥事でとんでもない状況に追い込んでしまったこと、更に我が娘マルティはもとよりオルトクレイの暴挙、まことに申し訳ありません」

「あ……はい。とても、大変でした」

「我が国の膿を出していただき、まことにありがとうございます。とてもつらい苦難の道だったことをお察しします」

「いえ、それは……頼もしい仲間達がいたんで」

「へへ！」

キールがこれ見よがしに胸を張ったそうですぞ。

「兄ちゃんすごく頑張ったんだぜ！　そんなことより女王様はもう少し国の貴族とか兵士に悪いことと良いことの違いを教えた方がいいぞー」

「キールくん。気持ちはわかるけど……」

「返す言葉もありません。なにぶん、代々続く国の方針だったもので、改革が進まずこのような結果にならざるを得ず……ですが盾の勇者様のお陰で我が国も変革の時を迎えることができたと思います」

女王の素直な返答にキールも、女王自身が悪いのではないのは理解したとの話ですぞ。

「そうだったのか。じゃあ俺んところの村も再建できるのか？」

「はい。できる限りの援助をすることを約束しましょう」

なんて話をしている間に俺がやってきたとのことですぞ。

「おう！」

「キールくんの夢だったもんね」

「おー！　やったー！」


「まあ、こんな感じで戦争はなんとか停戦することができたわけ」

「そうだったのですぞ？」

どうやらなかなか大変な状況ではあったのでしょうが、メルロマルクの内乱とシルトヴェルトの進軍は止めることができたのですな。

少々強引なところがあるような気もしなくもないですが、シルトヴェルト側の上層部もお義父さんの言葉の意味をちゃんと理解していたのが幸いしましたな。

「城の方での情報も続々とこちらに来ています。三勇教の負の面はほぼ暴かれたと思ってくださって結構です」

女王は、俺が仕留めた教皇が勇者の武器のコピー品を隠し持っていたこと、勇者召喚の祭具をすり替えていたことなどを挙げております。

そのため、三勇教は邪教にして国賊と認定されたのですな。

共通の悪を見出《みい》だすことで、戦争回避ですぞ。

俺達は革命の爪痕《つめあと》が残るメルロマルクの城下町に来ましたぞ。

メルロマルク中の革命軍と城下町の者達がお義父さんと女王、そしてシルトヴェルトの代表と俺達を歓迎してくださっています。

ここに今、一つの国が生まれ変わろうとしているのですな。

シルトヴェルト軍の一部が暴走してメルロマルクに攻め入ろうとしていたことは即座に国中に知れ渡り、それを止めた盾の勇者と女王をたたえる噂《うわさ》で国中は持ち切りですぞ。

既に革命派ではない貴族達は革命運動中に大きく権力を失墜させており、実質メルロマルクは盾の勇者も神として崇《あが》める体制を整えたのですぞ。

そして……開かれた城の門をくぐり、俺達は玉座の間に来ましたぞ。

そこでは婚約者がサクラちゃんと一緒に待っておりました。

クズはどこですかな?

「盾の勇者様!」

婚約者がサクラちゃんと一緒にお義父さんに駆け寄りますが、お義父さんはやや不機嫌そうに婚約者を叱《しか》りつけます。

「メルティちゃん。君は俺との約束を破ったね?」

「う……はい」

言葉に詰まりながら婚約者は素直に答えましたぞ。

「いくらサクラちゃんが守ってくれるといっても、メルティちゃんに何かあったらどうしたの?」

「だ、だけど……ここは母上の国で、わたしは父上に真実を告げようと思ったの。国がこれ以上滅茶苦茶になるのは我慢できないわ」

「だからって……君は姫様なんだよ？　君に何かあったらその父親はもとより、お母さんや俺だって悲しむんだから、もう無茶は絶対にしちゃダメだよ」

「は、はい……ごめんなさい」

お義父さんは婚約者を諭すと、優しく微笑《ほほえ》みましたぞ。

「でもよく頑張ったね。どうやって革命を止めたのかな？」

「えっと……盾の勇者様と槍の勇者様が出ていってから、また矢文が来て、このままじゃメルロマルクは壊滅する、早急にメルロマルクの教会に来られたしって……」

「露骨な罠じゃないか」

「さもなくば、英知の賢王を殺害する……と矢文に書かれていたの。その後、三勇教の部隊が来たの」

「俺を殺した暁《あかつき》には婚約者とクズを仕留める算段だったのですな」

三勇教も手段を選びませんな。

しかし、この動きから察するに樹の身も相当危険だったのですな。

「ウィンディアちゃんとガエリオンちゃんがわたし達を守ろうとしてくれたのだけど、わたしは我慢できなくて……」

「じゃあウィンディアちゃんとガエリオンちゃんは!?　樹もどうなったの!?」

「その心配はない」

そこに不服そうな樹と共に錬《れん》がやってきましたぞ。

「錬!?」

「なんでここにいる？　とかか？」

俺とお義父さんが頷《うなず》くと錬は事情を説明し始めましたぞ。

お義父さん達と合流する手はずだった日、予定の場所で待っていると、お義父さんの使者を名乗る者に同行するように言われ、付いていくと罠に掛けられたそうですぞ。

「実は三勇教徒だったたってオチだ」

「ど、どうやって助かったの？」

「女王派の影とやらに助けてもらった。あとは秘密裏に活動をな」

「へ、へー……」

錬が一緒にいるのが不服そうな助手とライバルが後からやってきましたぞ。

三勇教が策を弄《ろう》して何もかも裏目に出た感じだったのですかな？

「樹の仲間達の一部も三勇教に利用されていたようだった。樹奪還作戦に参加させられていたようだ」

「じゃ、じゃあ元康くんの魔法で一網打尽に？」

「何を言っているんだ？　そこにいるぞ」

錬が何やら樹の仲間っぽい連中を指差していますぞ。

ヤンデレ豚もいるようですぞ。

「尚文の配下にいるドラゴンの守りが強固でな。お陰で説得するのに苦労した」

「……僕は認めませんからね」

それまで黙っていた樹が不服そうに言いましたぞ。

「まあ……生け捕りにしてしばらく監禁してたしね……」

お義父さんも返答に困ったように呟《つぶや》きましたぞ。

何か悪いことがありますかな？　このままでは樹は偽者として三勇教に消される危険があったのですぞ。

その点で考えれば生け捕りが最適解ではないですかな？

「三勇教やオルトクレイさん、マルティさんが悪なはずありません」

「ではここで弓の勇者……カワスミ様に真実を話すとしましょう。初めまして、私はオルトクレイの妻にしてメルロマルクの真の王。そしてマルティとメルティの母であるミレリア＝Q＝メルロマルクと申します」

女王が玉座の前に立って宣言しましたぞ。

兵士達が揃《そろ》って敬礼をします。

「クズはどこですかな？」

ここにいないのがどうも不安でしょうがないですぞ。

「メルティちゃんが説得したんじゃないの？」

「えっと……父上は全然話を聞いてくれなくて、問答をしている間に母上直属の影がどこかに連行していったのですけど……その後、わたしが革命は成功した、女王もすぐに戻ってきますと宣言してからは……」

返答に困るように婚約者は言いましたぞ。

「ではオルトクレイを連行してきてください」

女王の言葉に兵士達が動き、しばらくするとクズが両腕を押さえられて連行されてきましたぞ。

「放せ無礼者！　ワシを誰だと心得ているのだ！」

「国の権力第二位の代理王だと思いますが？」

「おお！　妻ではないか！　国の連中が盾に洗脳され革命などという愚かな行為に走っておるのだ。責任者を即刻打ち首にせい！」

この場にいてなお、クズは懲りずにそう命令しておりますぞ。

馬鹿ではないのですかな？

「オルトクレイ、マルティはどこですか？」

「マ、マルティは……」

クズが視線を逸《そ》らしておりますな。

「この事態にワシの独断で逃がしたのじゃ」

「そうですか、では国中に指名手配を」

「マルティが何をしたというのじゃ！」

何をした、ですと？

お義父さんを罠にハメ、フレオンちゃんを殺したのですぞ。

許しがたい蛮行ですぞ。

今回も殺してやりましたが、仮にまたループしたとしても殺してやりますぞ。

何度でも何度でも、ループする限り、必ず血祭りにしてやります。

「いたずらに勇者様方の不和を招いた罰です。更に三勇教と共謀して国の貴族達を更迭した罪がありますよ。勇者様方を私的に利用した罪は重いので覚悟なさい」

「そんな……じゃが、盾はマルティを強姦《ごうかん》しようとしたのじゃぞ！」

「誰がそんなことするか！」

女王は樹に目を向けますぞ。

「イワタニ様が強姦？　大いに結構！」

「なんじゃと!?　何を言っているのだ妻よ！」

その通りですぞ。

赤豚のような、豚の中でも一際穢《ひときわけが》れた豚の血にお義父さんの血を混ぜるなど、神をも恐れぬ所業ですぞ。

「勇者の血を我が血族に入れられるなら得こそあれど損はありません」

女王がとんでもないことを抜かしてますぞ。赤豚がお義父さんに強姦されてもいいとはどういう考えなのでしょうな！

「カワスミ様、よくお聞きください。このオルトクレイはごく個人的な恨みで盾の勇者であるイワタニ様に罪を着せようとしたのです。三勇教はそんな愚かなオルトクレイを利用したのですよ」

「ああ、それは間違いない。三勇教の連中の暴挙は俺達も見てきた。ゼルトブルで活動する俺に再三にわたって国に戻るように言ってくるし、活動の妨害も多かった」

錬が女王の証言に裏付けをしますぞ。

「結果、卑劣な手段でカワスミ様を利用し、国を意のままに操ろうとしたのです」

「そんな……いいえ、違います。貴方達は尚文に洗脳されているのです！」

「洗脳は便利な言葉でしょうが、よくお考えください。三勇教は世界中から邪教として認識されております。どちらが正しいか、お時間を用意しますのでいま一度考えてくださるようお願い致します」

考える猶予を与えるとは甘い判断ですな。

まあ、世界中での三勇教の暴走を樹が耳にすれば……考えを改める可能性が……あるのですかな？

頑固に自分は間違っていないとか言いそうですぞ。

「さっき背筋が凍るようなおぞましいことを言われなかった？」

「そうですな。赤豚をお義父さんが犯して子供ができたら万々歳という話ですな」

「う……冗談でも御免だよ。あんな奴、あ……ごめんメルティちゃん」

「ううん。大丈夫。姉上の本性を知ってるなら……むしろ、なんで姉上はその選択をしなかったのかしら？　盾の勇者様との間に子供でもできたら母上の信用も得られるし、継承権の順位も上がると思うわ」

「何を不思議がっているのかな、メルティちゃん？」

ハッと我に返ったように婚約者は首を振りましたぞ。

「そ、そうよね！」

その様子を女王は咳《せき》をして注意しましたぞ。

「樹、お前は持ち上げられてたから俺達の方が悪に見えるのかもしれない。だけど、真実は三勇教と王と王女が悪だったんだ。だからこうして俺達はこの場にいるんだ。お前の理屈なら悪は滅び、正義が勝った。ただそれだけだ」

錬が樹を諭すように言いましたぞ。

俺やお義父さんの言葉を聞き入れないのは生け捕りにした時にわかっていますからな。

「嘘《うそ》か真実かは女王が時間をくれたのだから確かめればいい。それでいいじゃないか」

「ですが……僕は悪じゃありません！」

「……利用されていたのに気付かなかったのだから、悪じゃないとは言えないだろ？」

樹は自分が悪に加担していたという現実が受け入れられないかのように何度も呟いております。

そこにヤンデレ豚と仲間達が何やら駆け寄って樹を説得しているようでしたぞ。

「あれですな。心の隙間《すきま》に入って信用を得ようとしているのですぞ！」

「元康くんは少し黙っててね」

「わかりましたぞ」

お義父さんに注意されたので俺は黙りますぞ。

「ぐぬぬ！　ワシは、ワシは認めん！　盾が人々を先導して我が国を洗脳したのじゃ！」

「まだそんな妄言を……メルロマルクは改革の時が来たのです。亜人を使役し、苦しめ、悦に入るような者はこの国には不要となったのですよ」

「違う！　そんなことは認められんぞ！」

「オルトクレイ。貴方が認めなくても結果は変わりませんよ。既に貴方の権威は地に落ちました」

女王はお義父さんに頭を垂れてから手を握ります。それから婚約者と共に玉座の方へお義父さんを連れていきました。

お義父さんは首を傾《かし》げていましたが……玉座に座らせられてしまいます。

更にその膝の上に婚約者を座らせましたぞ。

「な、何をしているのじゃ！　妻よ！」

「何をしている？　ですか？　盾の勇者であるイワタニ様を国の代表として玉座に座っていただいただけですよ」

「え？　え？　え？」

お義父さんはどうしてこうなったという顔で俺達を見回しております。

婚約者も顔を真っ赤にしてお義父さんの膝に座っておりますぞ。

「国民の支持も厚く、盾の勇者こそ我が国の王に相応《ふさわ》しいと皆が思っています。どうかメルティと仲良くしてくださいね」

これは……つまり女王がお義父さんに王位を与えたということに他なりませんな。

「私も国の代表として行動は致しますが、どうか……我が国のためにこれまで以上に人々を救い、波を鎮めてくださるようお願いします」

「ぐぬぬぬぬ――ならん！　ならんぞぉおおお！」

激怒したのか、クズが兵士の拘束を振り払ってお義父さんに殴りかかろうとします。

「させませんよ。アイシクルプリズン！」

女王の魔法でクズは氷の檻《おり》に閉じ込められましたな。

「オルトクレイ。理解なさい。貴方の時代は終わったのです」

「ならん！　盾がこの国の王になるだと！　そんなこと、代々続くメルロマルクの家訓に逆らうことじゃ！　認められん！」

「認めるも何も、国民は盾の勇者こそが国の代表に相応しいと思っています。さあ、古い考えを持つ過去の王を……城の塔に連れていきなさい」

これは軟禁というやつですな。

殺されこそしないけれど、今後一生自由な生活はできないという。

ざまあという感情しか湧きませんぞ。

「ぐぬ！　妻よ！　盾を、盾を王になどしてはならんのじゃあああ！」

クズがそうして玉座の間から連れ去られていったのですぞ。

「……まだ杖《つえ》が貴方を見捨てていないことに意味があることを……」

女王は祈るようにその姿を見届けてから顔を上げました。

シルトヴェルトの代表達がその様子を複雑な心境で見届けていましたな。

「カワスミ様、既に結果は出ております。どうかご理解ください」

「く……わかりました。それで今度は僕にどんな罰を与えるつもりですか」

樹の問いに女王は扇を広げて口元を隠して答えます。

「特に何も……ですが、カワスミ様の評判は我が国では悪く、活動が難しいと予測されます。できるのでしたらしばらくの間、他国で活動してもらった方がカワスミ様のためでしょう」

「遠回しな国外追放ですな！」

これは滑稽《こっけい》、正義を主張しておきながら最後は自らの行いで国外追放されるとは、笑いが止まりませんぞ。まさしく因果応報ですな。

「自覚もなく悪いことをしていたから、こうして追放処分になるのですな！」

報奨金をもらった後の樹の言葉に対してこれほど的確な言葉はないでしょうな。

「さっきからうるさいですよ！　人が苦しんでいるのがそんなに楽しいのですか！」

「元康くん！」

激昂する樹をゲラゲラと笑っていたらお義父さんに叱られてしまいました。

そのお義父さんも玉座から立とうとするたびに、女王に座っていてくださいと懇願されて立てずにいるご様子ですぞ。

「樹に考える時間を与えるのと遠回しな追放じゃ矛盾しているように聞こえるのだけど」

「ですから、しばしの間だけの話です」

「ど、どうやって？」

「四聖は神に等しい存在なのです。その神が悪事を働くということに対して民は疑いを持ちます。イワタニ様もご理解いただけませんか？　偽の勇者の話を」

「あ……なるほど、本物の弓の勇者ではなく、偽者が勇者を主張してメルロマルクを滅茶苦茶にしたということにするんだね」

「はい。ですからカワスミ様はしばしの間、他国で活動していただければメルロマルクでも活動することは可能となります。ただ、今までのような無茶な行動は不可能だと思ってください」

「……」

「なんなら、四聖を歓迎する国に本格的な念書を出してもかまいません。フォーブレイという四聖勇者発祥の国も受け入れる態勢ができているでしょう」

女王の言葉にお義父さんが俺に目を向けます。

危険ですな。

樹がフォーブレイに行ったら、間違いなくタクトの餌食となってループしてしまいますぞ。

「女王様、ちょっと」

「なんでしょうか？」

お義父さんが女王に声を掛けて内緒話をしますぞ。

樹をできる限りフォーブレイなどには行かせないようにお願いしているのですな。

「……わかりました」

コクリと女王が頷き、樹の方を向きます。

「ですが彼《か》の国でも勇者が活動しているので、カワスミ様の居場所があるかどうかの保証は致しかねます」

おお……他人の評価を非常に気にする樹の性格を理解している言い方ですな。

既に似たように活躍する勇者がいる場所に進んでいくヒーローはいませんぞ。

言うなれば縄張り争いが起こりますからな。

「カワスミ様も余計な争いは好まないと思うのですが、どう致しますか？」

「う……」

言葉に詰まっていますな。

樹のゲーム知識は偏っているそうですぞ。

見知らぬ国へ行くことに対して抵抗感があるでしょうな。

「わ、わかりました。勇者がいない国に、悪を裁くために僕は行くことにしましょう」

「四聖は世界のため、各国から手助けの要請をされます。今までよりも遥《はる》かに困難な任務が来ることをご容赦ください」

「わかった。これで面倒な騒ぎがなくなるなら、俺達に不満はないな」

錬がそこで頷きましたぞ。ぶっちゃけ、お前は何をしたのですかな？

このＬｖアップ中毒者が！

「それでは此度《こたび》の騒動に勇者様方を巻き込んでしまったことを深くお詫《わ》び申し上げます」

女王はそう言って深々と頭を下げたのですぞ。

それから、解散を宣言しました。

お義父さんを除き、勇者達はそれぞれ玉座の間から出ることになったのですが……。

「も、元康くん」

「なんですかな？」

「とりあえず、元康くんとみんなは残って。ここで話がしたいから」

「わかりましたぞ。さあ、みんなお義父さんの言う通りに待つのですぞ」

「わかりましたわ」

「りょーかーい」

ユキちゃんとコウが答え、キールやルナちゃん。そして婚約者とサクラちゃんが頷きますぞ。

怠け豚は部屋の隅に寄りかかって面倒そうに手を上げています。

助手とライバルは不快そうに錬の後ろ姿を睨んだ後に静かに頷きます。

パンダ獣人は場が場なので辺りの空気に飲まれて部下と共に緊張していましたぞ。

「やったな兄ちゃん！　王様になるってスゲーし、感じの悪い兄ちゃんや王様は……あ、ごめん」

キールが婚約者に気を使って謝りましたぞ。

婚約者の方は気にしないでと苦笑いをしております。

「イワタニ様、国民への勝利の凱旋《がいせん》をしていただく予定なので、お時間も程々に」

「あ、はい……あの、やっぱり俺とメルティちゃんは婚約しないといけないの？」

お義父さんが女王とシルトヴェルトの代表達を交互に見ますぞ。

「何を今更、イワタニ様、貴方が地道に活動することによってメルロマルクは過去の因縁の鎖を断ち切り、人間、亜人が共に過ごすことのできる国へと生まれ変わろうとしているのですよ」

「そうじゃのう。シルトヴェルトも此度の争いで、自らの愚かさを反省しメルロマルクと友好な関係を築けることじゃろうて」

「私共が犯してしまいそうだった愚かな侵略を停《と》めていただき、まことにありがとうございます」

お義父さんは恥ずかしそうに女王とシルトヴェルトの代表に応えておりますぞ。

「俺は戦争なんて下らないことをするよりも世界の危機に対応するのが先だって言いたくて……」

「それでいいのです。私共は勇者様達に無理やり戦わせることを強いてしまっています。波との戦いこそが本来勇者様達に行ってもらうこと。それなのにこのような愚かな争いに巻きこんでしまい。謝罪の言葉しかありません」

「母上……」

そんな様子の女王を婚約者は複雑な心境で見つめておりますな。

未来の婚約者はお義父さんと妙な信頼というのでしょうか、腹を割って話している関係でしたぞ。

ここでは何やら婚約者がお義父さんに遠慮しているように見えますな。

しかし、婚約者にあえて言いますぞ。

「婚約者」

「……何？」

眉を寄せて婚約者は俺の方を見ますぞ。

「お義父さんとの婚約など俺が許しませんぞ。フィーロたんという婚約者がいるにもかかわらず」

「だからそんな子知らないわ！」

「元康くん、あんまりその話題に持っていかないで」

おや？　お義父さんにも怒られてしまいましたぞ。

「表面上はメルティちゃんと婚約の予定があるってだけにしておくんだよね。じゃないと国民に示しがつかないとかそんな感じで」

お義父さんが女王に尋ねると、女王が微笑を浮かべて扇で口元を隠しましたぞ。

「いいえ、今後、メルロマルクのためにイワタニ様と我が娘メルティとの婚約は外せない問題です。仮にイワタニ様が役目を終えて元の世界に帰ることがあったとしても、メルティにはイワタニ様の子を成してもらわねば困りますよ」

「もちろん、我等が国、シルトヴェルトの者とも子を……」

「ですじゃ」

「う……」

「ブー」

何やら怠け豚が締めくくったようですぞ。

お義父さんはがっくりと脱力して必死にその場を切り抜けようとしておりました。

「メルちゃん大丈夫？」

「ええ、ごめんなさいサクラちゃん」

「なにが？」

婚約者の方は頰《ほお》を赤くして、サクラちゃんに心配されていましたな。

「あたい等は……何をすればいいのかねー」

「そうだ！　ラーサさん。今回の戦いはどうもありがとう！　ラーサさん達がいなかったらもっと戦いが大変だったよ！」

お義父さんがその場を取り繕うようにパンダ獣人の手を握って何度も上下しておりますぞ。

パンダ獣人は何やらお義父さんの方から顔を逸らして面倒そうな顔をしていますな。

何が不服なのですかな？

「報酬に関しては……うん。絶対約束する！　なんならこれから俺と一緒に戦ってほしい！」

「お！　カッコいい姉ちゃんとシルトヴェルト以外でも一緒に戦えるのか!?」

キールがここで間に入って嬉《うれ》しそうに尻尾を振りますぞ。

「そうだよ！　これからは波の戦いも厳しくなるし、人手は多いに越したことはないからね！」

「勝手に決めんじゃないよ！」

「確か兄ちゃんの話だと村も再建してみんなを集めることができるんだよな！」

「そうだけど……キールくんの故郷の人達を戦わせるのは気が引けるな……」

「何言ってんだ！　みんな絶対に強くなろうと思うに決まってるぜ！　俺が説得するから安心してくれよ！　ワンワン」

キールが興奮してワンワンと鳴きますぞ。

「まあ……金回りは良さそうだね」

「「姐御！　出世のチャンスですぜ！」」

パンダ獣人の部下も何やら興奮気味ですぞ。

確かに、一介の傭兵から勇者の仲間となれば大出世ですな。

しかもお義父さん直々のスカウトなのですから、シルトヴェルトの連中も文句は言えませんぞ。

「わかった。だけどあたいは安かないよ」

「大丈夫！　そこは安心していいから、お金に関しては大丈夫。ラーサさんの好きな可愛《かわい》らしい格好もし放題だし、戦いの合間に色々とやっていこうよ」

「ちょ――こんなところでなんてこと言うんだアンタは！」

パンダ獣人がプリプリと怒ってお義父さんを叱りつけますが、お義父さんはへらへらと笑っておりますぞ。

「亜人の姿の時も美人だし、パンダの姿も可愛らしいし、みんなが思っているよりラーサさんは魅力的だと思うよ」

「だ・か・ら！　こんなところで爆弾発言すんなってんだ！」

お義父さんの褒め言葉にシルトヴェルトの連中が何やら目を光らせ、パンダ獣人の背中の毛が何やら逆立ちましたぞ。

「よくよく見れば珍しい種族……盾の神を誘惑して地位向上を狙っているのかもしれません」

「いやいや、どうやら信用は厚いようじゃし、此度の戦での活躍、シルトヴェルトの戦士に相応しいのではないですかな？」

「……いいでしょう。存分に盾の勇者様に仕えるのです」

「ち、ちが！　あたいは自由な傭兵で――」

「「くそう！　姐御があんな野郎に寝取られちまう！　が、相手の経歴に勝てねえ！」」

「お前等も黙ってろ！」

なんてところで助手とライバルが呟きましたぞ。

「盾の勇者も大変ね」

「なの！　ガエリオンもなおふみのお嫁さんにしてほしいなの」

「え？」

「ブー！」

不快そうにしていたサクラちゃんがライバルに張り合ってお義父さんを後ろから抱きしめますぞ。

「さ、サクラちゃん？」

「お義父さん、みんなに活躍を見込まれて幸せですな」

「元康くん。話が違うよね！　君の言っていたのと違う結果になったのをちゃんと自覚してよ！」

それからお義父さんは困惑しながら俺を睨み続けていたのですぞ。

十三話　運命の再会

お義父《とう》さんは城から出て勝利の凱旋《がいせん》として、メルロマルク城下町を一周したのですぞ。

やがて城のテラスで国民に見せるように手を振って、日が沈んだ頃、城では大々的にパーティーが開かれました。

長い戦いもやっと終わったのですな。

まだ、城の各所には争いの痕跡こそ確認できましたが、みんな思い思いに祝いの席を楽しんでいるようですぞ。

ループ前の俺はこの席で赤豚の改名に腹を立ててお義父さんに決闘を申し込みましたが、今回は特に妨害はありませんでしたぞ。

問題なく、みんな祭りを楽しんでおりました。

「槍《やり》の勇者様」

婚約者がお義父さんに話をした後、一緒に俺の方へとやってきましたぞ。

「どうしたのですかな？」

「うん。メルティちゃんがね」

「槍の勇者様がフィロリアルをとても大切にしているのは、一緒に生活していてよくわかったので、この賑《にぎ》やかな席に合わせて急いで調べさせたんです」

「何をですかな？」

「槍の勇者様の話を聞く限り……姉上は誰かへの嫌がらせとして、とある品物を持ってきました」

婚約者は後ろ手に隠していた保管器に入った一つの卵を、そっと俺に見せますぞ。

ドクンと心臓が鼓動を強めたような感覚を覚えました。

「誰かへの嫌がらせ……ですかな？」

「ええ。姉上がね、どうも盾の勇者様達が連れた鳥の魔物がフィロリアルであると知って、フィロリアルの育成界隈《かいわい》で有名な老人が大層大事にしている卵を無理やり奪っていったそうなの」

「なんと……それならその老人に返却すべきではないですかな？」

もしもこの卵がフレオンちゃんだったとしても、奪われたままでは俺が孵化《ふか》していいものではありませんぞ。

「それが……その老人は返却を求めて城に抗議に来た時、ちょうど革命騒動が始まった直後で投獄されてしまったそうなの」

「フィロリアル様を育てる方ですぞ！　釈放するのですぞ！」

「三勇教側の者達が神鳥……フィロリアルを育てる者に良い感情を持っておらず、体力のないその方は投獄後に拷問を受けて……」

婚約者はそのまま顔を逸らしました。

亡くなったということですかな……。

「婚約者、次のループがもしもあった際には絶対に助けるのでその老人がどこの誰かをしっかりと教えてほしいのですぞ」

「ええ、その件はしっかりと説明するわ」

「ではこのフィロリアル様は……老人の遺産を継ぐ者や関係者に渡してほしいのですぞ」

「元康《もとやす》くん……その卵を孵化させないの？」

「奪われた品を俺は孵化させませんぞ」

三勇教に奪われたのでしたら奪還することに躊躇《ためら》いはないですぞ。

ですが、フィロリアル様を大切にしている者は同志ですぞ。絶対に奪いませんな。

「その件なのだけど老人が牢獄《ろうごく》で書き記した遺言に、ワシにもしものことがあったらフィロリアルを真に愛する者以外にあの卵が渡ってほしくない、弟子にこそ渡してはいけない、って。だから相談に来たのよ」

「とても大切な卵だったんだね……」

「そんな卵を……姉上が心の底から笑いながら奪った光景が思い浮かぶわ……」

弟子にまで渡せないほどの卵ですかな？

そして条件としてフィロリアルを真に愛する者とまで付け加えるとは、どこまでもフィロリアル様を大事にしている老人だったのでしょう。

まさにフィロリアルの仙人のような人なのですな。

そこまでの愛があるのでしたらユキちゃん達をぜひとも見ていただきたかったですぞ。

「ただ、ちょっと意味深な遺言だね」

「ええ……その老人も拷問の最中、何かを言いそうになって何度も口を噤《つぐ》んでいたそうなの」

「卵を目の前で割られたりしそうなもんだけど、よく残されていたね」

「槍の勇者様への切り札に使えるかもしれないと思われていたから……弓の勇者様に渡して利用する計画まであったみたい」

なるほど、とお義父さんは仰《おっしゃ》いましたぞ。

「樹《いつき》を生け捕りにできたのは結果的によかったのかもね」

く……樹がフィロリアルを使役して俺に嗾《けしか》けるのですかな？

そうなったら確かに苦戦しましたぞ。

「じゃあ、この卵はどうしたらいいのかな？」

「わたしは……勇者様に預けるのがせめてもの手向《たむ》けだと思うわ」

「それはなんで？」

「遺言はフィロリアルを真に愛する者。それだけフィロリアルを大事にできる人は勇者様だと思うの。何より、老人の気持ちになって考えて……サクラちゃん達を見れば誰がもらうべきかわかると思うわ」

だから、と婚約者は俺に卵を差し出しました。

「これが槍の勇者様の最初のフィロリアルであるとの確証はないわ。だけどその子の持ち主のために立派なフィロリアルに育ててあげてほしいの」

元康……これが何を意味しているのかを理解しろですぞ。

今、婚約者の手にあるのはフィロリアル様の卵。ですがお前はフレオンちゃんであると確信をもって言えますかな？

記憶の中のフレオンちゃんがどんなお姿かはマジマジと覚えております。

真っ赤なフィロリアルの雛《ひな》で大きく育っていきました。

やがて羽毛の色が白くなってきたのが最後のお姿でした。

ただ……あの頃の俺はフィロリアル様を匂いでは区別できなかったのですぞ。

今ならクーやまりん、みどりを含め、ユキちゃんやコウ、サクラちゃんの全てを卵の状態であろうと見極められますぞ。ですがフレオンちゃんは匂いを覚えていません。

この子が本当に……フレオンちゃんであるのかは判別できません。

ああ……フィーロたん。あなたに再会する前にここまで悩むフィロリアル様に出会うとは夢にも思いませんでしたぞ。

フレオンちゃん……君はフレオンちゃんなのですかな？

「わかりましたですぞ。この元康、その老人が誇れるほどに立派なフィロリアル様に育て上げてみせますぞ！」

俺は婚約者から卵を受け取りました。

「ええ」

婚約者は素直に頷《うなず》きましたぞ。

「メルティちゃん、元康くんのことを信じてるんだね」

「フィ、フィロリアルに関してだけよ！」

「ふふ……そうだね。フィロリアルに関して言えば元康くんの右に出る人はきっといないよ。ユキちゃんもやきもち妬《や》いちゃいそうかな？」

お義父さんが俺の隣に立つユキちゃんに微笑《ほほえ》みますぞ。

「も、問題ありませんわ。このユキ、そのようなはしたない真似はしませんわ」

「仲良くね」

「当然ですわ！　たとえこの卵が元康様の最初のフィロリアルであろうとも、ユキは無様な姿を見せませんことよ！」

ユキちゃんが胸を張っていますぞ。

高貴な生まれのユキちゃんですからな、もしもこの卵がフレオンちゃんでしたら同じ高貴なフィロリアル様ですので、仲良くできるといいですな。

そんなわけで亡き老人のために俺はフレオンちゃんかもしれない卵を登録したのですぞ。

そうして夜も更けた頃……フレオンちゃんかもしれない卵を抱えた俺の部屋にお義父さんが慌てた様子でやってきました。

「泊めて！」

「どうしたのですかな？」

ユキちゃんは既にご就寝で、コウは城の庭で寝ていますぞ。

なのでベッドに空きはありますぞ。

「なんかメルティちゃんが女王に唆されて俺の部屋まで来たんだよ！　すごい薄い服……ネグリジェってやつ？　あれを着てね」

「なんと、婚約者が痴女《ちじょ》になったのですかな！　フィーロたんがいるにもかかわらずなんということでしょう！」

お義父さん曰《いわ》く『盾の勇者様になら……』みたいなことを呟《つぶや》きながら迫ってきたそうですぞ。

くっ……婚約者め。

もしやフレオンちゃんかもしれない卵を渡したのは俺を足止めするためですかな？

婚約者のことですからそんなことはきっとないでしょう。

ですがフィーロたんという婚約者がいながら、俺からお義父さんさえも奪おうというのですな。

「まだメルティちゃんは子供だし、そんな真似させらんないよ。サクラちゃんに頼んで冷静になってもらったんだけど、次に何があるかわかったもんじゃない！」

「なるほど、俺に見張りを頼むのですな！」

「えっと……うん、お願いできる？」

「わかりましたぞ」

お義父さんの頼みならこの元康、一睡もせずにお義父さんを守り切ってみせますぞ。

俺が護衛なら大体なんとかなりますぞ。

それこそお義父さんクラスの者を連れてこないと俺は負けませんぞ。

「無茶言ってゴメンね」

「何を言うのですかな？　俺とお義父さんの仲ですぞ」

「まあ、そうなんだけど……元康くん、寝る前に少し話をしようか？」

「なんですかな？　俺ルートへの相談ですか？」

「なんで元康くんを攻略しなくちゃいけないんだ！」

「ではどのような話ですか？」

お義父さんと今後のことに関して打ち合わせでもするのですかな？

俺の知識とは相当差異が出ていますからな。

まさかお義父さんがメルロマルクの王様に据えられるとは思いもしませんでしたぞ。

これらのイレギュラーが発生した今、今後のことを相談するのは当然の流れですぞ。

「とりあえず、元康くんの話とはずいぶん違う結末になっちゃったね」

「そうですな。未来ではここまでお義父さんは持ち上げられませんでしたぞ」

「……やっぱり善行をしすぎたのが原因かなぁ？　ま、王の末路はざまあみろとしか思わなかったけど」

「自業自得ですな」

「それはいいんだけど、これからの方針を考えていかないとさ」

「そうですな。お義父さんの寝ているところに豚が寄らないようにするのですな。あと、婚約者ですぞ」

フィーロたんという婚約者がいるにもかかわらずお義父さんまで狙うとはとんでもないですぞ。

「まあ……さすがに幼い女の子は、愛《め》でるのはいいけど肉体関係まではね……自称オタクだったけど、いざその時になると嫌になるもんなんだね。メルティちゃんを異性として扱うのはまだまだ先かな」

「そういえば、未来でも婚約者との縁談があったのを聞いた覚えがありますぞ」

「やっぱりメルティちゃんとの話はあったの？」

「ありましたな」

おや？　その時の光景を思い出すとお義父さんとクズが和解しているようでしたな。

今のままでは絶対にありえない姿ですぞ。

「婚約者もお義父さんも嫌がっていましたぞ。なので話は流れたのではありませんかな？」

「今はメルティちゃんの方は乗り気だもんね……」

どう先延ばししようかとお義父さんが呟いていますぞ。

「考えてみれば俺の周りには幼い女の子が多すぎるんだよね。慣れちゃった所為《せい》か異性として見られなくなってきてるよ」

ポツリと『俺はロリコンじゃなかったのか……』とお義父さんが何やら嘆いておりますぞ。

ロリコン……そういうスラングがあると聞いたことがありますな。

俺はそこらへん詳しくないのでそこまで知りませんが、幼い子供に恋愛感情を持つ嗜好でしたかな？

……つまり、俺はロリコンだと。フィーロたんの外見は幼い天使ですからな。

まあ、フィロリアル・クイーン状態のフィーロたんも大好きですが。

「元康くんは卵を育ててフレオンちゃんがどうか確認ってところかな？」

「そうですな。何にしても確認を優先しますぞ」

「うん。できればフレオンちゃんだといいね」

「ですぞ」

こうして俺はお義父さんと今後の方針を話し合ったのですぞ。

十四話　槍の勇者と勇者会議

そして翌日……最初の世界ではパーティーのあった夜に勇者会議をしましたが、今回は昼間に行うようですぞ。

そんなわけで俺達は女王の案内で会議の場へと向かったのですぞ。

石造りの塔へと続く階段を上り、強化方法を話し合ったあの円卓のようなテーブルがある部屋へと通されます。

既に錬《れん》と樹《いつき》は待ちかまえていましたぞ。

「……」

「……来たか」

樹が不愉快そうな表情をしております。

最初の世界で会議をした時よりも視線が鋭いですな。

女王が部屋の奥の方に立って錬と樹、そして椅子に腰かける俺とお義父《とう》さんを確認致しますぞ。

「ではこれより、四聖勇者による情報交換を始めます。司会と進行は私、メルロマルクの女王であるミレリア＝Q＝メルロマルクが行います。よろしくお願いします」

それから女王は俺達を一度見てから言いますぞ。

「今回の会議は勇者様方の連携のため、強くなる方法の話し合いの場として設けさせていただきました。どうかご容赦ください」

「うん、じゃあこれから話をしていこう。色々と俺達は話し合いをしなきゃいけないと思うからね」

「そうですぞ」

「どうだか……」

「樹、いい加減にしろ。お前が正義とは言えない状況なんだ」

蚊帳の外だった錬が樹に相変わらず注意してますぞ。

お前も話を聞くのですぞ。

「よろしいでしょうか？」

ここで女王が挙手をしますぞ。

「なんだ？」

「私共側からの情報でありますが、客観的に勇者様方の強さに関してです」

錬が女王の言葉を静かに聞いておりますぞ。

「まことに申し訳なく思いますが、槍《やり》の勇者であるキタムラ様と盾の勇者であるイワタニ様のお二人が突出して力を持っているという判断をせざるをえず、今後の戦いに備えて剣の勇者様、弓の勇者様であるお二人はイワタニ様とキタムラ様に教えを請うのがいいとの判断を致します」

おや？　カルミラ島の後の修行に関しての提案を女王はしないのですな。

「僕が弱いとでも!?」

「俺もだと!?」

「はい……そのように国は判断しております。ですので、できればこの会議の場ではそれを前提に先入観なくイワタニ様達のお話に耳を傾けていただきたいのです」

樹は反抗的な目ですが、錬は若干不愉快といった様子で黙っていますぞ。

「まあ……別に隠す必要はないか。二人からは教えてもらってないけど、俺は元康《もとやす》くんから間接的に二人の強化方法を教わっているわけだしね」

「別に隠してなんかいませんよ！」

樹は沸点が低いですなー。

錬もお義父さんを黙って見てますぞ。

なので俺が熱い目で錬を見つめると、錬は何やら青ざめながら視線を逸《そ》らしました。

片目でも瞑《つむ》ってみせますかな？

「う……」

錬が更に手で口を押さえて呻《うめ》きましたぞ。

何が不快なのですかな？

「お前等……そんな関係だったのか」

「何が!?」

お義父さんが錬と俺を交互に見て言いましたぞ。

何か誤解していませんかな？

「樹に隠し癖があるのは周知の事実だな。疑う余地もない」

「僕をいじめてそんなに楽しいですか！　勇者とは聞いて呆《あき》れますね！」

錬の言葉に樹がまた言い合いを始めようとしています。

本当に懲りない連中ですな。

いじめが楽しいかは樹にこそ聞きたい話ですな。お義父さん相手によくやりましたぞ。

「まあまあ、俺は元康くんから全部聞いているから黙ったりしないよ。錬や樹の強化方法に関しても先に知っているしね」

「何をふざけたことを……」

「とりあえず錬、樹、元康くんがこの世界の未来からやってきたという話が真実であるということを前提に聞いてほしいんだ」

「ああ、尚文《なおふみ》が鳥の娘を得るってやつか？　で、男と寝て子供が出来るとかいうやつ」

「そ、それは元康くんの説明がすごく下手なだけで未来から来たのは本当なんだよ。だから国の真実や勇者の武器の強化方法とかに詳しいんだよ。錬や樹の強化方法だってこっちは既に実践してるんだから」

お義父さんが必死に錬と樹に事情を説明していきますぞ。

嘘《うそ》偽りの交じらない真実だけをお義父さんは包み隠さず話しました。

ですが……。

「信じられませんね。大方、元康さん自体が召喚された日の夜に部屋を出ていった時とかに、城の連中の話に聞き耳でも立てていたのではないですか？　王と王女の密会辺りに遭遇したとか」

「十分あり得るな。陰謀を知って上手《うま》く立ち回るために弱い尚文を利用したとかだろ。樹じゃないが目立たないためのいいカモフラージュを得たんだろう」

なんと！　樹に夜間外出したことがばれていたのですかな？

まあ、フィロリアル舎に行ったのでみんな知っていることでしょうが。

あの時に燻製《くんせい》を殺害したことは全くバレていないようですがな。

「……続けるけど、その証拠に元康くんはとても強かったし、いろんなことを知っている。最初の日の段階でポータルスキルを使えたし、シルトヴェルトの方へも一瞬で行けたんだよ。そのお陰で俺も国に気付かれず強くなれたんだ」

「強いのは元康さんがチートをしているからに決まっているじゃないですか！　未来の知識？　ならどうして僕が利用されているのを止めなかったんですか！」

「何度も言いましたぞ。その時、樹は俺の話を信じてくれましたかな？」

「結果だけで言えば樹は元康くんの言葉を信じなかった」

「う……」

心当たりがあるのですな。

まあ、何度も言いましたからな。

被害が増える前に俺やお義父さんの話を聞き入れなかった樹が悪いのですぞ。

「それを責めるつもりはないよ？　未来から来た、なんて話をあの時点で鵜呑《うの》みにする方がどうかしているしね」

む、確かにお義父さんの言う通り、未来から来た、などという突拍子もないことを信じさせる方が難しいですぞ。

実際お義父さんの場合も、冤罪《えんざい》を掛けられて傷ついているところに入り込む形で信用を得ましたからな。

おそらくですが、冤罪から救出した直後のお義父さんは、まだ俺の話を半信半疑で聞いていたと思いますぞ。

「どうやら俺達四聖の誰かが死ぬことがループ発動の条件らしい。それだけ未来での戦いが厳しくなる。いがみ合っている状況ではなくなるんだ」

「だとしても、俺は元康が未来から来たという話は信じられないな」

錬がいつも通りの態度で言いました。

まあ錬と樹が俺の言葉を信じたことの方が珍しいですがな。

「なぜですかな？」

「余計なことをしすぎだ。国の陰謀？　ならどうして早く国を出ずにまどろっこしい行動をした？　もっとやることはあっただろう。国の陰謀を暴くなり、余計な飛び火をする前に他国に亡命するなり、手は腐るほどある」

「それも前に話しましたな。そうすると戦争になるからですぞ。メルロマルクはお義父さん以外の勇者を手に入れて調子に乗っていましたからな」

「元康くんの言い方が悪くて二人は勘違いしているけど、元康くんはループ……何回かこの世界を繰り返しているんだ」

ふむ……俺の説明が下手な所為《せい》でお義父さんの手を煩わせてしまいましたな。

では俺もお義父さんに倣って、聞かれたことを全て話すとしましょう。

「そうですぞ。俺は既に何度もループして、ここにいますぞ」

「で、どうにも色々と複雑らしくて、持っている知識が不足しているみたいなんだ。実際、俺が冒険初日に泊まっていた宿を知らなかったし」

「もしも次にループした際に上手く立ち回るために泊まった宿を教えてほしいですぞー」

「ふざけたようにしか聞こえないが……いいだろう」

と、錬は初日に泊まった宿を教えてくれましたぞ。城下町から二つ離れた村の宿に泊まったとの話ですぞ。

随分と離れてましたな。

「嫌です！」

樹には断られてしまいました。

ですが、その情報は知っておいた方がいいはずですぞ。

しかし、今の樹が素直に教えてくれるとは思えませんな。

しょうがないですな。諦めましょう。

「では、もしも次があったら樹をストーキングしてどこに泊まったか調べるとしましょう」

「うっ……やめてください。気持ち悪い！」

「別に疚《やま》しいことがないなら教えておけばいい。知る必要があると思い込んでいるみたいだしな」

「はぁ……しょうがないですね」

そう言って樹はどこに泊まっていたか教えてくれました。

ですが、樹は嘘が得意ですからな。嘘の宿を言ったかもしれませんぞ。

やはり次回のループでは樹をストーキングすることにしましょう。

最初二日間はお義父さんに接触しなければ、比較的自由に行動できますからな。

俺を殺した豚共から習得したストーキング技術が役に立ちますぞ！

「そもそも一人の人間が知り得る情報なんてたかが知れているよ。元康くんだって神じゃないんだからさ。対象が三人もいたら知らない情報くらいあるでしょ。大体あっちを立てたらこっちが立たない、なんてループモノの王道だしね」

「ペテン師は大抵そういうことを言うものですよ」

「世界がループしているなんて言い張るペテン師は才能ないと思うよ……」

「調子の良いことを言っても僕は騙《だま》されませんよ」

どうやら樹は俺の話を信じていないようですぞ。

しかし樹は三勇教に調子の良いことを言われて騙されたから今があるのではないのですかな？

……ここで前回は樹が仲間に殺されたことでループしたと教えてもいいのですが、信じるどころか話が進まない可能性が高いですぞ。

「で、大方、尚文が前に説明した強化方法を実践したから、とか言う気だろ？　前にも言ったが勇者の武器ごとの仕様の違いだから俺のはできないと言っただろうが」

「つまり錬の武器は俺のものよりも遥《はる》かに弱い劣化品であるということですかな？」

「なんだと!?　俺の武器が一番強いに決まっているだろう！　実際に剣はこの世界のもとになったゲームであるブレイブスターオンラインで最強の武器だ！」

「何を言っているんですか！　もとになったゲームはディメンションウェーブですよ！　剣なんていう盾が装備できる以外に長所のない雑魚武器よりも、弓の方が強いに決まっているじゃないですか！」

「弓が最強？　ハッ！　魔法にすら劣るじゃないか」

「貫通性や秒間ダメージ、飛行属性にも対応している最強武器じゃないですか」

「何言ってるんだ。剣のダメージの方が上だし、汎用《はんよう》性だって遥かに上だぞ。弓は火力に問題があるだろう。そもそも盾を装備したら回避力と攻撃速度が落ちる。意味がわからん」

錬と樹が最強談義を始めました。

まあ勇者である俺達は特定の武器以外装備できないので、錬が盾で殴りつけることはできませんが。

これはきっと自身がプレイしていたゲームの話でしょうな。

おや？　お義父さんが不思議そうな顔をしていますぞ。

「ねぇ？　二人のゲーム知識に齟齬《そご》がない？」

お義父さんがそれに気付きましたか。

いや、前に話しましたが。

俺も最初の世界では槍が最強の武器だと信じていましたな。

攻撃範囲や攻撃速度、威力、汎用性など……全てにおいて上位でしたからな。

特化武器の作れるエメラルドオンラインでは相性抜群ですぞ。

まあ、それは間違いだったわけですが。

「だからさっきからゲームごとに仕様が違うと言っているだろう」

「なるほど、つまり元康さんの武器は最初からチート性能だったわけですね！　この卑怯《ひきょう》者！　未来から来たというのも信じられません！　貴方《あなた》が全ての黒幕だったんですね！」

「樹、さすがに無理があるぞ。逆風が吹いているからといって、全部誰かの所為にしても何にもならないだろ」

さすがに錬も樹の肩を持ったりしませんな。

それにしても俺が黒幕ときましたか。

だとしたら随分と楽なんですがな。

お義父さんの言葉通り、樹や錬を騙しても何の得にもなりませんぞ。

こやつ等は自分を過大評価しすぎですな。

俺はＬｖと武器が強化されている影響で人より強いだけですぞ。

お義父さんが俺を見つめますぞ。

俺はニコッと笑い返しました。

「ほら！　悪の片鱗《へんりん》を見せましたよ！」

おかしいですな。

笑顔で違うということを見せたのですが、確信を持たれてしまいました。

「いや、ないでしょ……これは完全に何にも考えてない顔だよ。普段の元康くんが何をしてるか知ってる？　俺が頼み事をしていない時はユキちゃん達、フィロリアルとずーっと一緒に遊んでいるだけなんだよ？」

「それが演技なんですよ！　そしてここぞとばかりに本性を出して尚文さんを殺すんですよ」

「多分ないと思うよ。むしろ元康くんの手綱を握る方が大変だし……黒幕がこんな面倒臭いことする方が不自然だよ」

「どちらにしても元康が多少強いのは噂《うわさ》で知っているが、それも程度が知れるだろ」

そういえば錬には直接見せたことがありませんな。

まあ樹はパーティーを一瞬で壊滅させせたり、ボコボコにしてやったりしたので理解しているでしようが。

「化け物みたいに強いのは確かです！　僕が手も足も出なかったんですから！」

「それは樹、お前が弱いんだ。盾職の尚文に勝てないんだからな」

「なんですか！　錬さんまで僕を馬鹿にするつもりですか！」

「俺は事実を言っただけだ」

「なんですって！　僕が弱いわけないじゃないですか！」

「どうだかな。いい加減、理解させるために勝負をするか」

「勇者様方……落ちついてください」

本気で喧嘩《けんか》をしようとしている錬と樹を女王が止めようとしています。

しょうがないですな。

錬が俺を知りたいというのなら、実際に見せてやりましょう。

「では実践してみせますかな？」

「元康くん何をするの？」

「まあ、見ていてほしいですぞ」

立ち上がって部屋の窓を開けますぞ。

城から城下町が一望できます。

俺はそこで意識を集中して魔法を紡ぎますぞ。

『我、愛の狩人が天に命じ、地に命じ、理《ことわり》を切除し、繋《つな》げ、膿《うみ》を吐き出させよう。龍脈の力よ。我が魔力と勇者の力と共に力を成せ、力の根源たる愛の狩人が命ずる。森羅万象を今一度読み解き、偽りの太陽を生み出せ！』

「リベレイション・プロミネンスX！」

俺の手の上に炎の玉が生成されました。

そして俺は窓の外に思い切り投げます。

俺が投げた炎の玉は真っすぐに城下町を越えていって……草原で花火のように炸裂《さくれつ》しました。

地平線にもう一つ太陽を作り出しましたぞ。

「な――」

「な……そ、そんな……」

「これでどうですかな？」

「なるほど、確かに実践してみせるのが一番早いよね」

錬と樹だけ唖然《あぜん》とした表情で空を眺めました。

お義父さんはリベレイション系の魔法を見たことがありますからな。

人々が外の様子に気づいてざわざわと騒ぎ始めたのが窓から覗《のぞ》くとわかりますな。

「アレは元康くんの魅せ魔法だと思って。本気になったらどうなるかくらいわかるよね？」

これで俺の強さがわかったのではないですかな？

考えてみれば錬と樹の前では地味めのスキルしか使っていませんでしたからな。

下手に注目されると歴史通りにならないかもしれないという理由でしたが、もう警戒する必要もないでしょう。

むしろ歴史通りにさせないようにしなくてはいけませんからな。

「ま、まあ、話半分で聞くとしても元康が不自然に強い理由が……」

「未来から来たからですぞ。錬や樹の強化方法だけでなく、様々な武器の情報を知っていますぞ」

「ですから……おかしな武器に選ばれただけなんだと言っているんです！　この卑怯者！」

そうやって錬と樹は無理やり納得しようとしていませんかな？

俺を含め最初の世界でもこんな感じでしたが、同じ人間なのかと疑いたくなるほど、話が通じませんな。

「じゃあ俺はどうなのかな？」

お義父さんが自身を指差して言いますぞ。

「尚文？　まあ、お前は善戦しているだろうがLvでのごり押しだな。盾職が強いわけないだろ」

お義父さんは疲れたような表情をしておりますな。

錬と樹がこれでは疲れるのも無理はないですな。

「いや、強化方法は元康くんから教わったやつができて、強靭《きょうじん》な防御力を得たんだけど……」

「確かに堅くはあるようですが、それが強さに結びつくのですか？　守るだけでは何にもできませんよ。すぐに僕が防御を突破してみせます。いえ、防御など最初から必要ありません！　防御貫通攻撃があるのを知らないんですか？」

何を矛盾した台詞を言っているのですかな？

お義父さんが強固なのは確かですぞ。

現に今のお義父さんの防御は俺でも突破することは難しいでしょうな。

そもそもお義父さんは貫通攻撃の対策も習得しようとしています。

未来のお義父さんはこれを完全に習得していて、無効化していました。

この辺りはエネルギーブーストの応用ですぞ。

なお、未来のお義父さんはエネルギーブーストの補正なしに無効化を習得していました。

なんたらとかいう老婆《ろうば》から教わった流派の応用だとか言っていましたな。

下手をすると貫通攻撃がそのまま跳ね返ってきますぞ。

ですが悲しいかな、お義父さんの戦闘能力は全て防御に割り振られているので、攻撃の手段がありません。

反撃能力のある盾であっても相手を即座に戦闘不能にさせるのは難しいですからな。

錬男に負けた後に会議をした際に、お義父さんが試しに拳で殴ってみせた時の攻撃の弱さに絶句したのですぞ。

カースシリーズの盾で俺を焼き焦がしたことはありましたが、カースシリーズはそれ相応のリスクが付きまといますぞ。

現にお義父さんは何度か瀕死《ひんし》の重傷を負っていましたし、そもそも今のお義父さんはカースシリーズを所持しておりません。

そう、お義父さんの強さを証明するには攻撃を耐えるしかないのですぞ。

これは証明しづらいのは確かですな。

まさしく目の前に錬や樹が絶対に勝てないと思うような化け物でも出てこない限り難しいですぞ。

「俺ができて錬や樹ができないってことはないいんじゃないの？　まずは聞いてよ。元康くんから聞いた樹の強化方法は——」

と、お義父さんは必死に樹と錬に向けて強化方法を説明していきました。

二人が言わずに隠している強化方法をこちらが知っていることで、俺が未来から来たという信《しん》憑《ぴょう》性を上げようとしてくれているのですぞ。

が、錬と樹は微動だにしていませんな。

錬はステータスを確認するように試してはいましたぞ。

樹も同様ですな。

ですが、心から強化方法を信じないとできるものもできませんぞ。

できるかもしれないだけでは、効果は出てこないのが問題なのですぞ。

「悪いができないな」

樹はお義父さんの言葉など聞く耳持つ気はないようですな。

錬はとりあえず冷静ではあるようですぞ。ただ、強化方法の共有は難しいですな。

ここで俺の強さを見せつけるために正面から死なない程度に痛めつけてもいいですが、お義父さんが止めそうですな。

「どうやら、得られる話はなさそうだな」

「そうですね。失礼します。不正な力に頼る人達のチート方法など聞いても耳が腐るだけです」

もう面倒臭いですな。

説得でどうにかなるような次元ではないですぞ。

「これから戦うボスの武器で、目に見えた強さが得られると思っているのですかな？」

ここでは俺が先に手を打ちますかな？

図星らしき錬と樹が不愉快そうに振り向きますぞ。

最初の世界で俺はカルミラ島の後、更なる強さが得られるイベントだと自惚《うぬぼ》れていましたからな。

修行も職業違いの無駄な要素とまで思ってました。

教皇相手に苦戦したが、あの武器があれば今の二倍以上の強さが得られると……あの時の俺は思っていました。

それほどに、弱いボスなのに優秀なドロップを持っていると思っていたのです。

霊亀のレア武器は、今までの店売りの武器や魔物の素材で出た武器よりも優秀な武器ですからな。

ＭＭＯの時は霊亀のレア武器は高額で取引されることで有名でしたぞ。

もちろん他の四霊の武器に比べれば劣りますが、次の四霊を狩るには強さが必要ですからな。

まあ、次の鳳凰《ほうおう》はがんばれば、なくても勝てる可能性はありますが、相当Ｌｖを上げないと厳しいでしょうな。

「霊亀は弱いから足がかりにちょうどいいと思っているのでしょうけど、あれは今の錬や樹では手も足も出ない化け物で、少々記憶の欠落がありますが、裏に更なる厄介な相手がいるのですぞ」

ゲームでは手の出しやすい相手だったのですぞ。

Ｌｖ的にも余裕だと……思っていました。

だから錬や樹が出し抜いて出発したと聞いた時は納得したのですぞ。

もちろん……全てが間違っていたのも事実。

実際に霊亀の素材で出た武器はＭＭＯの時よりも性能は低かったのですぞ。

ただ、お義父さんの盾や錬の剣は優秀だったらしいですが。

それも素材を使って新造した武器だと錬が言っていましたな。

「何度でも言いますぞ。霊亀に挑むのはやめた方がよいですぞ。俺の目が黒いうちは絶対に阻止してみせますぞ」

「元康くん……」

これは俺の決意ですぞ。そして俺の後悔でもあります。

もちろん霊亀に敗北した事実があったからこそ、俺は真の愛に目覚めたとも言えますが、やり直すチャンスがあっても阻止しない理由にはなりません。

「一旦《いったん》時間を置こう。俄《にわか》に信じがたいなら後で元康くんを相手に錬も稽古をすればいいよ。そうすればわかるはずだから」

「……それくらいならいいだろう」

「本当に強いんですからね！」

樹は落ちつけ、と錬はあくまで冷静にといった様子で樹を宥《なだ》めておりましたぞ。

錬はまだ話が通じそうですが、樹は時間が掛かりそうですな。

と、ここでドタバタと部屋の前まで何やら物音がしてきました。

「大変です！　弓の勇者様の仲間が錯乱しております！」

おや？　最初の世界で赤豚とお姉さんが言い争っていたことを思い出しましたが、両者共いないのにこの出来事が起こるのですかな？

いや……樹の仲間が錯乱しているとはどういうことですかな？

「樹、お前の仲間が問題を起こしているとの話ですぞ。どっちが正義ですかな？」

ですがここは樹を責めるチャンスですぞ。

仲間の不始末の責任をどう取りますかな？

「僕の仲間を暴れるように嗾《けしか》けたんじゃないですか？　何にしても確認しないといけません」


そんなわけで騒ぎの場所に行くと……。

「汚れた獣人め！　上手く立ち回ったつもりだろうがお前のような奴が世界を救う勇者の仲間であるはずないだろうが！」

「さっきからキャンキャンうるさいねぇ……場所が場所じゃなかったらはったおしているところだよ。それともいい加減、拳で黙らせていいかい？」

と、樹の仲間だった……鎧《よろい》、は俺が消したので他の戦士が肩で息をしながらパンダに向かって何やら怒鳴っているようですぞ。

パンダもウンザリしているのか周囲の兵士に黙らせていいかと何度も尋ねていて、周囲の者達は樹の仲間の戦士を宥めるというよりここから連れ出そうと必死ですぞ。

「どっちが強いかここで証明してやる！　勇者の加護で強くなった俺がなぁああ！」

血走った戦士が斧《おの》を抜いて今にも襲いかかろうとしてますぞ。

「ロジールさん！　一体どうしたのですか！」

樹の声にハッと仲間の戦士は我に返り、目を泳がせましたぞ。

「こいつは卑劣なことを平気でやる、殺しに慣れた傭兵《ようへい》です！　こんな奴と勇者の仲間として連携なんて到底できません！　むしろ処分しなければいけない不穏分子です、イツキ様！」

いきなりパンダを指差して我の勝利とばかりに言い切りましたぞ。

「そりゃああたいは金を積まれれば大抵の汚れ仕事はする傭兵ってのは確かだけどねぇ。だから何だって言いたいところだよ」

「彼女はシルトヴェルト側の暴走した兵士達を止め、喝を入れた猛者。シルトヴェルト側がそのような処分を許可はしませんよ」

ヴァルヴァルがパンダを擁護して樹の仲間の戦士に言い返しますぞ。

「そもそも最初から喧嘩腰で相手をしてきたあなたは何なんですか」

「話し合いをするつもりすらないって感じだったねぇ」

「感じ悪いぞおっちゃん」

ヴァルヴァルにパンダ、キールにそれぞれ指摘されてますな。

「……」

さすがの樹も仲間の戦士の言い分が苦しいのはわかっているのか間に入りづらそうにしてますな。

「ブブ！　ブブブ」

ここで婚約者の近くにいる影を名乗る豚が姿を現して樹と女王に何やら報告していますぞ。

「違う！　俺は正当なメルロマルクの者として――」

何か言い訳を言おうとして戦士が黙り込みましたぞ。メルロマルクは改宗して亜人獣人を受け入れる方針を取ったので差別発言は認められませんぞ。

「ああん？　覚えてないねぇ……そんなことあったのかい？」

パンダも困ったとばかりにお義父さんに申し訳なさそうにしてますぞ。

「ロジール……あなた」

「違う！　間違ってなんかいません！　あんな奴と一緒に行動なんてできないと言ってるんです！　イツキ様、あなたならば俺の気持ちをわかってくださいますでしょう！」

樹の仲間が俺をなぜか指差してますぞ。

そこで樹は俺を忌々《いまいま》しそうに睨《にら》んだ後、深く溜息《ためいき》を吐《つ》きましたな。

「くだらん、妙な騒ぎで興ざめだな」

錬が関心を失ったとばかりにその場に背を向けましたぞ。

「樹、責任転嫁するとはああいうのを言うんだ。もう少し冷静になってから、尚文達と話をしないといけないようだぞ」

と、錬がその場から去りましたな。

何をカッコつけているのでしょうかな？

「お義父さん。どういうことなのですかな？」

「ああ……どうして樹の仲間がラーサさんに向かって喧嘩腰なのかってのが、推測というか影の調査でわかってね。あの人……」

お義父さんが影豚からの情報を掻《か》い摘《つま》んで教えてくださいましたぞ。

なんでも樹の仲間をしているあの戦士は、昔……調子に乗ってゼルトブルの闘技場に出場したことがあるそうなのですぞ。

闘技場ですな。俺も聞いた覚えがありますぞ。お義父さんとフィーロたんがお姉さんのお姉さんと戦ったという話ですぞ。

あの闘技場ですな。樹も出場したとか聞きましたぞ。

樹の仲間をしている戦士はその闘技場で初戦敗退、その相手がパンダだったとの話ですぞ。

自らの敗北が認められなかった戦士が酒場で愚痴っているとパンダが入ってきたそうですぞ。闘技場では不正な補助魔法が使えるが、そこでなら真の実力で勝てると思い喧嘩を吹っかけたが、ボコボコにされたとか。

で、そのままメルロマルクにとんぼ返りしてしばらく引きこもっていたそうですな。

奴の自室にはパンダを模した絵があり、何本も刃物が突き刺さっているそうですぞ。

つまり逆恨み。お義父さんの仲間としてパンダが城にいたので、過去のことを思い出して喧嘩を吹っかけたのですな。

馬鹿ではないですかな？　パンダとお前では見たところ、パンダが圧勝ですぞ。

勇者の仲間には成長補正が掛かりますが、それでもパンダの方が戦い馴《な》れしてますぞ。

「イツキ様！　俺は間違ってない！　あいつが、あんな奴がいるのはおかしいんです！」

「……ロジール、少し冷静になりましょう」

「イツキ様！」

「本日は一旦、話は取りやめ。後日、余裕がある時にでも再度、連携に関して話を進めるとしましょう」

女王の提案に樹も頷《うなず》かざるを得ないようですぞ。

「そうですね。ロジール、次はあなたではなくセリアさんにでも任せますかね」

「俺は間違ってません！　イツキ様の次点は俺です！　セリアなんかに任せてはいけません！」

何やら樹は深々と溜息を吐いてましたぞ。

「ロジール、いいから来てください」

「あたいが悪いのかねぇ？」

「いえ……僕のところのロジールが迷惑を掛けました。ですがあまり褒められた経歴をしていると
は言えませんよ」

「だからあたいは傭兵だって言ってんだろ？　戦ってなんぼだろうさね」

「……」

樹は戦士を睨みつけてそのまま連れていきましたぞ。

ちなみに他の樹の仲間はそんな戦士のことを後ろ指をさして笑ってましたな。

笑ってないのはストーカー豚だけですぞ。

とにかく勇者同士の情報交換は一旦解散となりましたな。

「はぁ……」
お義父さんの溜息《ためいき》が深いですな。
「まさかあそこまで頑固だなんて……強化方法だけでも信じてくれたら多少はマシなのに、全然聞
いてくれないし、しかも元康くんが全ての黒幕とか言っちゃうなんて……」
「どうしようもないですな」
「まあ、異世界召喚で勇者なんて言われたら自分が主人公だと思っちゃうよね。少なからず俺もそ
ういう部分があるし、元康くんの圧倒的なまでの強さに自分が主人公じゃないかもしれないって慌

ているのかもね」

「そうですな。錬と樹は勘違いしていますぞ。主人公はお義父さんですぞ！」

「つ……」

俺の言葉にお義父さんが呆れたように頬《ほお》を引き攣《つ》らせました。

何かおかしなことを言いましたかな？

「そうじゃなくってね……こう、自分を主人公として見た時、自分より圧倒的に強い相手が出てきたら敵としか思わないのはちょっとね……」

「あれですな。自分よりＬｖの高い相手は死ぬか裏切る、という王道ですな！　ハハッ」

「それ笑えないよ!?」

ははは、つまり俺とお義父さんは錬や樹の犠牲になって死ぬ。

あるいは裏切って敵対する役回りというわけですな。

きっとそんな風に考えているのでしょう。

「当面は錬と樹と和解できるようにがんばっていかなくちゃね」

と先が思いやられる展開でしたぞ。

「迷惑を掛けちまったねぇ」

「いや……闘技場で戦って負けたのを根に持って喧嘩を売ってくるあっちが悪いでしょ。しかも酒場でも喧嘩売って負けて国に逃げ帰ったとかさ」

「確かに情けないねぇ……あれが勇者の仲間ってのは確かに不安だねぇ」

まったくですな。何よりあの鎧も問題があって消したのですが、奴も問題ありですぞ。

鎧を消しても似たような奴がいるのですぞ。

「じゃあ元康くんの部屋に一旦戻ろうか。みんなは先に部屋に戻ってて」

「あいよ」

「わかったぜ兄ちゃん！　みんな帰ろうー」

「ですぞ！　フレオンちゃんの卵がそろそろ孵化《ふか》する頃だと思うのですぞ！」

急いで向かいますぞ、フレオンちゃん！

十五話　寝ずの番

急いで部屋に帰るとユキちゃんとコウが孵化《ふか》器の前で卵を見つめていましたぞ。

「あ、元康《もとやす》様、卵にヒビが入り始めましたわ！」

「産まれるみたいだよー」

「おお！　それは何よりですな！　さあ、確認ですぞ！」

目を皿のようにして卵から出てくるフィロリアル様を確認しますぞ。

記憶の中のフレオンちゃんは赤い雛《ひな》姿でしたぞ。

パキパキッと卵のヒビは大きくなり……そのお姿が見えてきました。

そこにあるのは記憶の中にある通りの炎のように鮮やかな赤い色をした羽根。

そして羽根と同じ色をした、宝石のように綺麗《きれい》な瞳でした。

記憶の中と寸分たがわぬ姿に、安心のような不安のような気持ちが両方浮かんできますぞ。

自分の記憶に確信が持てないというのはつらいものですぞ。

「ピイ！」

「わー」

「産まれましたわね」

「ピイ〜〜」

「元気で何よりですぞ」

俺はフレオンちゃんと思《おぼ》しきフィロリアル様が乗りやすいように手を差し出しますぞ。

するとフレオンちゃんは記憶の通りピョンと俺の手に飛び乗り、跳ねながら登ってきましたぞ。

おや？　記憶の通りではあるのですが……フレオンちゃんは他のフィロリアル様より翼が少し大きいようですな。

「孵《かえ》ったみたいだね。元康くん、どう？　その子で合ってそう？」

「色は全く同じですぞ。君の名前はフレオンちゃんですぞ」

間違っててもいいのですぞ。

俺の最初のフィロリアル様の名前を君に送りますぞ。

「ピイ！」

「さしあたって……記憶の通りに育てるとしたらどうしたらいいかな？」

「ピイー！」

記憶の中のフレオンちゃんと同じく俺の肩から俺の周囲を下るように回りながら降りたり飛び上

がったりしてますぞ。

「ん？　なんかその子……？」

「んー？」

「これはー……」

「どうしましたかな？　何かおかしなところがありましたかな？」

「いや……気のせいだろうね」

お義父《とう》さんの言葉にコウとユキちゃんが揃《そろ》って頷《うなず》きましたぞ。

「この子が元康様の初めてのフィロリアルなのですわね。ユキの名前はユキですわ」

「コウ」

「ピイ！」

「話は戻って記憶の通りに育てるとして……」

「まずはＬｖですな。それと食事ですぞ。城で良いものを与えようという話をしましたぞ」

「食事の監修にあの王女が交じってるから毒殺する前に結構怪しげなものとかも実は食べさせてそう」

お義父さんの鋭い指摘。確かに記憶の通りにフレオンちゃんを育てる場合、元気なお姿の時に食べているものの中に怪しいものも口にしている可能性は十分ありますぞ。

避けるのがいいか試すのがいいか……く、記憶を頼りにするのは厳しいですぞ。

「ちょっと城の飼育係にあの王女が餌に指定しそうな代物を聞いてみよう」

「わかりましたぞ」

というわけで、錬《れん》と樹《いつき》を相手に不快に思っていた気持ちを吹き飛ばして飼育係に相談しましたぞ。

ちなみに三勇教徒の飼育係は左遷されているので安心ですぞ。

フィロリアルの飼育を好む、志が同じ兵士への相談ですな。

赤豚が食べさせそうな代物の候補を城の倉庫などで照らし合わせましたぞ。

そこで浮かび上がったのは……。

「次元ノキメラの肉かー……俺達もルナちゃんに食べさせたけど、確かに一部は城の研究班に運び込まれたって話だったね」

「これなら問題ありませんぞ！」

「まあ、一応食べさせてもいいものだね。念のため少しだけ混ぜておこうか、干し肉で残ってたみたいだし」

というわけでやや豪華な食事でもある次元ノキメラの肉をフレオンちゃんに試しに食べてもらうことになりましたぞ。

「ではこの元康！　フレオンちゃんを育て上げますぞ！　今夜は寝ずの番になりますな！」

「何か体調の変化があるか不安だもんね。あんまり育て上げすぎるとそれはそれで記憶と違う育ち方をするから程々にね」

「もちろんですぞ」

ここでユキちゃんが、同行する気満々なのか胸を張って立っておりますぞ。

「ユキちゃんのお手を煩わせませんぞ。フレオンちゃんを記憶の通りのＬｖまで俺が走って上げてきますからな」

「そんなーですわ！　ユキもご一緒したいのですわ！」

「では後方で応援してくれるといいですぞ！」

あの時は赤豚共が応援していたのでそれは平気なのですぞ。

「早速フレオンちゃんのＬｖを上げてじっくりと育て上げますぞ！」

「はいですわ！」

「コウも行くー応援するー」

「では出発ですぞ！」

「いってらっしゃい。俺は……休むことにするよ」

というわけで俺達はその足で出発したのですぞ。

ちなみにお義父さんは俺が出かけた後に、発情した婚約者に寝ているところにやってこられたそうですが、キールとパンダに任せてどうにかしたそうですぞ。


俺は、フレオンちゃんに無茶をさせないように大事に抱えてＬｖを上げていました。

「ピイ！」

記憶にあるクイーンのお姿になる前のフィロリアル姿よりも、さらに成長したのを確認してから一気にＬｖを引き上げるのですぞ。

あの時のフレオンちゃんよりも長生きしてもらわねばなりませんからな！

というわけで俺はあの時の狩場に向かい、魔物を倒してフレオンちゃんのＬｖを上げましたぞ。

「今日はこれくらいですな」

「このくらいでいいのですわ？」

「そうですぞ」

「えーコウとユキ、遊び足りないー」

「あとで遊びに行きますぞ。まずはフレオンちゃんの体調がおかしくならないようにですな」

「わかったー」

「では帰りますわ」

まだLvを上げたばかりですので、フレオンちゃんはお食事タイムが必要ですぞ。

「ピイピヨ」

というわけで狩りを終えて戻ると、日も暮れておりました。

城に戻り、フィロリアル舎にいると、相談した献立が用意されてきたのですぞ。

「ピヨ！」

ムシャムシャと、フレオンちゃんは用意されたお食事を食べましたぞ。

ですが、まだ足りないとばかりの表情をしております。

お腹もすいているようですぞ。

「お腹すきましたって言ってますわ」

「わかりましたぞ」

確か記憶の中のフレオンちゃんも催促してきて、俺は更に狩りで得た肉とドロップ品の食べ物を与えたのでしたぞ。

「ピヨー」

一気に育てられないのは、歯がゆいともじっくり楽しめるとも取れる時間ですな。

と、フィロリアル舎でフレオンちゃんの成長を微笑《ほほえ》ましい気持ちで見ていると……。

「なんですか騒がしい。一体何をしてるんですか」

こともあろうに樹がやってきましたぞ。

何ですかな？　何か文句でもあるのですかな？

「大切なフィロリアル様のお世話をしてるのですぞ」

「どうだか……盗んだわけではないですよね？」

「盗んだのは赤豚ですぞ。本来の持ち主は騒動で獄中死してしまわれたのですからな！　嘘《うそ》だと思うなら城の連中に聞くのですぞ」

「ピヨー！」

樹の相手などしていられないのですぞ。

そもそもなんでこんなところに来るのですかな。

フレオンちゃんが樹に向けて鳴きますぞ。

「ほら樹、フレオンちゃんが挨拶しているのですから応じるのですぞ」

「ピヨ！　ピイ！」

「なんでそんな真似を……まったく、少しは静かにしてほしいもんですね」

樹はそこで城の兵士にブツブツと俺の方を指差して尋ねてましたぞ。

頷かれた後に詳しく説明されていましたな。

思えばフィロリアル様の卵は無数にあるのですぞ。

カルミラ島で育てたい気持ちが湧いてきますが、少しばかりの辛抱ですぞ。

フレオンちゃん、君は本当に病死だったのか、それとも毒殺だったのか。毒殺だったとしても阻止できたんじゃないかと思わずにいられませんな。

「確かに城の兵士は元康さんの言うことが正しいと言ってますが、マルティ王女が奪ったなどとは信じられませんね」

「奴は下劣なゴミですぞ。いつまで信じるつもりですかな？」

「ふん」

せっかくのフレオンちゃんと再会できた嬉《うれ》しい気持ちが、樹の所為《せい》で台無しですぞ。

「樹、お前が俺を倒すためにフレオンちゃんを孵化させて戦う作戦まであったそうですぞ！」

「ああ、あの卵から孵化したのですか、元康さんを抑え込むためにフィロリアルを育てて盾にするといいですと言われましたね」

なんと、心当たりまであるのですかな！

「いくらなんでも卑劣だと拒んだのですが、それがこの雛だったのですか」

「ピヨ！」

「元康さんはともかく、雛に罪はありませんね。ですが悪さをしたら別ですからね！」

「ピヨ〜」

「しかしずいぶんと耳に響く声を出す雛ですね。こんなにうるさいのですか」

「うるさいとは心外ですぞ。フィロリアル様の天使の歌声なのですぞ」

「抜かしてなさい。何か問題を起こしたら僕が許しませんよ。それでは失礼します」

「ピヨー！」

フレオンちゃんがジャンプして樹に飛び乗ろうとしていたので急いでキャッチですぞ。

まだ雛ですからそんな真似をしたら怪我をしますぞ。

ともかく、樹はそう言って去っていきましたぞ。

さてさて、フレオンちゃんの成長を念入りに見守っていかねばなりませんな。

「ピヨー」

そんなフレオンちゃんは樹の後ろ姿を目で追っていましたぞ。

好奇心が旺盛なのはいいですが、樹は関わってよい相手ではないのですぞ。

「ほらフレオンちゃん。もっと食べてすくすく育ってほしいのですぞ」

空腹を訴えるフレオンちゃんに俺はどんどんお食事を差し上げましたぞ。

フレオンちゃんは食べて寝てを繰り返し、目に見える速度で成長してきましたぞ。


そうして翌朝ですな。

寝ずの番とばかりに俺はフレオンちゃんを見張っていましたぞ。

「元康くんおはよう」

「おはようございますですぞ、お義父さん！」

「えっと、元康くん大丈夫？」

「問題ないですぞ！　この元康、フレオンちゃんの体調が悪くならないように片時も離れず見張っておりますからな」

「いや、せめて仮眠を取るべきじゃ……俺やメルティちゃんが見張ってるから寝た方がよくない？」

「元康様、お休みにならないと健康に悪いですわ。受け入れられないお願いなのですぞ」

お義父さんとユキちゃんの提案ですが、受け入れられないお願いなのですぞ。

「問題ありませんぞ。この元康、フレオンちゃんがしっかりと成長するのを見届けねばなりません」

興奮が冷めずに寝付けませんぞ。

フレオンちゃんが育ち切るのを見届けねば寝るなどできません。

「うーん……大丈夫かなー」

「無茶しないでほしいのですわ」

「ぐー……」

コウはユキちゃんの隣で就寝中なのですぞ。

「おーい。王女様が朝飯だって言ってきたねえ」

パンダがボリボリと毛を掻《か》きながらやってきましたぞ。

「朝飯の名目でアンタに会いに来たよ」

「ああ……うん」

お義父さんが何やら苦笑いをしていらっしゃいますな。

一体どうしたのでしょうか？

「お義父さん、何かありましたかな？」

「ううん。問題はないよ。元康くんはその子がしっかりと育ったら休んでほしいかな」

ふむ……少々気になりますが、お義父さんが微笑んでいるので大丈夫なのでしょう。

「朝から集まって何を企《たくら》んでいるんですか？」

そこに樹が来ましたぞ。何なんですかな？　お前は問題のある戦士の教育でもしているのがいいですぞ。

「企むなんて人聞きが悪い。単純に元康くんが寝ずの育成をしてるから、寝るように注意してるだけだよ」

「あれから起きっぱなしと？　よくやりますね」

「樹の方こそ何の用？」

「……先ほども言ったでしょう？　妙な企みをしてないか見張ってるだけですよ」

「グア！　グア～グア～～アアア～」

フレオンちゃんがここで樹に向けて朝の挨拶をしつつ歌いますぞ。

天使の歌声ですな！

そういえばフレオンちゃんの色合いが白くなってきておりますぞ。記憶の通りですな。

「フレオンちゃんはご機嫌で歌ってるね」

「あーさー朝ですよーと歌っていますわ」

「フィロリアルって朝に歌ったっけ？」

「歌う子もいますぞ」

朝のさわやかな空気に酔いしれて楽しげな声を出すのですな。

「う……」

樹が何やら頭を振ってますぞ。

「樹、大丈夫？」

「し、心配無用です。何にしてもおかしな真似をしたら容赦しませんからね」

そう言いつつ樹はフレオンちゃんを見ていましたぞ。

フレオンちゃんは見世物ではないのですぞ。

「それで元康くん……は、ちょっと話し合いとかに出られそうにないね」

「お義父さん。申し訳ありませんぞ。フレオンちゃんを見守らねば安心できませんからな」

フレオンちゃんが本当に緊急の体調変化で亡くなってしまう可能性もゼロではないので、しっかりと成長しきるまで見届けなければいけませんからな。

「樹、お前と錬がここで会議をするなら話をしてやってもいいですぞ」

「ふざけないでください！　こんなうるさいところでやるはずないじゃないですか！」

怒った樹はそのままどこかへと行ってしまいましたぞ。

「うーん……樹なりに俺達と和解の機会を設けようとしてくれたってことなのかもしれないかな、あの反応は」

「そうなのですかな？」

「うん。謝りたいというか何か良い方向にしたいのだけど、どうしたらいいのかわからなくて皮肉を言ってしまう感じ」

「豚にいましたな。よく俺を馬鹿にしていたのに、何か出来事が起こったり二人きりになったりすると甘えた声を出してましたぞ」

改めて思えば訳のわからない豚でしたぞ。

世間体と俺と仲良くすることを天秤《てんびん》にかけて、他人の前では前者を大事にする見栄っ張りなのですぞ。それでは本当に仲良くなりたい相手と仲良くするのは難しいですぞ。

何でも自分の思い通りにしようとしている傲慢《ごうまん》で身勝手で幼稚な豚としか言えませんな。

相手を想《おも》うならば、最初の世界のお義父さんのようにしないといけませんぞ。

ツンとした態度ではありましたが俺達に強化方法を教えようと必死な姿……あれこそが豚共が模倣しなければならない理想の姿なのですぞ。

俺がどれだけ傷つけてしまったとしてもフィーロたんと一緒に見捨てずにいてくださいましたな。

豚だったら少しでも俺に傷つけられたと思ったら即座に俺を切り捨ててくるのは明白、思い通りにならない者は赤豚と同じく処分しようとしてくるのですぞ。

お前等は見捨てる選択をしないお義父さんの爪の垢《あか》を煎じて飲むべきですな。

「樹はお義父さんの爪の垢を煎じて飲むべきなのですぞ」

「いきなり何言ってるの元康くん？」

「素直に謝罪してお義父さんに忠誠を誓えばすべて不問にしてやると言ったのですぞ。俺達は寛大ですからな」

「グアー！」

フレオンちゃんも同意見なのかご機嫌そうに飛び跳ねておりますぞ。

クイーンになるにはまだ時間は必要ですが、もう人を乗せられるほどには成長していますぞ。

食べる度に体が大きくなっていっていますな。

ただ……本当にフレオンちゃんが虚弱なフィロリアル様である可能性を懸念して確認は怠りませ

んぞ。

……いや、確かに見たことのない種類と香りですぞ。

骨格や香り、羽毛などから見てフィロリアル様なのは確実ですが、俺の知らない品種ですな。

俺は現存する全てのフィロリアル様の品種を見分けられるはずなのですが……おかしいですな。

件《くだん》の老人が大事にする理由……何か秘密がありそうですぞ。

「あんまり動いてはいけませんぞ。今はしっかりと体を休めて成長する時ですな」

フレオンちゃんは虚弱な可能性があるので十分に注意しなくてはいけません。

本当は自由に走ったりしてもらいたいのですが我慢ですぞ。

バサバサと、フレオンちゃんはよく羽ばたきをしてますな。

「とりあえず錬と樹ともう少し話をしてみるよ」

お義父さんの慈悲を受ければ最初の世界のように錬と樹は更生するかもしれませんぞ。

少なくとも霊亀には挑ませないようにしないといけませんが、その前にカルミラ島に行くことになりますぞ。

「お任せしますぞ」

更に修行を行いますな。

今後はイベントが目白押しになりますぞ。

まあ、樹の活動範囲は国外に限定されますがな。

というわけで俺はそのまま寝ずにフレオンちゃんの成長を見届けていくのですぞ。

「グアグア」

「フレオンちゃんはご機嫌ですな」

「お話をしてほしいとフレオンは申していますわ、元康様」

「わかりましたぞ。あるところにお義父さんとフィーロたん、そして愚かな三人の勇者がいましたぞ」

俺はフレオンちゃんに俺の過去の愚かな行動とお義父さん達の偉業を語っていきました。

長い長い、楽しくも反省の物語ですな。

「グア！」

退屈にさせないように昔覚えた弦楽器で曲を奏でながら語り聞かせをしましたぞ。

フレオンちゃんは三勇教が裁かれたところで、とても楽しげな声を上げてポーズをとっておりました。

「正義は必ず勝つのです！　とフレオンは申していますわね」

「そうですぞ。お義父さんとフィーロたんは正しかったのですな」

「グア～！」

フレオンちゃんのお目目はキラキラとしてましたぞ。

なので俺はそこでムードを盛り上げるように昔聞いた特撮ヒーローの主題歌を歌いますぞ。

「グアグアークエ～」

歌が気に入ったのかフレオンちゃんも楽しく歌い始めました。

そうして俺はフレオンちゃんと城の庭に出て遊んだりしましたぞ。ユキちゃんやコウも一緒ですな。

ルナちゃんはキールに絡んでいらっしゃるのですぞ。

「なのー」

ライバルが助手を乗せて空を飛んでいましたぞ。

「こんなところを飛ぶなですぞ！　あっちへ行くのですぞ！」

「そんなの私達の勝手じゃないの」

「「ブー！」」

「グアー」

俺達はライバル達にブーイングをしますぞ。

「なおふみは会議に出かけて暇なの。お姉ちゃん、暇潰《ひまつぶ》しにキール達と狩りに行こうなのー」

「そうね。文句を言われるなら出かけた方がいいわよね」

と、ライバル達はそのまま飛んでいきましたぞ。

お前等の相手は後でしてやりますぞ。

どうやら、ライバル達はキール達と本当に出かけていったようですな。

お義父さんの警護は婚約者とサクラちゃんと怠け豚がしていたそうですぞ。

怠け豚については激しく不安ですな。


そうしてフレオンちゃんは夜には普通のフィロリアル姿にまで成長なさいました。

ルナちゃんのように途中から白くなってしまいましたが記憶の通りなので問題ないですな。

フィーロたんと同じく白い羽毛で羽の先が微《かす》かに生え変わり前の色である赤い色なのですぞ。

「……」

く……瞼《まぶた》が重いですぞ。

ですがここが正念場、フレオンちゃんが死なないか見守らねばなりません。

「元康様、お疲れですわ。ユキが見守っているのでお休みしてほしいのですわ」

「それは無理なお願いなのですぞ」

「クエ〜クエ〜クエエエ〜クエ！」

フレオンちゃんはずっとテンポの良い歌を歌い続けていますぞ。

「フレオンは元康様の教えてくれた歌がお気に入りのようですわ」

「コウ、ほかにも知ってるよーイワタニがねー教えてくれたーきっとこういう歌が好きだよね」

と、コウは俺の知らない歌を歌ってくださいましたぞ。

お義父さんが教えてくれたのですかな？　コウは臆病になっていましたがお義父さんは変わらず相手をしてくださるのですな。

「クエエエ〜」

こちらの歌も気に入ったご様子ですぞ。どうやら俺の知らない戦隊モノの歌ですな。

歌詞の中に戦隊名が入っていましたぞ。

あとは……お義父さんの世界の子供がなぜか夢中になるというアンパンの歌だそうですな。

俺も子供の頃に聞いたような気がする歌ですぞ。

時々お義父さんが差し入れにカフェインが含まれる飲み物や栄養ドリンクを持ってきてくださいましたぞ。

キールや助手も遊びに来ましたが今はフレオンちゃんが無事に育つのを見届けねば安心して眠れません。

…………ぐぅ……ですぞ。


「ああ……フィーロたん。お義父さん、フィーロたんをムニャムニャ」

「僕だって悪いと思いますし謝りたい気持ちはあるんですよ。ですが——」

「クエクエ」

そうして俺もウツラウツラとして……ハッと目を覚ますと、なぜか樹がフレオンちゃんのいる舎の前で手すりに寄りかかってフレオンちゃんを相手に何やら口笛を吹いてましたぞ。

フレオンちゃんも合わせて歌っていますな。

「樹！　何をするつもりですかな！」

場合によっては手足を切り飛ばして、死んでないだけの状態にしてやりますぞ！

「……見張りの割には居眠りとは感心しませんね」

口笛をやめた樹が淡々と言い返してきましたぞ。

「虚弱か何か知りませんが寝ている貴方《あなた》を起こしたら面倒でしょう。この子の鳴き声が随分と城内に響き渡っててうるさいんですよ。耳に残って本当に困ったものです」

フレオンちゃんの声がそんなに響いてますかな？

そこまで騒ぐのでしたら他の連中が抗議に来るかと思いますぞ。

「クエー！」

「う……うう……」

樹が頭を押さえて蹲《うずくま》りましたな。どうしたのですかな？

「退屈そうにしていたこの子の相手をしてあげてましたよ」

「クエ！　クエッ！」

フレオンちゃんは何事もないとばかりに楽しげに樹へと語りかけるように鳴いてましたぞ。

ふむ、どうやら妙な真似はしていないようですな。

すると樹はハッと我に返ったように周囲を見回しました。

「ぼ、僕は……いえ、そうじゃない。僕の所為じゃない。違う……いえ、違うわけじゃなくて……」

「ブツブツと何ですかな？」

「クエー」

「うぐ――そ、そうでは……では僕は部屋に帰るとしましょう」

むしろ、なんでお前はそう何度も城のフィロリアル様の舎に来ているのですかな？

俺に会いに来たとかの気色悪いことが理由ではないはずですぞ。

フィーロたんやフィロリアル様、お義父さんならウェルカムですが樹は論外ですぞ。

立ち去る樹に帰れと手を振りフレオンちゃんを観察しますぞ。

特に異常はないですな。

とにかく、樹が訳もわからず来ますが、フレオンちゃんを見張りますぞ。

あの時、最後に見たフレオンちゃん……そのお姿にとてもよく似たお姿ですぞ。

最初は赤かったですが今は白く……フィーロたんは羽の先が仄《ほの》かにピンク色でしたがフレオンちゃんは赤いですな。ルナちゃんにもよく似た色合いに育ってくださいました。

そうして俺は……二晩、フレオンちゃんに付きっきりで見守っていたのでした。


「クエクエ」

朝日の中、フレオンちゃんは一段階大きくなった後、フィーロたんをはじめとした無数のフィロリアル様達と同じくフィロリアル・クイーンのお姿に成長いたしました。

俺が見届けることができなかったフレオンちゃんの雄姿ですぞ。

やはりそうだったのですぞ。

赤豚ぁあああ！

やはりお前がフレオンちゃんを殺したのですなぁあああ！

何度ループしても殺してやりますぞぉおおおお！

「おお、フレオンちゃん。そこまで育てば十分ですぞ」

ここまで育ったフレオンちゃんを俺は見ておりません。とても元気で体調が変わる様子はありません。ですので俺はフレオンちゃんを舎から出して庭に連れていきますぞ。

「クエエエ！」

やりました！　とばかりにフレオンちゃんは外で羽ばたき始めると……。

「わー……すごーい」

フワッと、フレオンちゃんは大きくなられても羽ばたくことで、浮かんでおります。

「空を飛んでいますわ」

最初の世界で異世界から帰ってきたフィーロたんのように……空を飛んでいるではないですか？

「フレオンちゃん、空を飛べるのですかな？」

「クエー！」

できるとばかりにフレオンちゃんはパタパタと空中を縦横無尽に飛んでおります。

なんと……フレオンちゃんは生まれつき空を飛べるフィロリアル様だったのですな！

さすがはフレオンちゃん……フィーロたんの再来ですぞ。

「こ、これは一体……!?」

そこにポカンと口を開けた婚約者がやってきましたぞ。

「朝起きて窓の外でフィロリアルが空を飛んでいる姿が見えたから思わず来てしまったわ」

「なんと……これは……」

導かれるように女王も婚約者と同じようにやってきて驚きの声を上げてますぞ。

実に親子としか言いようがないほどによく似た表情で空飛ぶフレオンちゃんを見ております。

「あー……飛んでるー」

婚約者と一緒にサクラちゃんもフレオンちゃんを見上げておりました。

「あそこにいるのは……」

「フレオンちゃんですぞ。クイーンのお姿になってくださり安心していたところ、あのように飛び上がったのですな」

朝日を背に空を縦横無尽に飛び回る姿は実に天使の再来ですぞ。

「母上……もしやフレオンさんは……」

「ええ、どうやらそのようですね」

「亡くなった老人が大事にしていたというのも納得だわ」

「何か知っているのですかな？　そもそもフィロリアル様にフィーロたん以外で飛べる方がいらっしゃるのが驚きですぞ」

「お空飛んでるーいいなー」

「飛ぶのはいいですけど足の速さの方が大事ですわよ」

コウが羨《うらや》ましそうに見上げますが、ユキちゃんは足の速さの方を重視しておいでですぞ。

おい婚約者、早く教えてほしいのですぞ。

「そのフィーロって子もそうなのかしら？」

「フィーロたんはフィロアリア種だそうですぞ」

「じゃあ違うわね。なんでそのフィーロって子が飛べるようになったのかは知らないけれど、フレオンちゃんは、おそらく……」

「環境によってフィロリアル達は色々と成長に変化があると研究者は言いますが、飛ぶという変化までは間違いなく至っていません。よほど特別な育て方をしたのならあり得ますが」

「サクラちゃん達みたいにクイーンやキングになった個体とも違う気がするわ」

もったいぶった親子ですぞ。早く教えてほしいのですぞ。

「ですから何なのですかな？」

「おそらく……キタムラ様が育てたフレオンは、過去に人々の戦争に巻き込まれ、更にはグリフィンとの戦いにより絶滅した空飛ぶフィロリアル、フィモノア種と呼ばれる古代種でしょう」

なんと……フレオンちゃんはそのような品種であったのですな。

どうりで今までたくさんのフィロリアル様を育ててきた俺でもフレオンちゃん以外で見たことのない品種だったのですぞ。

空を飛べるフィロリアル様だったのですな。

「絶滅したはずの空飛ぶフィロリアル……それをこの目で見られるとはなんとも感動するものですね……」

女王はフレオンちゃんに興味津々なのですな。

伝承のフィロリアル様にメロメロとは、さすがは女王といったところでしょう。

「槍《やり》の勇者様は今後はフレオンをどのように扱う予定ですか？」

「俺はフレオンちゃんが健やかな成長をしてくれることを願っているだけですぞ」

フレオンちゃんが戦いたくないというのでしたら行かせませんぞ。

平和主義のフィロリアル様もいらっしゃいます。

悲しいことが苦手なのがフィロリアル様達ですからな。

「そうでしたか……おそらくフレオン様は無数の縁談を望まれるでしょう。世界中のフィロリアルブローカーにも狙われかねません……自衛は十分にすべきでしょう」

フィロリアルブローカーですかな？

ああ、フィロリアル様を商売に使おうとする方々ですぞ。

老人の弟子がそのような人種なのかもしれませんな。

「情報規制はすべきよね。姉上……見る目だけは確かにあったというべきかしら。けれど死なせる可能性を考えると損失が大きいわね」

「そうね。もしもこの事実が明らかになっていたのにあの子がフレオンを殺したのだとしたら、死んだ方がマシの罰を与えたでしょう」

「は、母上？」

「現存しないといわれたフィモノア種の最後の一匹を殺したというのでしたら、親子の情すら霞《かす》む大罪ということです。槍の勇者様が寝ずにいることを不安に思いましたが納得です」

いえ、俺はフレオンちゃんがどのようなフィロリアルであったとしても見守るつもりでしたが……何にしてもさすが女王、見る目は確かにあるのですな。

「勇者様方のお力に関してはまだまだ成長するとの話を聞いております。どうか何が何でもフレオンの生命を優先してください」

「当然ですぞ！　とりあえずフレオンちゃんが順調に育ってくださったのですぞ。最後の仕上げにレベルを上げますぞ！」

ここまで育てば安心してレベルを上げられますぞ。

「イワタニ様に報告しないのですか？」

「お義父さんを驚かせるために内緒ですぞ。サクラちゃんもですな」

「えー……」

「内緒ですわー」

なのでで俺は仕上げの狩りに出かけましたぞ。

フレオンちゃんが立派に育ってくださったら、その勇姿を見せて差し上げるのですぞ。

「ないしょー」


「エイミングランサーX！　ブリューナクX！　グングニルX！　リベレイション・ファイアストームX！　ハハハ！　弱い！　弱すぎるぞぉおお！」

「クエー！」

「ユキ達も一緒に暴れますわー！」

「わーい！」

と、俺とユキちゃん達はフレオンちゃんを連れて一気に山でレベルを上げますぞ。

「クエー！　クエクエ！　クエ！」

フレオンちゃんは空から急降下で蹴りを入れるのが好きなようですぞ。

「スターダストキックです！　いえ、ジャスティスアタックと言っていますわね」

「お姉さんのスキルみたいですな」

お姉さんが刀で流星系に該当するスキルを放った時に仰《おっしゃ》っていた覚えがありますぞ。

後半は樹のリングネームみたいですな。

何にしてもフレオンちゃんは体調を崩す様子はなく、とても健康そうに育ってくださいました。

念のためにフレオンちゃんの体力を多めに強化しましたぞ。

そうして強化していると俺の意識が朦朧《もうろう》としてきました。

「元康様！　ご無事ですか？」

「大丈夫ーだいじょうぶですぞー……」

「少しお昼寝をすべきですわ。コウ、フレオン、元康様とお昼寝をするのですわ。もう十分育ったのですから寝てほしいのです。ユキのお願いですわ」

ユキちゃんがフィロリアル姿で俺を抱えますぞ。

「く……ユキちゃんのお願い、この元康、やらねばなりませんぞ」

もう十分フレオンちゃんは成長してくださいました。少しだけ眠るのもいいですぞ。

「わかったーお昼寝ー」

「クエー！」

ユキちゃんとコウ、フレオンちゃんに囲まれて俺は木陰で休みますぞ。

ああ……至福の時ですぞ。

フレオンちゃんももうすぐ、天使姿になってくださいますでしょう。

その前に少しだけお昼寝をする……のですぞ。

眠った俺はフィーロたんとお義父さんが微笑んでいる夢を見ましたぞ。

お義父さん、俺はフレオンちゃんと再会できたのですぞ……ムニャムニャ。

「ふわぁ……おはようございますですぞ」

目覚めて周囲を見回すと眠っているユキちゃんにコウ……はいらっしゃるのですがフレオンちゃんがおりません。

少し離れたところで寝ていらしゃるのですかな？

十六話　覆面ヒーロー

「フレオンちゃーん！　どこですかなー？」

呼びかけますがフレオンちゃんの返事はありませんぞ。

「お空を飛んでいったのかなー？」

「まったく……勝手に出歩くとは感心しませんわね。元康《もとやす》様が心配しますわよ」

「フィロリアル様のプライバシーのためにあまり使用しないようにしておりましたが、しょうがありません」

俺はフレオンちゃんを登録している魔物紋の反応を確認しますぞ。

すると魔物紋は一直線にメルロマルクの城の方角を指していました。

生きていて何よりですぞ。

「ではフレオンちゃんを追いかけますぞ」

「わかりましたわー！」

俺はユキちゃんの背に乗りフレオンちゃんを追いかけましたぞ。

すると……城下町が見えるところまでたどり着いてしまいましたぞ。

「どこでしょうかな？」

反応を見るとそのままメルロマルクの城下町にいるようですな。

フレオンちゃんのことですからお空を飛んで城に戻ってきてしまったのでしょうか。

そのままフレオンちゃんの反応を見ながら行くと……ガッシャーン！　と大きな音が裏路地の方

で響き渡りました。

「つたく、何なんだいアンタ等はねぇ……」

「「そうだそうだ。俺達と姉御に喧嘩《けんか》を吹っかけてタダで済むと思ってるのか？」」

物音の方を見ると反応も近づいていまして現場にはなぜかパンダとその部下、そして対峙《たいじ》する謎の覆面武装集団がいましたぞ。

「メルロマルクは人間の国だ。我がもの顔をする獣人共に制裁を与えてくれる！」

「正義の名のもとに邪悪なゼルトブルの傭兵《ようへい》に制裁を！」

「喰《く》らえ！　あの頃の俺だと思うなぁぁあああああ！」

と、覆面の斧《おの》を持ったリーダーらしき奴がパンダに向かって駆け出したその時。

「ちゃららーちゃちゃちゃちゃちゃららーん！」

軽快なリズムの歌声を響き渡らせながら何かが空から降りてまいりましたぞ。

「ああ――天知る地知る人が知る。メルロマルクとシルトヴェルトが共に手を取り合おうとしている時に無益な争い、いえ一方的な私怨《しえん》で襲いかかり争いの火種にしようとしているその手口、このパーフェクト・ジャスティスが断じて見過ごせません」

そう……覆面をつけた樹《いつき》が、屋根の上からパンダと覆面連中達を指差して宣言しましたぞ。

「世界の平和を乱し、私怨が強く入り交じった襲撃をこのマジカルフレオンも許しません！」

お隣ではフレオンちゃんが羽ばたいてそう宣言しております。

もうお喋《しゃべ》りすることができるようになったのですな。

ですが隣にいる覆面をつけた樹は何なんですかな？

「な――あなたは……なぜそこに!?」

「今すぐ襲撃をやめて投降するなら裁かずにいてあげましょう」

何やら樹と襲撃者の視線が激しく交差しているように感じられますな。

「一体何なんだい？　メルロマルクの伝統のアトラクションってところかねぇ？」

後ろでパンダが呆《あき》れた声を上げてますぞ。

「うるさい！　もとはといえばお前が悪いんだ！　お前が負けたからこんなことになって俺がこんな惨めな気持ちにならなきゃいけなかったんだ！　むしろこの獣人に報いを受けさせる絶好の機会！　さあ！　早く俺達の勇者としてコイツを殺しましょう！　正義のために！」

「……話になりませんね。何の罪もない方々を襲撃してあまつさえ命を奪おうとは、その方々は戦争を止めた立役者ですよ。そのような真似を僕は許しません」

「おのれ！　付き合いきれるか！　お前なんて正義じゃない！　俺達が成敗してくれる！」

「はあああ！」

といった様子で覆面をつけた樹はフレオンちゃんの背に乗りそのまま屋根から下りて着地、敵対する覆面連中に向かって弓を構えましたぞ。

「アローレインV」

樹が弓を引き絞り、空に向けて矢を放つと覆面連中に向かって降り注ぎましたぞ。

Vですかな？　それはしっかりと武器強化しないとできないはずですぞ。

「ぎゃあああ!?　痛い！　いたーあああああ」

覆面連中が樹の矢を受けて痛みで悶絶《もんぜつ》し始めました。

「パーフェクト・ジャスティスさん。今回はデビュー戦、私は応援の歌を歌いますよー」

「あ――ああ……ええ、応援をよろしくお願いします。マジカルフレオンさん、次こそ任せますね」

「はい！　いけいけジャスティスー悪を見極め過去の罪を背負って進めー」

何やら俺がお義父《とう》さんから教わった歌をアレンジしたような曲をマジカルフレオンちゃんは歌いますぞ。

「今なら尚文《なおふみ》さん達の言っていたことが正しかったとわかる……これが、弓の示した力……パラドウ！　と樹が力強く矢を放ち、悶絶する覆面集団にエネルギーの籠《こ》もった矢が飛んでいきましたぞ。

イズショットX！」

「な、イツキ様、ぎゃあああああ――」

覆面連中は樹の放ったスキルを受けてビクンビクンと麻痺《まひ》して動かなくなりました。

「正義執行完了です」

「ああ……これが、本当に正しい道だったんだ……」

決めポーズを取るフレオンちゃんと樹が印象的ですな。樹は何やらビクンビクンしてますぞ。

「わーカッコいいーキターコウもあんな感じに遊びたいー」

「ちょっと優雅かどうか判断に悩みますわね」

コウは楽しげですがユキちゃんは困惑した様子ですな。俺はどうしたらいいでしょうか？

どうやらフレオンちゃんが樹と一緒に遊んでいるようなので話を合わせるのがよさそうですな。

「おお、とても素晴らしい活躍でしたぞマジカルフレオンちゃん！」

フレオンちゃんはこのような遊びが好きなのですな。

「一体コイツ等は何なんだい？」

「それは……こういうことですよ」

そう言って樹は覆面集団のリーダーの覆面を剥《は》ぎ取りますぞ。

するとそこに出てきたのは樹の配下である戦士でしたな。

「どうやらこの者はゼルトブルで貴方《あなた》にやられた仕返しにここで襲撃して殺そうとしていたようです。勇者に育てられたのだから今度こそ倒せると思ったのでしょう」

嘆かわしいことです。と、樹は他人事《ひとごと》のように答えますぞ。

お前の部下ですぞ！　その尻拭《しりぬぐ》いをしただけではないのですかな？

「もとやすさん。この者達の連行をお願いします。ジャスティスさん、次へ行きましょう。悪に踏みにじられ、助けを求める方々がまだまだたくさんいるのですから」

「はい」

樹がフレオンちゃんの背に乗りましたな。

「ではさらばです！」

「悪がこの世から消えるその日まで、僕達の戦いは終わらない」

と告げて、フレオンちゃん達はお空へと羽ばたいて行ってしまいましたぞ。

楽しそうで何よりですな。

「本当……何なんだい？」

「よくわからねえですぜ……」

「パンダ、お前はなんでこんなところにいたのですかな？」

「そりゃあ暇だからメルロマルクで良さそうな酒場を探してたんだよ」

ほう……確かに樹と錬《れん》と話をするためにお義父さんは説得を続けていたそうですからな。

俺はフレオンちゃんを見張るので大変だったのですぞ。

「お城にこの方々を連れていくのがいいのですわよね？」

「そのようですな」

というわけで樹によって麻痺させられた連中を城に連行しましたぞ。


「元康くんおかえり。聞いたよ、フレオンって子が絶滅したはずの空飛ぶフィロリアルなんだって？」

するとお義父さんが出迎えてくれましたな。

内緒にしていたのですが、ばれてしまいましたぞ。

お義父さんは樹の仲間達を背負うユキちゃん達へと視線を向けますぞ。

もちろんパンダも同行しています。

「どうしたの？」

「ああ、なんかあたいを逆恨みして襲いかかろうとしたのをよくわからない連中が退治してね。城に連行したのさね」

「確か……樹の仲間の人だよね、その人」

「おや元康さん……おかえりなさい」

「ああ、樹……？」

表情に覇気のない樹がフレオンちゃんを連れてやってきましたぞ。

「何かあったようですね」

「ようですねも何もお前が置いていったのですぞ」

「……知りませんね。それでどうしたんですか？」

何をしらばっくれているのですかな？

「お前の仲間がパンダの命を狙ったのですぞ。忘れたのですかな？」

「それは大変です。ロジール……あなたは本当にどうしようもありませんね。尚文さん達の仲間を襲うのも然《さ》ることながらこちらの我慢も限界です。しっかりと罪を償って更生してください。では彼等をパーティーから追放します。罪人として連行してくださいね」

おや？　妙に素直な樹が、兵士達に向けて仲間の戦士を連行するように命じてますぞ。

「樹……？」

「尚文さん。今まで申し訳ありませんでしたね。あ――あ……僕はこれから初心に戻って正義活動をしていくつもりです。強化方法、実に素晴らしいことが実感できました。見てください、イーグルピアシングショットX！」

樹が空に向けてスキルを放ちましたぞ。すると今までよりも遥《はる》かに強力なスキルが発生しておりました。間違いなく強化スキルですな。

「あ、そう……なんだ？　本当に大丈夫？」

「大丈夫ですよー！　さあ、いつきさん、頑張りましょう！」

「はい」

「フレオンちゃんフレオンちゃん」

ここで俺はフレオンちゃんにお願いをしましょう。

クイーン姿でいらっしゃるのもいいですが、天使のお姿も拝みたいのですぞ。

「なんですか？」

「どうか天使のお姿を今一度見せていただけると安心できるのですぞ」

「わかりました。もとやすさんはこのフレオンをとても心配してくださいました。やりましょう！

チェーンジフレオンです！」

というわけでフレオンちゃんが翼を広げて何やらポーズを取りながら……姿を変えましたぞ。

そうして変わったフレオンちゃんのお姿は……おお、なんということでしょう。

フィーロたんによく似た……いえ、俺の記憶するフレオンちゃんによく似た、目が赤く金髪の天使姿でした。

堕天使フレオンちゃんとよく似ております。

違いは羽でしょうな。

ゲームのフレオンちゃんが堕天した際は悪魔の羽だったのですぞ。

こちらは天使の羽での堕天使フレオンちゃんなのですぞ！

「愛のヒーロー！　フレオン参上です！」

と、フレオンちゃんは決めポーズを取っておりますぞ。

「天使のお姿を見せてくださり、ありがとうございますぞ！」

「なんてことないです。それで、もとやすさん、このフレオンに何をお望みなのでしょうか？　場合によっては力を貸しますよー！」

このテンション……ノリの良い、堕天使フレオンちゃんと似ていていい感じですぞ！

盛り上がってまいりました！

「まずはフレオンちゃんの服を作らねばいけませんな。すっぽんぽんではダメなのですぞ」

「わかりました。では……ヒーロー服を作らねばいけませんね！」

「どんな服がいいですかな？」

「ヒーローな服が欲しいです！」

うーむ……よくわかりませんな。ヒーローな服とはどんな服ですかな？

樹は知ってますかな？

「樹、わかりますかな？」

「あ、ああ……」

ご機嫌に歌うフレオンちゃんの歌で、樹は恍惚《こうこつ》とした表情になっています。

「大丈夫？　樹、薬でもやってそうで怖いんだけど」

お義父さんがそんな樹を心配そうに見つめていますぞ。

「ま、まあ……まずは普通の服でいいと思うよ。ユキちゃん達みたいに、そういった服はいざって時に着替える方がヒーローらしいでしょ」

「なるほどです。ではお願いします」

そういうわけでフレオンちゃんの服を俺は作ることになったのですぞ。

「ではいつきさん、世界の平和のために頑張っていきましょう」

「あ、ああ……はい。今度こそ僕は正しい正義の道を歩んでみせます」

「……樹、本当に大丈夫？　完全洗脳一歩手前とかじゃないよね？」

「はい。それでは行きましょう。フレオンさん」

「ええ！　では行きますよー！　まずは先ほどの問題が再度発生してないかいつきさんの仲間を確認しましょう」

「おー」

フレオンちゃんはそう言いながら樹と一緒に行ってしまいましたぞ。

「どうですかなお義父さん。フレオンちゃんは元気に育ってくださいましたぞ」

「えっと、元康くんがそれでいいならいいんだけどね。フレオンちゃんを初恋の子みたいな感じに恋人にするんじゃないんだね」

「聞き捨てなりませんわ！　元康様！　フレオンをそのように育てていたのですか？」

「違いますぞ。俺が愛するのはフィーロたんですぞ」

どうやらフレオンちゃんは樹と遊びたい年ごろなのでしょう。

樹、せいぜいフレオンちゃんを楽しませるために頑張るのですぞ。

「そうなんだ……まあ、樹もなんか吹っ切れたというか非常に怪しいけど強化方法を理解してくれたみたいだし……洗脳80パーセントって感じにも見えるけど」

「おい……さっき樹が妙なテンションでフィロリアルと一緒に走っていったが……」

錬が怪しいものを見る目つきでやってきましたが、どうしたのですかな？

「ああ、元康くんが育てていたフィロリアルのフレオンって子と意気投合したみたい……だね」

お義父さん、なぜ錬から視線を逸《そ》らすのですかな？

「本当か？　あんなに敵対的だった樹がお前等を褒めたたえていたぞ。何をした？」

「いや、本当に俺と元康くんは何もしてないよ？　なんか樹が突然ね。本当だから！」

そういえば樹は音楽の才能があると最初の世界で聞いた覚えがありますな。

フレオンちゃんの歌を聞いて気分が良さそうでしたので、音楽性の一致というやつできっと仲良くできたのでしょう。

フィーロたんの素敵な歌で脳が揺さぶられるあのような感覚を、樹もフレオンちゃんから感じたのかもしれませんな。

後日、お義父さんが洗脳って本当にあるのかもしれないと呟《つぶや》いていましたが、どういう意味でしょうな？

「……」

錬が疑惑の目を俺達に向けていましたな。

「なーさっき感じの悪い弓の兄ちゃんがフィロリアルと一緒に飛んでいったんだけど、兄ちゃん達何か知らね？」

「飛んでたなの」

「あれ何？　フィロリアルって飛べたの？」

キールや助手、ライバル共がやってきてその場は一旦《いったん》収まりを見せましたな。

何はともあれ、樹が改心してくれて何よりですぞ。

その日の晩に行われた勇者会議で樹は俺達の味方になってくださいましたが、錬は常時俺達を疑っていて早々に会議の席から出ていってしまいましたぞ。

何かおかしいことでもありましたかな？

エピローグ　善行の代償

樹《いつき》は強化方法の共有ができて味方をしてくれるようになりましたが、錬《れん》はまだできてませんぞ。

話し合いに時間を潰《つぶ》していると……メルロマルクでは国を挙げて葬儀が執り行われたのですぞ。

城下町は静まり返り、馬車を改造した霊柩車《れいきゅうしゃ》が教会へ向けて進んでおりました。

おかしいですな。俺の記憶が確かなら最初の世界でこんな出来事はありませんでした。

霊柩車が進むのを国民は名残惜しそうに涙を拭《ぬぐ》いながら見ていますな。

女王がその行列の先頭で指揮をしております。

国民はお義父《とう》さんが姿を見せたことで、更に心を震わせたように涙を拭っておりました。

女王は状況を察してお義父さんを含めて俺達を霊柩車の後ろの馬車に案内します。

そして馬車の中で事情を説明し始めましたぞ。

「今回の葬儀は、我が国の革命で尊い犠牲となった者達と、亜人達との友好の懸け橋になりえたセーアエットの忘れ形見、エクレール＝セーアエットの葬儀です」

おや？　聞き覚えのある名前のような気がしますな。

「確かその名字って……この国で亜人との友好を謳《うた》っていた貴族でしたっけ？」

おお！　確かそんな名前でしたな。

おや？　エクレアは……どうなったのでしょうか？

すっかり忘れていましたぞ。

「よくご存じですね」

「革命運動中に耳に挟んだんですよ。確か……メルロマルクの城の牢屋《ろうや》に捕らえられているとか……噂《うわさ》にはなっていましたね」

「ええ……奴隷狩りを行おうとした我が国の兵士を私刑にした罪……という名の不条理な罪で捕らえられ、拷問の末、死亡が確認されました。今はその偉大なるセーアエット嬢を含めた国葬です」

ガタゴトと霊柩車が進んでいきますな。

やがて教会の方で葬儀は執り行われました。

既に三勇教ではありませんな。四聖教だったでしょうか？

その司祭らしき者が祈りを捧《ささ》げておりますな。

「最後に、遺体はセーアエット嬢の残した遺書に則《のっと》ってセーアエット領へと移送され埋葬されます。今回の葬儀はこれにて終了することをここに宣言します」

カーンと教会の鐘が鳴り響きました。

城下町にいる者達をはじめ、お義父さんやキール、婚約者やフィロリアル様達も場の空気を読んで黙祷《もくとう》をしていましたぞ。

俺も合わせて黙祷をしますぞ。

もしかして俺が助けなかったので死んだのですかな？

ですが、おかしいですな。最初の世界では生きていたはずですが。

「エクレアはなぜ死んだのですかな？」

「元康《もとやす》くん」

葬儀が終わって城に戻る途中に俺は女王に尋ねましたぞ。

ですが、お義父さんが不謹慎だと止めます。

「お義父さん、エクレアは前回の周回でも最初の世界でも生きていたのですぞ」

「え!?」

お義父さんの表情が青ざめますぞ。

そう、つまり俺達が原因でエクレアが死んでしまったと考えるのが自然ですな。

「もしかして俺達が余計なことをした結果、死んじゃった……とか？」

お義父さんの言葉通り、俺達が関与した影響でエクレアが死んだのは間違いないでしょうな。

なんせ最初の世界や前回では生きていたのですから。

「ですから念のためですぞ」

「そうだね。そういうことなら知っておいた方がいいよね」

「どういう話でしょうか？」

「ああ、女王様には話をしていなかったね。知っているかもしれないけど元康くんは未来から来たんだ」

「そうですぞ」

女王が俄《にわか》には信じがたいとばかりに扇を広げて口元を隠して考えますが、それから少しして頷《うなず》きました。

信じるか信じないは別にして、話を聞く、ということですな。

錬や樹と比べると、こちらの方が話をしやすいですぞ。

「会議の場でも耳にしましたね。だからこそキタムラ様はイワタニ様を助けたのですね。状況を考えるに確かにそうなのでしょう。フレオンもそうだと聞いています」

さすがは婚約者の親ですな。

あの赤豚の親とは俄に信じがたいほどに理解力がありますぞ。

「それで話を戻すけど、どうやら未来……と言うべきなのかな？　もしもの世界ではそのエクレールって人は死んでいないらしい。だから元康くんは、もしもまたループするようなことがあった場合に助ける方法を知りたいんだ」

「なるほど……ではセーアエット嬢がどのようにして獄中死したかの経緯を説明しましょう。正直に言えば、お聞きにならない方がいいかもしれません」

「それでも、もしもに備えておきたい。ね？　元康くん」

「はいですぞ。お義父さんの頼みとあらば、この元康、機会があれば必ず助けますぞ」

「わかりました。では経緯を話しましょう。セーアエット嬢がどうして死んだかといいますと――」

それから女王はエクレアが死ぬまでの経緯を詳しく説明いたしました。

大まかな理由として、お義父さんがあまりにも頭角を現してしまったからということでした。フレオンちゃんの本来の持ち主である老人と同じですぞ。

エクレアはいわば、盾の勇者を信仰する亜人の派閥の者。

その者が城で捕らえられているという状況で、お義父さんの活躍が大々的に宣伝されていました。

ちょうど革命の時ですな。

三勇教の兵士や騎士、更に貴族は八つ当たりの対象としてエクレアを執拗《しつよう》に拷問したとの話ですぞ。

しかもエクレアを解放しろとの意見が出てきたとなれば、更に解放するわけにはいかなかったのでしょうな。

盾の勇者であるお義父さんを抹殺する前に、目の前にいる国賊の代表であるエクレアを三勇教は殺したのです。

元々は革命軍の目の前で殺そうかと三勇教内で話し合っていたそうですが、その前にエクレア自身の体力が限界を迎えていたのもあったとの話。

国の影がどうにかして助けようとはしたものの、下手に動くこともできず、エクレア自身も噂に聞く盾の勇者を信じる者達のために、自ら死を選んだ……そうですぞ。

それまでの経緯は、聞いていて嫌になるような内容だったため、お義父さんは耳を塞《ふさ》ぎそうになっておりました。

ですが、自分達が原因で起こったことだと受け入れているのか、最後まで聞いていました。

「結果、三勇教はセーアエット嬢を人質に革命軍の動きを止めることに失敗しました。見世物にして罠《わな》を張りその間に革命軍を皆殺しにするという行動ができなかったのです」

「なんて残酷な連中だ……」

お義父さんが悔しそうに言いました。

「我が国の膿《うみ》です……これも全て私の責任です」

「……」

お義父さんは黙り込んでしまいました。

まあ、最終的に全ての出来事の黒幕だった三勇教は解体されたのですから、エクレアの無念は晴れたということになるのですかな？

「あまり気にしないでください。ですが、本当にループなる能力があるならば、次なる世界ではセーアエット嬢を助けてください」

「元康くん、俺からもお願いするね。フレオンちゃんみたいに助けるときっと良いことがある」

「わかりましたぞ！」

お義父さんと女王が俺に頼みました。

そうですな。エクレアはできる範囲で助けるようにしていきましょう。

どうやら意外と死にやすいようですからな。

もちろん、ループしたらですが。

俺もフィーロたんを見つけるという目的がありますぞ。

まだ俺はこの周回を諦めておりませんからな。

魔物商のところの卵にはやはりフィーロたんはおりません。

錬と樹の問題が片付いたら、フィーロたん捜しをしますぞ。

幸いにしてお義父さんはキールの故郷である村の復興に着手するでしょうからな。

その間に俺はフィーロたんを捜しますぞ。

と、城に戻ってきたところで……不幸というのは立て続けに起こるのでしょうか。

城の庭で集まって、フレオンちゃんと飛び回っている樹ともう少し話をしたいと作戦を練ってい
た俺達のところに再度女王が来ましたぞ。

「イワタニ様、話に聞いていたセーアエット領の山に住んでいたルーモ種に関してなのですが
……」

「えっと……」

女王が険しい表情で影の豚を連れておりますな。

「なんだ？　何か起こったのか？　誰かの葬式をしていたようだが……」

そこに錬もやってきましたぞ。

「……」

助手が錬を見て不快そうに眉を寄せていましたぞ。

ですがそれ以上の言及をする前にライバルが遮るように立って宥《なだ》めておりました。

錬、エクレアはお前が熱を上げていた相手ですぞ！　恐ろしく他人行儀ですな。

「エクレアですぞ」

「お菓子か？」

「いや、人……今回の革命で理不尽な虐待を受けて亡くなった立派な騎士なんだってさ」

「そうか……」

と、さすがの錬も不謹慎な態度にはなりませんぞ。

「それで……ルーモ種のみんなと連絡が取れたの？」

「はい……ですが……」

女王が呼ぶと……コウが踏んだモグラと、子供のモグラが連れてこられましたぞ。

コウが踏んだモグラは……所々に包帯を巻いていますぞ。

子供のモグラは恐怖に震えていました。

その並々ならぬ状況にお義父さんも絶句して二人に駆け寄りましたぞ。

助手も異常事態を察して錬から意識を逸《そ》らして近寄ります。

「あわわ……コウ違う」

コウはモグラ達の様子に、トラウマからか近寄れない様子ですぞ。

「何があったの!?」

「大丈夫!?」

「盾の勇者様……申し訳ありません。奴隷狩りの追撃は激しく……長《おさ》を含めてみんな……」

続く言葉を怪我したモグラは言いませんでしたぞ。

「おかあさんが……お父さんが……」

「ああ……」

お義父さんが力なく泣いている子供のモグラを抱きかかえましたぞ。

逃げるようにと助言をしましたが逃げ切れなかったのですかな？

奴隷狩りというのはどこまでもしつこい連中ですぞ。

お義父さんを悲しませたのですから、犯人は生け捕りにしてシルトヴェルトにでも売り払ってやりますかな！

　確かお義父さんの武勇伝にありますぞ。

「……」

　と、そこでなぜか錬の顔が青ざめましたぞ。

　恐ろしいほどに蒼白《そうはく》ですぞ。

「えー……アマキ様、あなたはこの場からは距離を取っていただいた方がよろしいかと判断致します」

　女王が近寄ろうとする錬を制止しますぞ。

　ですが錬は女王のことなど眼中にないとばかりにモグラ達の方をじっと見ておりました。

「錬？」

「そいつら……魔物、じゃないのか」

「はい。メルロマルクの膿である部分が追い立ててしまった人種、ルーモ種という方々ですよ。最初の波で亡くなったセーアエットの領地で生活していた国民です」

　そして……と女王はこの場から離れようとしない錬に絞り出すように言いました。

「ゼルトブルへと移動したアマキ様が……偵察を依頼されて奴隷狩り達に報告をしてしまった者達です」

「――ッ！」

　震えている錬が更に一歩踏み出そうとしたところで助手が遮りましたぞ。

「……謝ったら、なかったことになるの？　またアンタは人を不幸にしたのね」

「い、いや……また……？」

「悪いと、申し訳ないと思っている顔よね」

「……」

「わざわざ言わなくていいわ。盾の勇者様達があの子達を慰める。だからアンタは勇者としての務めを果たして」

「お前は……」

「……私個人としてアンタは大嫌いだけど、その顔をしているならいいわ。いいから世界を平和にしなさいよ。盾と槍《やり》の勇者様達を困らせずにね」

と、助手はお義父さんに視線を送ってモグラ達を錬から遠ざけましたぞ。

「錬……こっちへ来てくれるよね」

「だが……」

「君は関わらない方がいい。謝ったって何にもならない」

「しかし……」

お義父さんがモグラと助手に釘付《くぎづ》けの錬を城の中庭から半ば無理やり連れ出しましたぞ。

「あの子は、俺に『また』と言ったぞ！　なんだ！　俺がアイツに何をしたっていうんだ」

「しょうがなかったんだ。錬だけが悪いわけじゃない。君ができるのはウィンディアちゃんの言う通り、世界を平和にするためにゲーム感覚を捨てていくことだ」

「尚文《なおふみ》！」

教えろとばかりに錬がお義父さんに詰め寄りますぞ。

錬は責任感は人一倍ありますからな。

最初の世界でもお義父さんにお姉さんの村を任された時に無茶をしてぶっ倒れましたぞ。

そして、なぜか俺がお義父さんに叱《しか》られたのですぞ。

「……彼女は君がメルロマルクで殺したドラゴンが保護していた子で、近くの村の人達が死んだドラゴンの巣で捕まえて奴隷として売ろうとしていたんだよ。幸い俺が保護できたんだけどね」

「そんな――」

強い衝撃を受けたように錬は黙り込んでしまいました。

「申し訳ないと思っているなら話をちゃんと聞いて、これからの戦いに備えるのが償いだと思うんだ。せめて罪滅ぼしに世界のために波を鎮めるために戦おう」

「俺は……」

ずいぶんと思い詰めた表情をしますな。お義父さんに村を任された時の錬もこんな顔をしていたような気がしますぞ。

「ね？　ウィンディアちゃんの願いでもあるからさ」

「ああ……」

顔面蒼白な錬の肩をお義父さんは軽く叩《たた》きますぞ。

「錬、少し休んだ方がいい。部屋まで送るよ」

「……」

というわけで錬はお義父さんに部屋へと送られていきましたぞ。

錬はしばらく思い詰めたような表情をしていましたな。

「錬は少し気分転換をした方がいいかもね」

「そうですな」

「元康くんの話だとカルミラ島ってリゾート地で経験値増加地域があるそうだから、そこでリフレッシュしてもらった方が話を聞いてもらえるようになるかもしれないよ」

それくらい、思いつめた顔を錬はしていたとお義父さんは仰《おっしゃ》っていました。

ふむ？　そこまで気にすることでしたかな？

最初の世界の錬は助手との関係はそこそこ良好だったと思いますがな。

モグラの件はしょうがないにしても、責任を感じているならしっかりとやり遂げればよいだけですぞ。

そんな中、未来でも見られた霊亀事件の予兆が起こり始めておりました。

どうやら最初の世界に比べてメルロマルクの革命騒動で時間が掛かりすぎてしまったのですな。

翌日……錬が突如城からいなくなってしまったのですぞ。

MFブックス

槍《やり》の勇者《ゆうしゃ》のやり直《なお》し 4

2023年9月25日　初版第一刷発行

著者　アネコユサギ
発行者　山下直久
発行　株式会社KADOKAWA
〒102-8177　東京都千代田区富士見2-13-3
0570-002-301（ナビダイヤル）
印刷・製本　株式会社広済堂ネクスト
ISBN 978-4-04-682894-1 C0093

担当編集　有馬聡史／大原康平
ブックデザイン　鈴木 勉（BELL'S GRAPHICS）
デザインフォーマット　AFTERGLOW
イラスト　弥南せいら

本シリーズは「小説家になろう」（https://syosetu.com/）初出の作品を加筆の上書籍化したものです。

この作品はフィクションです。実在の人物・団体・事件・地名・名称等とは一切関係ありません。